Atheismus für Anfänger

RICHARD
DAWKINS

Atheismus für Anfänger

WARUM WIR GOTT FÜR EIN SINNERFÜLLTES
LEBEN NICHT BRAUCHEN

impian

Genehmigte Lizenzausgabe für Impian GmbH, Hamburg 2021
Die Originalausgabe erschien 2019 unter dem Titel *Outgrowing God. A Beginner's Guide* bei Penguin Random House, UK.

Erschienen im Ullstein Verlag in der Übersetzung von Sebastian Vogel

Umschlaggestaltung: Nele Schütz Design
Druck: CPI books GmbH, Leck
Printed in Germany
ISBN 978-3-96269-111-0

www.impian.de

Für William

Und alle jungen Leute, sobald sie alt genug sind,
für sich selbst zu entscheiden

Inhalt

Teil 1

Tschüss, Gott!

·1·

So viele Götter!

Glaubst du an Gott?

An welchen Gott?

Im Lauf der Geschichte wurden auf der Welt Tausende von Göttern angebetet. Polytheisten glauben an viele Götter gleichzeitig (das griechische Wort *theos* bedeutet »Gott«, und *poly* sind »viele«). Der Obergott der Wikinger war Wotan (oder Odin). Dann gab es Baldur (den Gott der Schönheit), Thor (den Donnergott mit seinem riesigen Hammer) und dessen Tochter Thrud. Es gab Snotra (die Göttin der Klugheit), Frigg (die Göttin der Mutterschaft) und Ran (die Meeresgöttin).

Auch die alten Griechen und Römer waren Polytheisten. Ihre Götter waren wie die der Wikinger sehr menschenähnlich und hatten starke menschliche Begierden und Gefühle. Die zwölf griechischen Götter und Göttinnen werden häufig neben ihre römischen Entsprechungen gestellt, die angeblich die gleichen Aufgaben erfüllten: der Götterkönig Zeus (römisch Jupiter) mit seinen Donnerkeilen; seine Frau Hera (Juno); der Meeresgott Poseidon (Neptun); Aphrodite (Venus), die Göttin der Liebe; der Götterbote Hermes (Merkur), der sich mittels geflügelter Sandalen fortbewegte; und Dionysos (Bacchus), der Gott des Weines. Unter den wichtigsten Religionen, die bis heute überlebt haben, ist der Hinduismus mit Tausenden von Göttern ebenfalls polytheistisch.

Unzählige Griechen und Römer hielten ihre Götter für echt – man betete zu ihnen, opferte ihnen Tiere, dankte ihnen, wenn man Glück gehabt hatte, und machte ihnen Vorwürfe, wenn etwas schiefgegangen war. Woher wissen wir, dass diese antiken Götter nicht die richtigen waren? Warum glaubt heute niemand mehr an Zeus? Genau können wir es nicht wissen, aber die meisten von uns bezeichnen sich voller Selbstbewusstsein im Hinblick auf diese alten Götter als »Atheisten« (ein »Theist« ist jemand, der an einen Gott oder auch mehrere glaubt; ein Atheist – das »a« steht für »nicht« – tut das nicht). Die Römer bezeichneten früher die Christen als Atheisten, weil sie nicht an Juno, Neptun und ihresgleichen glaubten. Heute verwenden wir das Wort für Menschen, die an keinerlei Götter glauben.

Wie vermutlich du, so glaube auch ich nicht an Jupiter oder Poseidon, Thor oder Venus, Cupido oder Snotra, Mars oder Odin oder Apollon. Ich glaube auch nicht an altägyptische Götter wie Osiris, Thot, Nut, Anubis oder seinen Bruder Horus, der angeblich wie Jesus und viele andere Götter aus der ganzen Welt von einer Jungfrau zur Welt gebracht wurde. Ich glaube nicht an Hadad oder Enlil oder Anu oder Dagon oder Marduk oder irgendeinen altbabylonischen Gott.

Ich glaube nicht an Anyanwu, Mawu, Ngai oder einen der Sonnengötter Afrikas. Ebenso glaube ich nicht an Bila, Gnowee, Wala, Wuriupranili, Karraur oder eine der Sonnengöttinnen der australischen Ureinwohnerstämme. Ich glaube nicht an die vielen keltischen Götter und Göttinnen wie die irische Sonnengöttin Edain oder den Mondgott Elatha. Ich glaube weder an die chinesische Wassergöttin Mazu noch an den Haigott Dakuwaqa von den Fidschi-Inseln oder den hethitischen Meeresdrachen Illuyanka. Ich glaube an keinen der Hunderte und Aberhunderte von Himmelsgöttern, Flussgöttern, Meeresgöttern, Sonnengöttern, Sternengöttern, Mondgöttern, Wettergöttern, Waldgöttern ... so viele Götter, und an keinen davon muss man glauben.

Ich glaube auch nicht an Jahwe, den Gott der Juden. An ihn glaubst du wahrscheinlich, wenn du als Jude, Christ oder Muslim aufgewachsen bist. Der jüdische Gott wurde von den Christen und (unter dem arabischen Namen Allah) von den Muslimen übernommen. Christentum und Islam sind Ableger der alten jüdischen Religion. Der erste Teil der christlichen Bibel ist rein jüdisch, und das heilige Buch der Muslime, der Koran, leitet sich teilweise von jüdischen Schriften ab. Diese drei Religionen – Judentum, Christentum und Islam – werden oft zusammenfassend als »abrahamitische« Religionen bezeichnet, weil alle drei ihre Wurzeln auf den mythischen Stammvater Abraham zurückführen, der auch als Begründer des jüdischen Volkes verehrt wird. Abraham wird uns in einem späteren Kapitel wieder begegnen.

Alle drei Religionen werden auch als monotheistisch bezeichnet, weil ihre Mitglieder behaupten, sie würden nur an einen Gott glauben. Dass ich »behaupten« sage, hat mehrere Gründe. Jahwe, heute der beherrschende Gott, den die meisten Menschen meinen, wenn sie »Gott« sagen, fing relativ klein an als Stammesgott der alten Israeliten, die sich für sein »auserwähltes Volk« hielten und glaubten, er werde für sie sorgen. (Dass Jahwe heute auf der ganzen Welt angebetet wird, ist ein historischer Zufall: Es liegt daran, dass Kaiser Konstantin das Christentum 312 n. Chr. zur Staatsreligion des Römischen Reiches machte.) Die Nachbarstämme hatten ihre eigenen Götter, die ihnen nach *ihrem* Glauben besonderen Schutz gewährten. Und auch wenn die Israeliten ihren Gott Jahwe anbeteten, heißt das nicht zwangsläufig, dass sie nicht auch an andere Götter glaubten, so an Baal, den Fruchtbarkeitsgott der Kanaaniter; sie hielten Jahwe nur für mächtiger – und (wie wir später noch genauer erfahren werden) für extrem eifersüchtig: Wehe dem, der dabei erwischt wurde, wie er mit einem der anderen Götter liebäugelte.

Auch der Monotheismus der heutigen Christen und Muslime ist zweifelhaft. Sie glauben beispielsweise an einen bösen »Teufel« namens Satan (im Christentum) oder Schaitan (im Islam). Er ist auch unter verschiedenen anderen Namen bekannt, wie Beelzebub, Old Nick, der Böse, der Widersacher, Belial oder Luzifer. Sie würden ihn nicht als Gott bezeichnen, schreiben ihm aber göttliche Kräfte zu, und es heißt, er führe mit seinen Kräften des Bösen einen gigantischen Krieg gegen die guten Kräfte Gottes. Religionen erben häufig Ideen von älteren Religionen. Die Vorstellung von einem kosmischen Krieg zwischen Gut und Böse geht wahrscheinlich auf den Zoroastrismus zurück, eine frühe Religion, die von dem persischen Propheten Zoroaster (auch Zarathustra genannt) gegründet wurde und Einfluss auf die abrahamitischen Religionen hatte. Der Zoroastrismus war eine Zwei-Götter-Religion, in der ein guter Gott (Ahura Mazda) gegen den Gott des Bösen (Angra Mainyu) kämpfte. Noch heute gibt es insbesondere in Indien einige Zoroastrianer. Auch das ist eine Religion, an die ich nicht glaube, und du vermutlich auch nicht.

Zu den eher seltsamen Vorwürfen, die insbesondere in Amerika und in islamischen Ländern gegen Atheisten erhoben werden, gehört die Behauptung, sie würden den Satan anbeten. Natürlich glauben Atheisten ebenso wenig an böse Götter wie an gute. Sie glauben an überhaupt nichts Übernatürliches. Nur religiöse Menschen glauben an den Satan.

Das Christentum grenzt auch in anderer Hinsicht an Polytheismus. »Vater, Sohn und Heiliger Geist« werden als »Dreieinigkeit« oder »Dreifaltigkeit« bezeichnet. Was das genau bedeutet, wurde im Lauf der Jahrhunderte immer wieder hitzig und oftmals unter Gewaltanwendung diskutiert. Es hört sich wie eine Formel an, mit der man den Polytheismus in das Korsett des Monotheismus zwängen will. Es ist also verzeihlich, wenn man von Tritheismus spricht. In der Geschichte des Christentums wurde die erste Spaltung in östliche (orthodoxe) und westliche (römisch-katholische) Kirche im Wesentlichen durch Meinungsverschiedenheiten über folgende Frage ausgelöst: Geht der Heilige Geist aus dem Vater *und dem Sohn* hervor (was das auch heißen mag) oder nur aus dem Vater? Theologen verwenden tatsächlich ihre Zeit darauf, über solche Dinge nachzudenken.

Und dann gibt es Maria, die Mutter Jesu. Für Katholiken ist Maria in jeder Hinsicht mit Ausnahme des Namens eine Göttin. Sie streiten zwar ab, dass Maria eine Göttin ist, beten sie aber dennoch an. Sie glauben, Maria habe »unbefleckt empfangen«. Was bedeutet das? Nun ja, Katholiken glauben, wir seien alle »in Sünde geboren«. Selbst kleine Babys, von denen man meinen könnte, sie seien zu jung zum Sündigen. Jedenfalls war Maria (wie Jesus) nach Ansicht der Katholiken eine Ausnahme. Wir anderen erben alle die Sünde Adams, des ersten Mannes. In Wirklichkeit hat es Adam nie gegeben, also konnte er auch nicht sündigen. Aber von solchen kleinen Details lassen sich katholische Theologen nicht abschrecken. Katholiken glauben auch, Maria sei nicht wie alle anderen Menschen gestorben, sondern körperlich in den Himmel »aufgefahren«. Sie gilt ihnen als »Himmelskönigin« (manchmal sogar als »Königin des Universums«!), die oben auf dem Kopf eine kleine Krone balanciert. All diese Dinge, so scheint es, machen sie mindestens ebenso sehr zu einer Göttin wie die Tausenden und Abertausenden von hinduistischen Gottheiten (die in der Vorstellung der Hindus selbst nur verschiedene

Spielarten eines einzigen Gottes sind). Wenn Griechen, Römer und Wikinger Polytheisten waren, sind es die Katholiken auch.

Katholiken beten auch einzelne Heilige an, tote Menschen, die als besonders heilig gelten und von einem Papst »kanonisiert« wurden. Papst Johannes Paul II. kanonisierte 482 neue Heilige, und der derzeitige Papst Franziskus nahm an einem einzigen Tag nicht weniger als 813 Heiligsprechungen vor. Viele Heilige sollen besondere Fähigkeiten haben, und deshalb lohnt es sich, zu ihnen zu beten, wenn man ein bestimmtes Anliegen hat oder zu einer bestimmten Menschengruppe gehört. Der heilige Andreas ist der Schutzpatron der Fischhändler, der heilige Thomas ist der Schutzpatron der Architekten, der heilige Donatus der Schutzpatron der Winzer, der heilige Vinzenz der Schutzpatron der Holzfäller, die heilige Lidwina die Schutzpatronin der Schlittschuhläufer. Wer um Geduld beten muss, dem wird ein Katholik vielleicht raten, sich an die heilige Rita von Cascia zu wenden. Wenn der Glaube wankt, kann man es mit dem heiligen Johannes vom Kreuz versuchen. Wenn jemand Kummer oder seelische Furcht empfindet, ist die heilige Dymphna vielleicht am besten. Krebskranke versuchen es gern beim heiligen Peregrinus Laziosi. Wenn man die Schlüssel verloren hat, ist der heilige Antonius der Richtige. Dann gibt es noch die Engel mit ihren verschiedenen Rängen von den Seraphim an der Spitze über die Erzengel bis hinunter zum persönlichen Schutzengel. Auch hier werden Katholiken abstreiten, dass es sich bei den Engeln um Götter oder Halbgötter handelt, und sie werden auch einwenden, dass man zu Heiligen eigentlich nicht betet, sondern sie nur bittet, bei Gott ein gutes Wort einzulegen. Muslime glauben ebenfalls an Engel, außerdem an Dämonen, die sie Dschinns nennen.

Nach meiner Ansicht spielt es keine Rolle, ob Maria, die Heiligen und die Erzengel nun Götter, Halbgötter oder keines von beiden sind. Darüber zu streiten, ob Engel Halbgötter sind, ist das Gleiche, als würde man fragen, ob Feen das Gleiche sind wie Elfen.

An Feen und Elfen glaubst du vermutlich nicht, aber wahrscheinlich bis du in einer der drei abrahamitischen Glaubensrichtungen als Jude, Christ oder Muslim aufgewachsen. Ich wurde zufällig christlich erzogen. Ich ging auf christliche Schulen und wurde mit dreizehn Jahren in der anglikanischen Kirche konfirmiert. Mit fünfzehn gab ich das Christentum schließlich auf. Unter anderem hatte das folgenden Grund: Schon mit neun Jahren war mir klar, dass ich fest an Odin und Thor geglaubt hätte, wenn meine Eltern Wikinger gewesen wären. Wäre ich im alten Griechenland geboren worden, hätte ich Zeus und Aphrodite angebetet. Wenn ich in der heutigen Zeit in Pakistan oder Ägypten das Licht der Welt erblickt hätte, würde ich glauben, dass Jesus nur ein Prophet war, aber nicht der Sohn Gottes, wie es die christlichen Priester lehren. Und wenn ich das Kind jüdischer Eltern wäre, würde ich nicht glauben, dass Jesus der Messias war, wie ich es in meinen christlichen Schulen gelernt hatte, sondern ich würde noch heute auf den Messias warten. Menschen, die in verschiedenen Ländern aufwachsen, machen es ihren Eltern nach und glauben an den Gott oder die Götter ihres Landes. Diese Glaubensrichtungen widersprechen einander, also können nicht alle richtig sein.

Und wenn eine davon richtig wäre: Warum sollte das ausgerechnet diejenige sein, die du zufällig in dem Land, in dem du geboren wurdest, geerbt hast? Man muss kein Zyniker sein, um ungefähr Folgendes zu denken: »Ist es nicht bemerkenswert, dass nahezu jedes Kind derselben Religion angehört wie seine Eltern, und dass das immer zufällig die richtige Religion ist?« Eines meiner Lieblingsärgernisse ist die Gewohnheit, Kinder mit der Religion ihrer Eltern zu etikettieren: »katholisches Kind«, »protestantisches Kind«, »muslimisches Kind«. Solche Aussagen hört man über Kinder, die so klein sind, dass sie noch nicht sprechen können, von religiösen Überzeugungen ganz zu schweigen! Mir kommt das ebenso absurd vor, als würde man von einem »sozialistischen Kind« oder einem »konservativen Kind« sprechen, und tatsächlich würde niemand solche Formulierungen verwenden. Auch von »atheistischen Kindern« sollten wir meiner Meinung nach nicht sprechen.

Nun noch ein paar Bezeichnungen für ungläubige Menschen. Viele vermeiden das Wort »Atheist«, obwohl sie an keinen mit einem Namen versehenen Gott glauben. Manche sagen einfach »ich weiß es nicht, wir können es nicht wissen«. Solche Menschen bezeichnen sich als »Agnostiker«. Der Begriff (der auf das griechische Wort für »Unwissen« zurückgeht) wurde von Thomas Henry Huxley geprägt, einem Freund von Charles Darwin. Huxley wurde vielfach als »Darwins Bulldogge« bezeichnet, weil er sich öffentlich für Darwin einsetzte, wenn dieser selbst zu schüchtern, zu beschäftigt oder zu krank war. Nach Ansicht mancher Menschen, die sich Agnostiker nennen, ist es gleichermaßen wahrscheinlich, dass es Götter gibt oder nicht. Ich halte das für eine ziemlich schwache Ausrede, und Huxley hätte mir zugestimmt. Wir können auch nicht beweisen, dass es keine Feen gibt, aber das heißt nicht, dass die Chance, dass Feen existieren, fünfzig zu fünfzig beträgt. Vernünftigere Agnostiker erklären, sie könnten es nicht sicher wissen, halten es aber für sehr unwahrscheinlich, dass es irgendwelche Götter gibt. Andere halten es vielleicht nicht für unwahrscheinlich, sagen aber, wir wüssten es einfach nicht.

Manche Menschen glauben auch nicht an Götter, die einen Namen tragen, sehnen sich aber nach »einer höheren Macht«, einem »reinen Geist«, einer kreativen Intelligenz, über die wir nichts wissen, außer dass sie das Universum erschaffen hat. Sie sagen dann vielleicht: »Nun ja, an Gott« – womit sie vermutlich den abrahamitischen Gott meinen – »glaube ich nicht, aber ich kann mir auch nicht vorstellen, dass das hier alles ist. Es muss doch noch mehr geben, etwas darüber Hinausgehendes.«

Manche derartige Menschen nennen sich »Pantheisten«. In der Frage, was sie glauben, sind sie ein wenig vage. Sie sagen Dinge wie »mein Gott ist alles«, »mein Gott ist die Natur« oder »mein Gott ist das Universum«. Oder »Mein Gott ist das Geheimnis von allem, was wir nicht verstehen«. Ungefähr in diesem zuletzt genannten Sinn bediente sich der große Physiker Albert Einstein des Wortes »Gott«. Das ist etwas ganz anderes als ein Gott, der unsere Gebete erhört, unsere innersten Gedanken lesen kann und unsere Sünden vergibt (oder bestraft) – was der abrahamitische Gott angeblich alles kann. Einstein erklärte klipp und klar, dass er nicht an einen persönlichen Gott glaube, der solche Dinge tut.

Andere, die sich selbst »Deisten« nennen, glauben an keinen der mit Namen versehenen Götter aus der Geschichte. Aber sie glauben im Vergleich zu den Pantheisten an etwas ein bisschen Konkreteres: an eine kreative Intelligenz, die die Gesetze des Universums erfunden und am Anbeginn von Raum und Zeit alles in Bewegung gesetzt hat, um sich dann zurückzulehnen und nichts mehr zu tun. Sie ließ nur noch alles nach den Gesetzen geschehen, die sie (es?) festgelegt hatte. Einige Gründerväter der Vereinigten Staaten, Männer wie Thomas Jefferson und James Madison, waren Deisten. Mein Verdacht: Hätten sie nicht im 18. Jahrhundert, sondern nach Charles

Darwin gelebt, wären sie Atheisten gewesen; beweisen kann ich das allerdings nicht.

Wenn Menschen sich als Atheisten bezeichnen, meinen sie damit nicht, sie könnten beweisen, dass es keine Götter gibt. Zu beweisen, dass etwas *nicht* existiert, ist streng genommen niemals möglich. Dass es keine Götter gibt, wissen wir letztlich ebenso wenig, wie wir beweisen können, dass Feen oder Elfen oder Kobolde oder Trolle oder rosa Einhörner nicht existieren; genauso wenig können wir beweisen, dass es den Weihnachtsmann, den Osterhasen oder die Zahnfee nicht gibt. Wir können uns unzählige Dinge ausdenken, und niemand kann uns widerlegen. Diese Tatsache verdeutlichte der Philosoph Bertrand Russell sehr eindringlich mit einem Wortspiel. Wenn ich dir erzähle, so sagte er, dass sich eine Porzellanteekanne in einer Umlaufbahn um die Sonne befindet, könntest du meine Behauptung nicht widerlegen. Aber wenn man etwas nicht widerlegen kann, ist das kein stichhaltiger Grund, es zu glauben. In einem strengen Sinn wären wir also alle »Teekannen-Agnostiker«. In der Praxis sind wir A-Teekannisten. Atheist (streng genommen also Agnostiker) kann man ebenso sein, wie man A-Teekannist, A-Feeist, A-Elfist-, A-Einhornist oder A-was-du-dir-ausdenken-kannst-ist sein kann.

Streng genommen sollten wir also im Hinblick auf die unzähligen Dinge, die wir uns ausmalen und nicht widerlegen können, Agnostiker sein. Aber wir *glauben* nicht an sie. Solange nicht jemand einen guten Grund nennt, warum wir daran glauben sollen, ist es Zeitvergeudung, uns darum zu bemühen. Diese Einstellung haben wir alle gegenüber Thor und Apollo und Ra und Marduk und Mithras und dem Großen Juju auf dem Berg. Können wir nicht einen Schritt weiter gehen und genauso auch über Jahwe oder Allah denken?

»Solange nicht jemand einen guten Grund nennt«, habe ich gesagt. Nun ja, viele Menschen haben vermeintliche Gründe dafür genannt, warum sie an diesen oder jenen Gott glauben sollten. Oder auch an eine nicht benannte »höhere Macht« oder eine »kreative Intelligenz«. Wir müssen uns also diese Gründe ansehen und feststellen, ob es wirklich gute Gründe sind. Einige davon werden wir in diesem Buch betrachten, insbesondere im zweiten Teil, der von Evolution handelt.

Über dieses große Thema möchte ich hier nur sagen: Die Evolution ist eine eindeutige Tatsache. Wir sind die Vettern der Schimpansen, etwas weiter entfernte Vettern der Kleinaffen, sehr weit entfernte Vettern der Fische und so weiter.

Viele Menschen glauben wegen bestimmter Schriften an ihren Gott oder ihre Götter: wegen der Bibel, des Korans oder eines anderen heiligen Buches. Dieses Kapitel hat dich vielleicht bereits darauf eingestimmt, an solchen Gründen für den Glauben zu zweifeln. Es gibt so viele Glaubensrichtungen. Woher weißt du, dass das heilige Buch, mit dem du aufgewachsen bist, das richtige ist? Und wenn alle anderen unrecht haben, wie kommst du dann darauf, dass nicht auch dein heiliges Buch unrecht hat? Viele von euch, die diese Zeilen lesen, sind wahrscheinlich mit einem ganz bestimmten heiligen Buch groß geworden: der Bibel der Christen. Das nächste Kapitel handelt von der Bibel. Wer hat sie geschrieben, und welche Gründe könnte man haben, daran zu glauben, dass ihre Aussagen wahr sind?

·2·

Aber ist es wahr?

Wie viel von dem, was in der Bibel steht, ist wahr?

Woher wissen wir überhaupt, was in früheren Zeiten wirklich geschehen ist? Woher wissen wir, dass Julius Caesar existiert hat? Oder Wilhelm der Eroberer? Augenzeugen gibt es heute nicht mehr; und selbst Augenzeugen sind oftmals erstaunlich unzuverlässig – das kann jeder Polizeibeamte bestätigen, der Aussagen aufnimmt. Dass Caesar und Wilhelm gelebt haben, wissen wir, weil Archäologen aufschlussreiche Überreste gefunden haben und es viele Bestätigungen in Dokumenten gibt, die zu ihren Lebzeiten geschrieben wurden. Wenn aber die einzigen Belege für ein Ereignis oder eine Person erst Jahrzehnte oder Jahrhunderte nach dem Tod aller Zeugen niedergeschrieben wurden, sind Historiker misstrauisch. Die Belege sind dann nur schwach, weil sie mündlich überliefert wurden und dabei leicht verzerrt werden konnten. Das gilt insbesondere, wenn der Autor voreingenommen war. Winston Churchill sagte einmal: »Die Geschichte wird freundlich mit mir umgehen, denn ich habe vor, sie zu schreiben!« In diesem Kapitel werden wir erfahren, dass die meisten Geschichten über Jesus im Neuen Testament problematisch sind. Das Alte Testament muss bis zum dritten Kapitel warten.

Jesus sprach Aramäisch, eine semitische Sprache, die mit

dem Hebräischen verwandt ist. Die Bücher des Neuen Testaments wurden ursprünglich auf Griechisch geschrieben, die des Alten Testaments auf Hebräisch. Es gibt davon viele Übersetzungen. Die berühmteste englische Fassung ist die King-James-Bibel von 1611, die so genannt wird, weil König James (Jakob) I. (Jakob VI. von Schottland) sie in Auftrag gab. Die King-James-Bibel ist auch meine Lieblingsübersetzung, weil ich die Sprache wunderschön finde – was nicht verwunderlich ist, denn ihr Englisch ist jenes der Shakespeare-Zeit. Da diese Sprache aber für heutige Leser nicht immer gut zu verstehen ist, habe ich mich widerwillig entschlossen, für dieses Buch eine moderne Übersetzung zu verwenden, die New International Version. Aus ihr stammen die Zitate, wenn nicht etwas anderes angegeben ist.[1]

Es gibt ein Partyspiel, das in Großbritannien als »Chinese Whispers«, in Amerika als »Telephone« und in Deutschland als »Stille Post« bekannt ist. Die Teilnehmer – beispielsweise zehn Personen – stellen sich in einer Reihe nebeneinander. Die erste Person flüstert ihrem Nachbarn etwas ins Ohr – beispielsweise eine Geschichte. Die zweite flüstert die Geschichte an die dritte weiter, die dritte an die vierte und so weiter. Wenn die Story schließlich bei der zehnten Person angekommen ist, wiederholt diese vor der ganzen Gruppe, was sie verstanden hat. Sofern die ursprüngliche Geschichte nicht außerordentlich einfach und kurz war, hat sie sich unterwegs in der Regel stark und häufig auf lustige Weise verändert. Dabei wandeln sich nicht nur die Worte, sondern auch wichtige inhaltliche Details der Geschichte selbst.

Bevor die Schrift erfunden war und die wissenschaftliche

---

1 Die deutschsprachigen Bibelzitate stammen aus der Übersetzung von Martin Luther (Anm. d. Übers.).

Archäologie begonnen hatte, waren mündlich überlieferte Erzählungen mit all ihren Stille-Post-Verfälschungen der einzige Weg, auf dem Menschen etwas über die Vergangenheit erfuhren. Und dieser Weg ist entsetzlich unzuverlässig. Jedes Mal, wenn eine Generation von Geschichtenerzählern der nächsten Platz macht, wird die Handlung weiter verfälscht. Am Ende ist die Geschichte – die tatsächlichen Ereignisse der Vergangenheit – in Mythen und Legenden verloren gegangen. Heute lässt sich nur schwer feststellen, ob hinter dem griechischen Sagenhelden Achilleus oder der sagenumwobenen Schönheit Helena, deren Gesicht »tausend Schiffe ablegen ließ«, jemals echte Menschen steckten. Als der Dichter Homer die Erzählungen niederschrieb (und wir wissen nicht einmal auf das Jahrhundert genau, wann das war), waren sie längst durch Generationen der mündlichen Nacherzählung verändert. Jede verlässliche Wahrheit hatte sich aufgelöst. Wir wissen nicht, wer »Homer« war oder wann er lebte, ob er blind war, wie die Legende es behauptet, und ob es sich dabei um eine Person oder um mehrere handelte. Und wir wissen nicht, wo seine Geschichten ihren Ursprung hatten, bevor sie den verzerrenden Filter der mündlichen Überlieferung durchliefen. Waren es ursprünglich Tatsachenberichte, die dann verfälscht wurden? Oder waren es von vornherein ausgedachte Erzählungen, die sich im Lauf der Zeit durch wiederholtes Nacherzählen veränderten?

Für die Geschichten im Alten Testament gilt das Gleiche. Wir haben nicht mehr Grund, sie für wahr zu halten, als bei Homers Erzählungen über Achilleus oder Helena. Die Geschichten von Abraham und Josef sind hebräische Legenden, genau wie die Erzählungen von Homer griechische Legenden sind. Und wie sieht es mit dem Neuen Testament aus? Hier besteht mehr Hoffnung, wahre historische Hintergründe zu finden, denn es berichtet über eine spätere Periode als das Alte: über die Zeit vor nur zweitausend Jahren. Aber wie viel wissen wir wirklich über Jesus? Können wir sicher sein, dass er überhaupt existierte? Die meisten heutigen Fachleute – allerdings nicht alle – glauben, dass es vermutlich so war. Welche Belege sprechen dafür?

Die Evangelien? Sie stehen am Anfang des Neuen Testaments, deshalb könnte man glauben, sie seien als Erstes geschrieben worden. In Wirklichkeit finden wir die ältesten Bücher im Neuen Testament fast ganz am Ende: Es sind die Briefe des Paulus. Leider sagt Paulus kaum etwas über das Leben Jesu. In seinen Briefen steht viel über Jesu religiöse Bedeutung, insbesondere über seinen Tod und die Wiederauferstehung, aber sie enthalten fast nichts, das auch nur den Anspruch auf eine historische Darstellung erhebt. Vielleicht glaubte Paulus, seine Leser würden die Geschichte über das Leben Jesu bereits kennen. Möglicherweise kannte aber auch Paulus selbst sie nicht: Wie gesagt, die Evangelien waren noch nicht geschrieben. Vielleicht hielt er sie auch nicht für wichtig. Die Historiker wundern sich darüber, dass Tatsachen über Jesus in den Paulusbriefen fehlen. Schließlich war Paulus daran gelegen, dass die Menschen Jesus anbeteten; ist es da nicht ein wenig seltsam, dass er fast nichts darüber berichtet, was Jesus tatsächlich gesagt oder getan hatte?

Auch etwas anderes beunruhigt die Historiker: In historischen Schriften außerhalb der Evangelien wird Jesus kaum einmal erwähnt. Der jüdische Historiker Josephus (37/38 – ca. 100 n. Chr.) hatte über ihn nur Folgendes zu sagen:

> Ungefähr zu dieser Zeit lebte Jesus, ein weiser Mensch, wenn man ihn überhaupt einen Menschen nennen kann. Er war nämlich jemand, der erstaunliche Taten vollbrachte,

> und er war ein Lehrer, von dem die Leute die Wahrheit gern annahmen. Er gewann viele Juden und viele Griechen für sich. Er war der Messias. Und als Pilatus ihn nach einer Anklage unserer wichtigsten Männer zur Kreuzigung verurteilt hatte, gaben diejenigen, die ihn als Erste geliebt hatten, nicht auf. Er schien ihnen am dritten Tag wieder ins Leben zurückgekehrt zu sein, denn die Propheten Gottes hatten dies und tausend andere wundersame Dinge über ihn vorhergesagt. Und der Stamm der Christen, die sich nach ihm so nennen, ist bis heute nicht verschwunden.

Viele Historiker haben den Verdacht, dass dieser Absatz eine Fälschung ist, die später von einem christlichen Autor hinzugeschmuggelt wurde. Am verdächtigsten ist die Formulierung »er war der Messias«. In der jüdischen Überlieferung war »Messias« der Name eines lange versprochenen jüdischen Königs oder Militärführers, der geboren wurde, um über die Feinde der Juden zu triumphieren. Die Christen lehrten, Jesus sei dieser Messias (»Christus« ist einfach die griechische Übersetzung des Worts). Aber auf einen gläubigen Juden wirkte Jesus überhaupt nicht wie ein Militärführer. Damit drückt man es sogar noch milde aus. Seine Friedensbotschaft – wenn jemand dich auf die eine Wange schlägt, halte ihm auch die andere hin – ist nicht gerade das, was wir von einem Soldaten erwarten. Und Jesus führte auch keineswegs die Juden gegen die römischen Unterdrücker seiner Zeit in den Kampf, sondern ließ sich widerstandslos von ihnen hinrichten. Die Idee, Jesus sei der Messias, wäre einem frommen Juden wie Josephus ziemlich hirnrissig vorgekommen. Und wenn Josephus irgendwie seine ganze Erziehung hinter sich gelassen und sich selbst überzeugt hätte, dass ein so unwahrscheinlicher Charakter wie Jesus tatsächlich der Messias war, hätte er es sicher an die große Glocke gehängt. Er hätte nicht nur beiläufig den Satz »er war der Messias« fallen lassen. Das Ganze hört sich stark nach einer späteren christlichen Fälschung an. Und genau das glauben heute auch die meisten Fachleute.

Der einzige andere antike Historiker, der Jesus erwähnt, ist der Römer Tacitus (ca. 54–120 n. Chr.). Seine Schriften liefern überzeugendere Belege dafür, dass Jesus existierte, und das aus dem zweifelhaften Grund, dass Tacitus über die Christen nichts Gutes zu sagen hatte. Er schrieb auf Lateinisch über ein Ereignis während der Verfolgung der ersten Christen durch den Kaiser Nero (37–87 n. Chr.):

> Um also dieses Gerücht niederzuschlagen, schob Nero die Schuld auf andere und belegte mit den ausgesuchtesten Strafen jene Menschen, die das Volk wegen ihrer Schandtaten hasste und Christen nannte. Ihr Namensgeber, Christus, war unter der Regierung des Tiberius durch den Prokurator Pontius Pilatus hingerichtet worden. Für kurze Zeit war jene heillose Schwärmerei dadurch unterdrückt, brach aber aufs Neue aus, nicht allein in Judäa, von wo das Unheil ausgegangen war, sondern auch in der Hauptstadt, in die von überallher alle Gräuel und Schändlichkeiten zusammenströmen und Anklang finden.[2]

Hier fügten Christen später nichts hinzu!

Unter dem Strich spricht die Wahrscheinlichkeit nach Ansicht der meisten, aber nicht aller Fachleute dafür, dass Jesus tatsächlich existiert hat. Natürlich wüssten wir es mit Sicher-

2 Tacitus, Annalen 15,44; Üb. v. G. F. Strodtbeck, bearbeitet v. E. Gottwein, http://www.gottwein.de/Lat/tac/ann1544.php

heit, wenn wir davon ausgehen könnten, dass die vier Evangelien des Neuen Testaments historisch zutreffen. Bis vor kurzer Zeit zweifelte niemand an ihnen. Es gibt sogar die Redewendung, eine Äußerung oder Schrift als Evangelium zu bezeichnen, was bedeutet, dass sie wahrer nicht sein kann. Aber diese Formulierung klingt heute, nach Untersuchungen (insbesondere deutscher) Wissenschaftler aus dem 19. und 20. Jahrhundert, ziemlich hohl.

Wer hat die Evangelien geschrieben? Und wann? Viele Menschen glauben fälschlich, das »Matthäusevangelium« sei von dem Steuereintreiber Matthäus geschrieben worden, einem der zwölf engen Gefährten oder Jünger von Jesus. Auch das Johannesevangelium wurde nicht von dem Johannes aus der kleinen Gruppe verfasst, der als der »Lieblingsjünger« bekannt wurde. Sie glauben, ein junger Gefährte von Jesu wichtigstem Jünger Petrus sei der Verfasser des Markusevangeliums, und »Lukas« sei ein Arzt und Freund von Paulus gewesen. In Wirklichkeit hat aber niemand auch nur die geringste Ahnung, wer die Evangelien wirklich geschrieben hat. In allen vier Fällen gibt es dafür keine überzeugenden Belege. Die Namen wurden später von Christen einfach aus Gründen der Bequemlichkeit an den Anfang der Evangelien gestellt. Das sah sicher besser aus, als wenn man ihnen langweilige, neutrale Namen wie A, B, C und D gegeben hätte. Kein ernst zu nehmender Wissenschaftler glaubt heute noch, dass die Evangelien von Augenzeugen geschrieben wurden; vielmehr sind sich alle einig, dass sogar das älteste, das Markusevangelium, erst fünfunddreißig bis vierzig Jahre nach dem Tod Jesu entstanden ist. Lukas und Matthäus bezogen ihre Geschichten zum größten Teil aus dem Markusevangelium sowie aus einem verschollenen griechischen Schriftstück, das als »Q« bekannt ist. Alles, was in den Evangelien steht, hat durch jahrzehntelange mündliche Überlieferung gelitten; nach Art der Stillen Post kam es zu Verzerrungen und Übertreibungen, bevor die vier Texte am Ende aufgeschrieben wurden.

Bei der Ermordung des Präsidenten Kennedy im Jahr 1963 gab es Hunderte von Zeugen. Das Ereignis wurde im Film festgehalten. Zeitungen auf der ganzen Welt berichteten noch am selben Tag. Die sogenannte Warren-Kommission wurde eingerichtet, um jede Einzelheit des Geschehens aufzuklären. Sie holte sich fachkundigen Rat von Wissenschaftlern, Ärzten, forensischen Ermittlern und Experten für Feuerwaffen. Der Warren-Report gelangte auf 888 Seiten zu dem Schluss, dass Kennedy von dem Einzeltäter Lee Harvey Oswald getötet wurde. Im Lauf der Jahre entwickelten sich jedoch Mythen, Legenden und Verschwörungstheorien, und die werden vermutlich weiter wachsen und erzählt werden, wenn alle Augenzeugen längst tot sind.

Die »9/11«-Anschläge auf New York und Washington ereigneten sich vor noch nicht einmal zwanzig Jahren, das ist ein kürzerer Zeitraum, als zwischen dem Tod Jesu und der Entstehung des ältesten Evangeliums, des Berichts nach Markus, verging. Die Tatsachen des 11. September 2001 wurden umfassend dokumentiert, zahlreiche Zeugen berichteten darüber, und sie wurden in allen Einzelheiten immer wieder durchgekaut. Und doch besteht darüber keine Einigkeit. Im Internet wimmelt es von widersprüchlichen Gerüchten, Legenden und Theorien. Manche Leute glauben, dass Ganze sei eine amerikanische Verschwörung gewesen. Oder eine israelische Verschwörung. Oder sogar eine Verschwörung von Aliens aus dem Weltraum. Andere glaubten zu jener Zeit ohne jeden Beleg, die Planung sei von Saddam Hussein ausgegangen, dem Diktator des Irak. Das rechtfertigte in ihren Augen die Invasion des Präsidenten Bush in dieses Land (auch wenn es nie als offizielle Begründung genannt wurde). Augenzeugen fotografierten das vermeintliche Gesicht des Satans in den Rauch- und Staubwolken, die an jenem Tag über New York hingen.

Leider stimmt es – und das Internet macht es deutlicher als je zuvor –, dass Menschen sich Dinge einfach ausdenken. Und Gerüchte und Tratsch verbreiten sich wie Epidemien, und zwar unabhängig von der Wahrheit. Der große amerikanische Schriftsteller Mark Twain soll einmal gesagt haben: »Eine Lüge kann sich um die halbe Welt verbreiten, bevor sich die Wahrheit auch nur die Schuhe angezogen hat.« Das gilt nicht nur für boshafte Lügen, sondern auch für gute Geschichten, die nicht stimmen, aber amüsant sind, sodass es Spaß macht, sie weiterzuerzählen, insbesondere wenn man sie in gutem Glauben hört und nicht sicher weiß, dass sie unwahr sind. Oder auch für Storys, die nicht lustig, aber gespenstisch und unheimlich sind – auch das ist ein Grund, warum sie so vielfach weitergegeben werden.

Ich möchte ein typisches Beispiel dafür nennen, wie eine unwahre Geschichte sich verbreitet, weil sie unterhaltsam ist und zu den Erwartungen und Vorurteilen der Menschen passt. Zunächst ein wenig Hintergrundwissen. Der eine oder andere hat vielleicht schon einmal etwas von »Entrückung« gehört. Einige Prediger und Autoren haben in letzter Zeit unter Bezugnahme auf bestimmte Bibelstellen Tausende von Menschen vor allem in Amerika zu der Überzeugung verleitet, einige wenige Glückliche, die wegen ihres guten Charakters auserwählt wurden, würden plötzlich gen Himmel fliegen und dort verschwinden. Diese »Entrückung« kündigt demnach die Wiederkehr Christi an. Wir anderen, die nicht entrückt wurden, »bleiben zurück«. Menschen, die wir kennen, werden plötzlich spurlos verschwinden. »Gen Himmel fahren« bedeutet also vermutlich, dass entrückte Australier in entgegengesetzter Richtung in den Himmel schießen werden wie entrückte Europäer!

Und jetzt kommt die Geschichte. Sie stimmt nicht, wird aber weithin geglaubt und zeigt, wie eine gute Story sich ausbreiten kann. Eine Frau aus Arkansas fuhr hinter einem Lastwagen her, der lebensgroße Ballons in Menschenform geladen hatte. Der Lastwagen hatte einen Unfall, und die rosafarbenen, aufgeblasenen Puppen, die mit Helium gefüllt waren, schwebten gen Himmel. Die Frau glaubte, sie werde Zeugin der Entrückung und der zweiten Wiederkehr Jesu, deshalb schrie sie: »Er ist wieder da, er ist wieder da!« Sie kletterte durch das offene Verdeck ihres fahrenden Autos, um ebenfalls in den Himmel entrückt zu werden. Bei der nachfolgenden Massenkarambolage mit zwanzig Autos kamen nicht nur die Frau selbst, sondern auch dreizehn Unschuldige ums Leben. Man beachte die verdächtig genaue Angabe von »dreizehn Unschuldigen«. Man sollte meinen, ein bloßes Gerücht würde nicht solche Details beinhalten. Aber diese Vermutung ist falsch.

Außerdem erkennt man, wie »verbreitungsfähig« die Geschichte ist. Würde sie jemand so erzählen, als wäre sie eine Tatsache, würden wir sie mit ziemlicher Sicherheit sofort einem anderen weitererzählen. Geschichten verbreiten sich einfach deshalb, weil sie gute Geschichten sind. Vielleicht sind sie lustig. Vielleicht sonnen wir uns in der Aufmerksamkeit, die uns beim Weitererzählen einer guten Story zuteilwird. Die Geschichte von den Heliumpuppen ist nicht nur höchst anschaulich, sondern sie entspricht auch den Erwartungen oder Vorurteilen der Leute. Erkennst du, wie das Gleiche auch für die Erzählungen über die Wunder Jesu oder seine Wiederauferstehung gelten könnte? Die ersten Anhänger der jungen christlichen Religion waren möglicherweise besonders erpicht darauf, Geschichten oder Gerüchte über Jesus weiterzuerzählen, ohne ihren Wahrheitsgehalt zu überprüfen.

Man braucht nur an die verzerrten Legenden über den 11. September oder den Tod Kennedys zu denken, dann kann man sich vorstellen, wie viel einfacher und gründlicher die Dinge verzerrt werden konnten, als es keine Kameras, keine Zeitungen und bis dreißig Jahre nach dem Ereignis auch keine schriftlichen Berichte gab. Man konnte sich auf nichts verlassen außer auf mündlich weitergetragenen Tratsch. Das war die Situation nach dem Tod Jesu. Überall im östlichen Mittelmeerraum, von Palästina bis nach Rom, gab es vereinzelte Gruppen von Christen unterschiedlicher Spielart. Die Kommunikation zwischen diesen lokalen Gruppen war schlecht und selten. Die Evangelien waren noch nicht geschrieben. Es gab kein Neues Testament, das die Gruppen hätte aneinander binden können. Sie waren sich in vielen Dingen nicht einig, beispielsweise in der Frage, ob die Christen auch Juden (und damit beschnitten) sein mussten oder ob das Christentum eine ganz neue Religion war. Manche Paulusbriefe zeigen, wie eine Führungsgestalt sich darum bemühte, Ordnung in das Durcheinander zu bringen.

Auf einen allgemein anerkannten biblischen »Kanon« – auf eine offizielle Liste der Bücher – einigte man sich erst Jahrhunderte nach Paulus' Tod. Die Bibel, die (protestantische) Christen heute lesen, ist ein Standardkanon aus siebenundzwanzig Büchern im Neuen Testament und neununddreißig im Alten (für römisch-katholische und orthodoxe Christen gibt es noch eine Reihe weiterer Bücher, die häufig als »Apokryphen« bezeichnet werden).

Matthäus, Markus, Lukas und Johannes sind im offiziellen Kanon die einzigen Evangelien, aber wie wir noch genauer erfahren werden, wurden ungefähr zur gleichen Zeit noch viele weitere Evangelien über Jesus verfasst. Festgelegt wurde der Kanon im Wesentlichen im Jahr 325 n. Chr. beim sogenannten Konzil von Nicäa, einer Versammlung von Kirchenführern, die der römische Kaiser Konstantin einberufen hatte – der Herrscher, dessen Bekehrung dazu führte, dass Europa christlich wurde. Er machte das Christentum zur offiziellen Religion des Römischen Reiches. Hätte es Konstantin nicht gegeben, wärst du vermutlich dazu erzogen worden, Jupiter, Apollo, Minerva und die anderen römischen Götter anzubeten. Viel später verbreitete sich das Christentum in Südamerika durch zwei andere Großreiche, nämlich das portugiesische (in Brasilien) und das spanische (im übrigen Kontinent). Dass der Islam in Nordafrika, dem Nahen Osten und auf dem indischen Subkontinent so weit verbreitet ist, war ebenfalls eine Folge militärischer Eroberungen.

Wie ich bereits erwähnt habe, waren Matthäus, Markus, Lukas und Johannes nur vier von zahlreichen Evangelien, die zur Zeit des Konzils von Nicäa die Runde machten. Auf einige dieser weniger bekannten Evangelien werde ich in Kürze zurückkommen. Man hätte jedes von ihnen ebenfalls in den Kanon aufnehmen können, aber aus verschiedenen Gründen geschah das nicht. Häufig lag es daran, dass man sie für ketzerisch hielt, was einfach nur heißt, dass sie Dinge berichteten, die im Widerspruch zu den »orthodoxen« Überzeugungen der Mitglieder des Konzils standen. Ein anderer Grund war, dass sie geringfügig später entstanden waren als die Evangelien nach Matthäus, Markus, Lukas und Johannes. Wie wir aber erfahren haben, wurde selbst das Markusevangelium nicht so früh aufgeschrieben, als dass es eine potenziell zuverlässige historische Quelle sein könnte.

Zum Teil wurden die vier bevorzugten Evangelien aus seltsamen Gründen ausgewählt, die mehr mit poetischer Fantasie als mit Geschichte zu tun hatten. Hundert Jahre vor dem Konzil von Nicäa lebte Irenäus, eine jener einflussreichen Gestalten aus der Frühgeschichte des Christentums, die als »Kirchenväter« bekannt sind. Er war überzeugt, es müsse genau vier Evangelien geben, nicht mehr und nicht weniger. Zur Begründung wies er darauf hin, es gebe auch vier Ecken der Erde und vier Windrichtungen (als ob das eine Rolle spielte). Und als wäre das noch nicht genug, betonte er auch, im Buch der Offenbarung sei davon die Rede, dass Gottes Thron von vier Lebewesen mit vier Gesichtern getragen werde. Die Anregung dazu stammte offenbar von dem Propheten Hesekiel aus dem Alten Testament: Er träumte davon, dass vier Tiere aus einem Wirbelwind auftauchten, jedes davon mit vier Gesichtern. Vier, vier, vier, vier – man kommt von der Zahl Vier nicht weg, natürlich muss es deshalb im Kanon vier Evangelien geben! Ich bedauere, das sagen zu müssen, aber solche »Folgerungen« gehen in der Theologie als Logik durch.

Das Buch der Offenbarung kam übrigens erst hundert Jahre später zum Kanon hinzu, und es ist schade, dass das überhaupt geschah. Ein Bursche namens Johannes hatte eines Nachts auf einer Insel namens Patmos einen seltsamen Traum und schrieb ihn auf. Wir alle haben Träume, und viele davon sind ganz schön seltsam. Bei mir ist das immer der Fall, aber ich halte sie nicht schriftlich fest, und mit Sicherheit glaube ich nicht, sie seien so interessant, dass ich andere Menschen damit belästigen müsste. Der Traum des Johannes war seltsamer als die meisten anderen (es war fast, als hätte er Drogen genommen). Dass er so gewaltigen Einfluss erlangte, liegt einfach daran, dass er es irgendwie schaffte, in den biblischen Kanon aufgenommen zu werden. Heute gilt das Buch der Offenbarung als prophetisch, und in Amerika wird es häufig von hitzigen Predigern zitiert. Zusammen mit dem ersten Brief des Paulus an die Thessalonicher ist es die wichtigste Anregung für die Vorstellung von einer »Entrückung«. Außerdem ist es die Quelle der gefährlichen Idee, die lang ersehnte zweite Wiederkunft Jesu könne erst nach einer »Schlacht von Harmagedon« stattfinden. Dieser Glaube ist der Grund, warum manche Menschen in Amerika sich nach einem umfassenden Nahostkrieg sehnen, an dem Israel beteiligt ist. Sie glauben, dieser Krieg werde »Harmagedon« sein.

Insbesondere in Amerika sind Tausende von Menschen wegen den erstaunlich beliebten *Finale – Die letzten Tage der Erde*-Romanen ehrlich der hirnrissigen Überzeugung, die Entrückung werde tatsächlich stattfinden. Und das schon bald. Es gibt sogar Websites mit Werbung für einen bezahlten Service, der sich um die Lieblings-Hauskatze kümmert, falls jemand ohne Vorwarnung körperlich in den Himmel »auffährt«. Es ist eine Schande: Den Menschen ist nicht klar, dass es kaum von etwas anderem als vom Zufall abhing, welche Bücher in den Kanon aufgenommen wurden und welche … eben nicht!

Der lange zeitliche Abstand zwischen dem Tod Jesu und der Entstehung der Evangelien ist für uns ein guter Grund, daran zu zweifeln, dass sie ein verlässlicher historischer Leitfaden sind. Ein anderer ist die Tatsache, dass sie einander widersprechen. Zwar sind sich alle Evangelien einig, dass Jesus von zwölf Jüngern begleitet wurde, es besteht aber keine Einigkeit darin, wer diese Jünger waren. Matthäus und Lukas führen für die Abstammung von Marias Ehemann Josef von König David zwei völlig unterschiedliche Ahnenreihen an – bei Matthäus waren es fünfundzwanzig Vorfahren, bei Lukas einundvierzig. Und zu allem Übel wurde Jesus ja auch noch angeblich von einer jungfräulichen Mutter geboren, das heißt,

Christen können Josefs Abstammung von David nicht als Beleg dafür anführen, dass Jesus von David abstammte. Diskrepanzen bestehen auch zwischen den Evangelien und bekannten historischen Tatsachen, beispielsweise der Amtszeit römischer Herrscher und den Zeitpunkten ihrer Taten.

Wenn man die Evangelien als historische Wahrheit betrachtet, stellt sich weiterhin das Problem, dass sie versessen darauf sind, die Prophezeiungen aus dem Alten Testament zu erfüllen. Das gilt insbesondere für Matthäus. Man gewinnt den Eindruck, als sei Matthäus durchaus in der Lage gewesen, ein Ereignis zu erfinden und in seinem Evangelium zu beschreiben, einfach damit eine Prophezeiung erfüllt wird. Das krasseste Beispiel ist die Erfindung der Legende, Maria sei Jungfrau gewesen, als sie Jesus zur Welt brachte. Und diese Legende hat sich wirklich verselbstständigt. Matthäus erzählt uns, wie ein Engel Josef im Traum erschien und ihm versicherte, seine zukünftige Ehefrau Maria sei nicht von einem anderen Mann schwanger, sondern von Gott. (Hier besteht übrigens ein Unterschied zu dem Bericht von Lukas, denn dort erscheint der Engel nicht Josef, sondern Maria.) Doch wie auch immer, Matthäus gesteht seinen Lesern ohne einen Hauch von Scham:

> Das ist aber alles geschehen, damit erfüllt würde, was der Herr durch den Propheten gesagt hat, der da spricht: »Siehe, eine Jungfrau wird schwanger sein und einen Sohn gebären, und sie werden ihm den Namen Immanuel geben«, das heißt übersetzt: Gott mit uns. (Matthäus 1,22–23)

Vielleicht war es nicht richtig, dass ich von »Scham« gesprochen habe. Matthäus, wer er auch war, hatte von historischer

Wahrheit ganz andere Vorstellungen als wir. Für ihn war die Erfüllung einer Prophezeiung wichtiger als das, was tatsächlich geschah. Er hätte nicht verstanden, was ich mit »ohne einen Hauch von Scham« überhaupt meine.

Auf der anderen Seite hatte Matthäus aber die Prophezeiung vollkommen missverstanden. Sie steht in Jesaja, Kapitel 7. Aus dem Buch Jesaja geht eindeutig hervor – allerdings offensichtlich nicht für Matthäus –, dass der Prophet nicht über die ferne Zukunft redete, sondern über die unmittelbare Zukunft zu seinen eigenen Lebzeiten. Er sprach mit König Ahas über eine bestimmte anwesende junge Frau, die schwanger war, während er sprach.

Das Wort, das Matthäus mit »Jungfrau« wiedergibt, lautete in Jesajas Hebräisch *almah*. Das kann »Jungfrau« bedeuten, aber auch »junge Frau« – ganz ähnlich wie das alte deutsche Wort »Maid«, das ebenfalls beide Bedeutungen hat. Matthäus hatte vermutlich die Septuaginta gelesen, eine Version des Alten Testaments, in der Jesajas Hebräisch ins Griechische übersetzt war; darin wurde *almah* zu *parthenos*, was tatsächlich »Jungfrau« bedeutet. Ein einfacher Übersetzungsfehler war der Ausgangspunkt für den ganzen weltweiten Mythos von der gebenedeiten Jungfrau Maria und für den römisch-katholischen Kult, der Maria als eine Art Göttin oder »Himmelskönigin« verehrt.

Die gleiche Entschlossenheit, Prophezeiungen in Erfüllung gehen zu lassen, veranlasste sowohl Markus als auch Lukas dazu, die Geburt Jesu nach Bethlehem zu verlegen. Micha, ein anderer Prophet aus dem Alten Testament, hatte vorhergesagt, der jüdische Messias werde in Bethlehem, der »Stadt Davids«, geboren werden. Das Johannesevangelium geht vernünftigerweise davon aus, dass Jesus in Nazareth geboren wurde, denn dort lebten seine Eltern. Johannes erzählt davon, wie die Menschen überrascht waren, dass Jesus, wenn er denn wirklich der Messias war, aus Nazareth stammte. Markus erwähnt seine Geburt überhaupt nicht. Aber sowohl Matthäus als auch Lukas wollten Michas Prophezeiung erfüllen, und beide gaben sich alle Mühe, um den Geburtsort Jesu von Nazareth nach Bethlehem zu verlegen. Leider taten sie es auf zweierlei Weise, und ihre Berichte widersprechen sich.

Lukas' Lösung für das Problem war eine Steuer, die der römische Kaiser Augustus angeordnet hatte. Die Steuer war Lukas zufolge von einer Volkszählung begleitet. Allerdings bringt Lukas dabei die Daten durcheinander: Moderne Historiker wissen, dass es zu einer für die Geschichte passenden Zeit im römischen Reich keine Volkszählung gab. Aber lassen wir das einmal durchgehen. Damit alle bei der Zählung ordnungsgemäß erfasst werden konnten, musste jeder sich »in seine Stadt« begeben. Josef lebte zwar tatsächlich in Nazareth, aber »seine Stadt« war, so Lukas, Bethlehem. Warum? Weil er in männlicher Linie von König David abstammte, und David kam aus Bethlehem. Schon das ist übrigens lächerlich. Wie Lukas selbst berichtet, war David Josefs einundvierzigfacher Urgroßvater. Wie kann ein Gesetz die »eigene Stadt« eines Mannes als diejenige definieren, in der sein einundvierzigfacher Urgroßvater geboren wurde? Hast du auch nur die leiseste Ahnung, wer dein einundvierzigfacher Urgroßvater in der männlichen Linie war? Ich zweifle daran, dass selbst Königin Elisabeth es weiß. Und doch war das nach Lukas der Grund, warum Jesus in Bethlehem geboren wurde. Seine Eltern zogen wegen der Volkszählung von Nazareth in den Geburtsort von Josefs einundvierzigfachem Urgroßvater.

Matthäus ließ Michas Prophezeiung auf andere Weise in Erfüllung gehen. Er ging offensichtlich davon aus, dass Bethlehem die Heimatstadt von Maria und Josef war und Jesus deshalb dort geboren wurde. Matthäus stand aber vor dem Problem, dass er sie später nach Nazareth versetzen musste. Also ließ er den bösartigen König Herodes Wind von Jesu Geburt in Bethlehem bekommen. Da Herodes sich vor dem prophezeiten neuen »König der Juden« fürchtete, der ihn von seinem Thron stürzen würde, gab er den Befehl, alle männlichen Babys in Bethlehem zu töten. Aber Gott schickte einen Engel, der Josef in einem Traum warnte und ihm sagte, er solle mit Maria und Jesus nach Ägypten fliehen. Vielleicht hast du sogar das Weihnachtslied mit folgenden Worten gesungen:

> Doch des Herodes Henkersknechte,
> So sicher sie auch spähn und schlagen,
> Sie treffen nimmermehr das rechte:
> Das wandert sänftiglich getragen. –
> In seinen Traum am Mutterherzen
> Verirrt sich nicht der Mörder Toben;
> Es ist ein Kind, zu andern Schmerzen,
> Und andrem Sterben aufgehoben.

Maria und Josef beherzigten die Warnung und kehrten erst nach Herodes' Tod aus Ägypten zurück. Aber auch dann mieden sie Bethlehem, weil Gott – wiederum in einem Traum – Josef gewarnt hatte, sie seien dort vor Herodes' Sohn Archelaus nicht sicher. Also zogen sie weiter und wohnten stattdessen

> in einer Stadt mit Namen Nazareth, damit erfüllt würde, was gesagt ist durch die Propheten: Er soll Nazoräer heißen. (Matthäus 2,23)

Eine hübsche saubere Lösung hatte Matthäus da gefunden. Er brachte seine Gestalt Jesus unversehrt nach Nazareth und schaffte es dabei sogar, noch eine weitere Prophezeiung in Erfüllung gehen zu lassen.

Ich habe angekündigt, dass ich auf die zusätzlichen Evangelien zurückkommen werde. Es gibt davon ungefähr fünfzig, und jedes könnte neben Matthäus, Markus, Lukas und Johannes in den Kanon gelangt sein. Die meisten von ihnen wurden in den ersten Jahrhunderten n. Chr. niedergeschrieben, aber wie die vier offiziellen Evangelien, so basieren auch diese schriftlich festgehaltenen, endgültigen Versionen auf älteren, mündlichen Überlieferungen (vermutlich einschließlich der üblichen »Stille-Post«-Verfälschungen). Dazu gehören das Petrus- und das Philipevangelium, das Evangelium der Maria Magdalena, das koptische Thomasevangelium, das Kindheitsevangelium nach Thomas, das Ägypterevangelium und das Judasevangelium.

In manchen Fällen ist leicht zu erkennen, warum sie im Kanon weggelassen wurden. Ein Beispiel ist das Judasevangelium. Judas Ischariot war in der ganzen Jesus-Geschichte der Erzbösewicht. Er verriet Jesus gegenüber den Behörden, die ihn dann festnahmen, vor Gericht stellten und hinrichteten. Nach dem Matthäusevangelium war Habgier sein Motiv: Der Verrat brachte ihm dreißig Silberlinge ein. Bei Matthäus stellt sich nur das Problem, dass er, wie wir bereits erfahren haben, besessen von den Prophezeiungen aus dem Alten Testament war. Matthäus wollte, dass durch alles, was Jesus widerfuhr, eine Prophezeiung in Erfüllung ging. Und wir können uns fragen, ob Judas mit seinen angeblich habgierigen Motiven zum Opfer von Matthäus' Prophetenfixierung wurde. Einige Anhaltspunkte gab mir der Bibelhistoriker Bart Ehrman.

Der Prophet Sacharja (Kapitel 11, Vers 12) wurde mit dreißig Silbermünzen bezahlt. Kein sehr beeindruckendes Zusammentreffen. Es sei denn, man betrachtet bei Sacharja den nächsten Vers:

> Und sie wogen mir den Lohn dar, dreißig Silberstücke. Und der Herr sprach zu mir: Wirf's hin dem Schmelzer! Ei, eine treffliche Summe, deren ich Wert geachtet bin von ihnen! Und ich nahm die dreißig Silberstücke und warf sie ins Haus des Herrn, dem Schmelzer hin.

Den »Schmelzer« und das »Werfen« sollten wir im Kopf behalten, wenn wir wieder das Evangelium des Matthäus, Kapitel 27, aufschlagen. Dort bringt besagter Erzbösewicht Judas Ischariot voller Reue seine dreißig Silberlinge zu den Hohepriestern und Ältesten.

> Als Judas, der ihn verraten hatte, sah, dass er zum Tode verurteilt war, reute es ihn, und er brachte die dreißig Silberlinge den Hohepriestern und Ältesten zurück und sprach: Ich habe Unrecht getan, dass ich unschuldiges Blut verraten habe. Sie aber sprachen: Was geht uns das an? Da sieh du zu! Und er warf die Silberlinge in den Tempel, ging fort und erhängte sich. Aber die Hohepriester nahmen die Silberlinge und sprachen: Es ist nicht recht, dass wir sie in den Gotteskasten legen; denn es ist Blutgeld. Sie beschlossen aber, den Töpferacker davon zu kaufen zum Begräbnis für Fremde. (Matthäus 27,3–7)

Die Hohepriester wollten das Blutgeld nicht annehmen. Also verwendeten sie die dreißig Silbermünzen zum Kauf eines Feldes, das als Töpferacker bezeichnet wurde. Um der Form gerecht zu werden, rundet Matthäus seine Geschichte mit einem anderen Propheten ab, dieses Mal Jeremia:

> Da wurde erfüllt, was gesagt ist durch den Propheten Jeremia, der da spricht: »Sie haben die dreißig Silberlinge genommen, den Preis für den Verkauften, der geschätzt wurde bei den Israeliten, und sie haben das Geld für den Töpferacker gegeben, wie mir der Herr befohlen hat.« (Matthäus 27,9)

Die Wiederentdeckung des Judasevangeliums war einer der erstaunlichsten Dokumentenfunde des 20. Jahrhunderts. Man wusste, dass ein solches Evangelium geschrieben worden war, denn es wurde von den frühen Kirchenvätern erwähnt und verdammt. Aber allgemein glaubte man, es sei verloren gegangen, vielleicht zerstört als Ketzerei. Dann jedoch, Ende der 1970er Jahre, nach 1700 Jahren, entdeckte man es in einem ägyptischen Grab. Wie bei solchen Funden üblich, dauerte es eine gewisse Zeit, bevor das unschätzbar wertvolle Dokument den Weg in die Hände richtiger Wissenschaftler fand, die sich darum kümmern konnten, und unterwegs erlitt es gewisse Schäden. Mit der Radiokarbonmethode wurde es auf das Jahr 280 n. Chr. plus/minus sechzig Jahre datiert.[3]

Das wiederentdeckte Dokument ist in Koptisch geschrieben, einer alten ägyptischen Sprache. Nach heutiger Kenntnis handelt es sich dabei aber um die Übersetzung eines früheren, nach wie vor verschollenen griechischen Textes, der vermut-

3 Die Radiokarbonmethode ist eine kluge wissenschaftliche Methode zur Datierung archäologischer Fundstücke; wie sie funktioniert, erkläre ich in meinem Buch *Der Zauber der Wirklichkeit* (Berlin: Ullstein 2012).

lich fast ebenso alt war wie die vier kanonischen Evangelien. Wie diese vier wurde es nicht von demjenigen verfasst, dessen Namen es trägt, also nicht von Judas selbst. Vermutlich enthält es eine Reihe von Gesprächen zwischen Judas und Jesus. Es erzählt die Geschichte des Verrats aus Judas' Sicht und wäscht ihn zu großen Teilen von der Schuld rein. Außerdem legt es die Vermutung nahe, dass Judas unter den zwölf Jüngern der Einzige war, der Jesu Mission wirklich verstand. Wie wir in Kapitel vier noch genauer erfahren werden, glauben Christen, es sei Gottes Plan gewesen, dass Jesus festgenommen und getötet wurde, damit Gott der Menschheit ihre Sünden vergeben konnte. Der »Verrat« durch Judas half also in Wirklichkeit Jesus, Gottes Plan zu erfüllen. Judas tat Jesus und damit Gott einen Gefallen. Wenn sich das seltsam anhört (und es hört sich seltsam an), bezieht es seine Seltsamkeit unmittelbar aus dem zentralen Gedanken des Christentums: Danach war der Tod Jesu ein notwendiges, von Gott geplantes Opfer. Natürlich erkennt man leicht, warum das Konzil von Nicäa das Judasevangelium nicht in den Kanon aufnehmen wollte.

Dass man das Kindheitsevangelium des Thomas nicht haben wollte, ist ebenfalls nicht verwunderlich, wenn auch aus anderen Gründen. Wie gewöhnlich weiß niemand, wer es geschrieben hat. Entgegen allen Gerüchten war es nicht der »ungläubige Thomas«, jener Jünger, der erst einen Beweis forderte, bevor er an Jesu Auferstehung glaubte (vielleicht sollte er der Schutzheilige der Wissenschaftler sein). Dieses Evangelium enthält verblüffende Geschichten über Jesu Kindheit, eine Phase seines Lebens, die im offiziellen Kanon nahezu vollständig fehlt. Dem Bericht zufolge war Jesus ein spitzbübisches Kind, das sich nicht scheute, seine Zauberkräfte unter Beweis zu stellen. Als er mit fünf Jahren an einem Bach spielte, nahm er Schlamm aus dem Wasser und formte daraus zwölf lebende Spatzen.

Ein Spatz besteht aus mehr als hundert Milliarden Zellen. Nervenzellen, Muskelzellen, Leberzellen, Blutzellen, Knochenzellen und Hunderte andere Zelltypen. Jede einzelne dieser Zellen ist eine Miniaturmaschine von atemberaubender Komplexität. Und jede der zweitausend Federn eines Spatzen ist ein Wunder an filigraner Architektur. Solche Details kannte zu Jesu Zeiten niemand. Dennoch sollte man glauben, dass die Erwachsenen ziemlich beeindruckt waren. Das alles auf einen Schlag aus Schlamm herzustellen wäre eine erstaunliche magische Leistung. Aber nein: Josef fand es wichtiger, mit Jesus zu schimpfen, weil er es am Sabbat getan hatte, an dem das jüdische Gesetz jegliche Arbeit verbietet. Manche heutigen Juden betätigen am Sabbat nicht einmal einen Lichtschalter. Das übernimmt eine Zeitschaltuhr für sie. Und es gibt Apartmenthäuser, in denen der Aufzug am Sabbat auf jeder Etage hält – damit man nicht »arbeiten« und auf einen Knopf drücken muss.

Auf die Schelte reagierte Jesus, indem er in die Hände klatschte und sagte: »Weg mit euch.« Und gehorsam flogen die Spatzen tschilpend davon.

Glaubt man dem Kindheitsevangelium, nutzte der kleine Jesus seine magischen Kräfte auch auf weniger gefällige Weise. Einmal spazierte er durch das Dorf, und ein anderes Kind lief vorbei und stieß an seine Schulter. Jesus ärgerte sich darüber und sagte: »Du wirst auf deinem Weg nicht weitergehen.« Noch in der gleichen Nacht fiel der Junge tot um. Die trauernden Eltern beklagten sich verständlicherweise bei Josef und baten ihn, Jesus in seiner Nutzung der magischen Kräfte einzuschränken. Aber sie hätten es besser wissen müssen: Jesus ließ sie umgehend erblinden. Bei einer anderen Gelegenheit wurde Jesus von einem Jungen belästigt und verfluchte ihn, sodass sein Körper vollständig verdorrte.

Es war nicht alles schlecht. Als einer seiner Spielkameraden von einem Dach stürzte und starb, erweckte Jesus ihn wieder zum Leben. Auf die gleiche Weise rettete er eine ganze Reihe von Menschen, und einmal heilte er einen Mann, der sich versehentlich mit einer Axt den eigenen Fuß verletzt hatte. Eines Tages half er seinem Vater, dem Zimmermann, und wie sich herausstellte, war das Stück Holz zu kurz. Nun, Jesus konnte natürlich nicht zulassen, dass solch ein kleines Problem eine gute Arbeit verdarb! Mit einem seiner magischen Zaubersprüche verlängerte er einfach das Holz.

Dass sich die fantastischen Wunder im Kindheitsevangelium des Thomas wirklich ereignet haben, glaubt niemand. Jesus verwandelte keinen Schlamm in Spatzen, tötete nicht den Jungen, der ihn anrempelte, und ließ weder die Eltern des Jungen erblinden, noch verlängerte er das Stück Holz in der Zimmermannswerkstatt. Warum glauben die Menschen dann an die ebenso an den Haaren herbeigezogenen Wunder, die in den offiziellen, kanonischen Evangelien geschildert werden: die Verwandlung von Wasser in Wein, das Gehen auf dem Wasser, die Auferstehung von den Toten? Hätten sie auch das Spatzenwunder oder das Brettverlängerungswunder geglaubt, wenn das Kindheitsevangelium es in den Kanon geschafft hätte? Und wenn nicht: Warum nicht? Was ist das Besondere an diesen vier Evangelien, die das Glück hatten, von einer Versammlung von Bischöfen und Theologen in Nicäa im Jahr 325 für den Kanon ausgewählt zu werden? Warum wird mit zweierlei Maß gemessen?

Oder nehmen wir ein anderes Beispiel für zweierlei Maß. Matthäus erzählt uns, genau in dem Augenblick, als Jesus am Kreuz starb, sei der große Vorhang im Tempel von Jerusalem in der Mitte durchgerissen, die Erde habe gebebt, die Gräber hätten sich aufgetan und die Toten seien durch die Straßen gelaufen. Nach dem offiziellen Evangelium war es also nichts Ungewöhnliches, dass Jesus auferstand. Nur drei Tage vor ihm kamen viele andere Menschen aus ihren Gräbern und spazierten durch Jerusalem. Glauben Christen das wirklich? Und wenn nicht: Warum nicht? Es gibt ebenso viel (oder besser gesagt, ebenso wenig) Grund, daran zu glauben, wie an die Auferstehung Jesu selbst. Wie entscheiden die Gläubigen, welche weit hergeholten Erzählungen sie glauben und welche sie außer Acht lassen?

Wie ich bereits erwähnt habe, sind die meisten – aber nicht alle – Historiker der Ansicht, dass Jesus existiert hat. Doch damit ist noch nicht viel gesagt. »Jesus« ist die römische Form des hebräischen Namens Joshua oder Yeshua. Es war ein häufiger Name, und es gab auch viele Wanderprediger. Dass ein solcher Prediger den Namen Yeshua trug, ist also nicht unwahrscheinlich. Es könnte auch mehrere gegeben haben. Nicht glaubwürdig ist aber, dass einer von ihnen Wasser in Wein (oder Schlamm in Spatzen) verwandelte, über das Wasser ging (oder ein Stück Holz verlängerte), als Kind einer Jungfrau geboren wurde oder von den Toten auferstand. Wer so etwas glauben möchte, sollte nach besseren Belegen suchen als denen, die derzeit zur Verfügung stehen. Oder, wie der Astronom Carl Sagan sagte: »Außergewöhnliche Behauptungen erfordern außergewöhnliche Belege.« Möglicherweise bezog er seine Anregung von dem angesehenen französischen Mathematiker Laplace, der einmal sagte: »Das Gewicht der Belege für eine außerordentliche Behauptung muss proportional zu ihrer Seltsamkeit sein.«

Die Behauptung, es habe einen Wanderprediger namens Yeshua gegeben, ist nicht außergewöhnlich. Und die Belege sind zwar karg, stehen dazu aber im richtigen Verhältnis: schwache Belege für eine belanglose Behauptung. Yeshua hat vermutlich existiert. Aber die Behauptungen, seine Mutter sei Jungfrau gewesen und er sei aus dem Grab auferstanden, sind tatsächlich außergewöhnlich. Also sollten auch die Belege stichhaltig sein. Und das sind sie nicht.

Im 18. Jahrhundert hatte der große schottische Philosoph David Hume etwas über Wunder zu sagen, und darauf würde ich gerne eingehen, denn es ist wichtig. Ich formuliere es in meinen eigenen Worten. Wenn jemand behauptet, er hätte ein Wunder gesehen – wenn er zum Beispiel die wundersame Behauptung aufstellt, Jesus sei aus dem Grab auferstanden oder der junge Jesus habe Schlamm in Spatzen verwandelt –, gibt es zwei Möglichkeiten:

Möglichkeit 1: Es ist tatsächlich geschehen.
Möglichkeit 2: Der Zeuge hat sich geirrt – oder er lügt, hatte Halluzinationen, hat einen falschen Bericht gehört, hat einen Zaubertrick gesehen und so weiter.

Nun könnte man sagen: »Dieser Zeuge ist so zuverlässig, da vertraue ich ihm auf Leben und Tod, und es gab auch viele andere Zeugen – es wäre ein *Wunder*, wenn er gelogen oder aus anderen Gründen die Unwahrheit gesagt hätte.« Aber darauf würde Hume antworten: Schön und gut, aber selbst wenn man die Möglichkeit 2 für ein Wunder hält, müsste man doch zugeben, dass die Möglichkeit 1 ein noch größeres Wunder ist. Wenn du die Wahl zwischen zwei Möglichkeiten hast, wähle immer diejenige, die weniger wundersam ist.

Hast du jemals einen wirklich umwerfenden »Magier« gesehen, einen großen Zauberkünstler? Beispielsweise Derren

Brown oder Jamy Ian Swiss, David Copperfield, James Randi oder Penn & Teller? Das ist so unheimlich, dass unsere innere Stimme schreit: »Es muss ein Wunder sein, es gibt keine Möglichkeit, dass es nichts Übernatürliches ist.« Aber wenn der Zauberkünstler ehrlich ist, wird er darauf ruhig und sanft sagen: »Nein, es ist nur ein Trick. Wie er funktioniert, darf ich dir nicht sagen, denn sonst würde man mich aus dem Kreis der Zauberkünstler ausschließen, aber ich versichere dir, es ist nur ein Trick.«

Übrigens sind nicht alle Zauberkünstler ehrlich. Manche verdienen viel Geld damit, dass sie mit sogenannten Psychokräften Löffel verbiegen und dann mit ihrer Unehrlichkeit sogar Bergbauunternehmen weismachen, sie könnten ihnen mit denselben Psychokräften auch sagen, wo man nach Bodenschätzen graben muss. Solche Betrüger haben es leicht, denn ihre Opfer sind ganz wild darauf, an Wunder zu glauben.

Manchmal erkennt man mühelos, wie der Trick funktioniert. Ich weiß noch, wie ich einmal im britischen Fernsehen eine Sendung sah, in der »atemberaubende« Psychokräfte propagiert wurden – Telepathie und so etwas. Eigentlich bestand die Show aus nichts anderem, als dass ganz gewöhnliche Zauberkünstler einen Fernsehmoderator namens David Frost hinters Licht führten. David Frost war entweder sehr dumm, oder – wahrscheinlicher – er stellte sich nur dumm, weil es der Einschaltquote diente. In einer Nummer traten ein Vater und ein Sohn aus Israel auf, und der Sohn behauptete, er könne durch Telepathie die Gedanken seines Vaters lesen. Der Vater blickte eine verdeckte Zahl an und schickte »Gedankenwellen« auf die andere Seite der Bühne zu seinem Sohn, der daraufhin »seine Gedanken« richtig »las«. Der Vater spielte einen großartigen Akt der Konzentration vor und rief dann etwas wie

»Hast du es empfangen, Sohn?« – worauf der Sohn »Fünf!« rief. Im Publikum brach wilder Applaus aus, und der alberne Moderator jubelte: »Erstaunlich! Unheimlich! Zutiefst mysteriös! Die Telepathie ist bewiesen!«

Hast du es begriffen? Ich möchte dir einen Hinweis geben. Wäre die verdeckte Zahl eine Acht gewesen, hätte der Vater beispielsweise gerufen: »Glaubst du, du kannst es tatsächlich schaffen, Sohn?« Wäre die verdeckte Zahl eine Drei gewesen, hätte der Satz gelautet »Schon angekommen, Sohn?« und bei einer Vier: »Ist es angekommen, Sohn?« Worum es mir aber geht: Selbst wenn der Zauberkünstler (im Gegensatz zu diesem Gespann von Vater und Sohn) ein wirklich guter ist und wir nicht einmal ansatzweise eine Vermutung haben, wie der Trick funktioniert, ist es dennoch ein Trick. Es gibt keinen Grund, in der Behauptung, es müsse ein Wunder sein, Zuflucht zu suchen. Wir sollten wie Hume denken.

Wenden wir einmal Humes Überlegungen auf einige berühmte Zaubertricks an. Dazu wollen wir die beiden »Möglichkeiten« als »Wunder« bezeichnen.

Wunder 1: Der Zauberkünstler hat die Frau tatsächlich in zwei Teile zersägt. Penn & Teller haben die Pistolenkugeln des jeweils anderen tatsächlich mit den Zähnen aufgefangen. David Copperfield hat den Eiffelturm tatsächlich verschwinden lassen. James Randi hat seine bloßen Hände tatsächlich in den Bauch eines Patienten gesteckt und die Därme herausgezogen.

Wunder 2: Unsere Augen haben uns getäuscht, obwohl wir jede Bewegung des Zauberkünstlers wie ein Adler beobachtet haben, sodass es ein »Wunder« wäre, wenn wir etwas übersehen hätten.

Ich glaube, du wirst mir darin zustimmen, dass das »Wunder« Nummer 2 weniger ein Wunder ist, sosehr du vielleicht auch protestieren möchtest. Du musst das kleinere Wunder bevorzugen und wie Hume zu dem Schluss gelangen, dass Wunder 1 nie geschehen ist. Du wurdest hinters Licht geführt.

Manchmal scheint es so, als würde das Wunder 1, das angeblich echte Wunder, schon durch die schiere Zahl der Zeugen bestätigt. Vielleicht das berühmteste Beispiel ist die Erscheinung Unserer Lieben Frau von Fatima.

Im Jahr 1917 behaupteten drei Kinder in dem Ort Fatima in Portugal, sie hätten die Jungfrau Maria in einer Vision gesehen. Eines der Kinder – sie hieß Lucia – erzählte, Maria habe mit ihr geredet und ihr versprochen, sie werde bis zum Oktober am 13. jeden Monats an den gleichen Ort zurückkehren, und dann werde sie ein Wunder vollbringen, um zu beweisen, wer sie sei. Das Gerücht verbreitete sich durch ganz Portugal. Daraufhin versammelte sich am 13. Oktober eine riesige Menge von siebzigtausend Menschen, um das Wunder zu sehen. Und natürlich, den Zeugen zufolge geschah es. Die Jungfrau Maria erschien Lucia – sonst niemandem –, und die deutete daraufhin aufgeregt zur Sonne. Dann ...

> schien die Sonne sich vom Himmel loszureißen und auf die entsetzte Menge herabzustürzen ... Gerade als es so schien, als würde der Feuerball auf sie fallen und sie töten, war das Wunder zu Ende, die Sonne nahm ihren normalen Platz am Himmel wieder ein und schien fortan so friedlich wie immer.

Katholiken nahmen die Geschichte damals sehr ernst (und viele tun es noch heute). Sie erklärten das Geschehen offiziell zu einem Wunder. Papst Johannes Paul II. überlebte 1981 einen Attentatsversuch. Er glaubte, er sei von »Unserer Lieben Frau von Fatima« gerettet worden, denn die habe »die Kugel gelenkt«, sodass sie ihn nicht tötete. Nicht einfach »Unsere Liebe Frau«, sondern ganz gezielt »Unsere Liebe Frau von Fatima«. Heißt das, dass Katholiken an viele verschiedene »Liebe Frauen« glauben? Sind sie noch polytheistischer, als ich es im ersten Kapitel vermutet habe? Nicht nur eine Maria, sondern viele Marien, eine für jede Erscheinung auf irgendeinem Berg, in einer Höhle oder Grotte?

Dominick Lagonegro, römisch-katholischer Weihbischof von New York, zitierte 2017 in einer Predigt seine Tante, die in Fatima Augenzeugin gewesen war. Ihrem Bericht zufolge

> ging die Sonne auf und ab und wendete sich hin und her, fast als würde sie tanzen. »Wer außer der Heiligen Mutter könnte die Sonne tanzen lassen«, meinte Bischof Lagonegro lachend. Aber dann wurde sie groß und »kam der Erde immer näher«, fuhr der Bischof fort. »Meine Tante erinnerte sich, es habe ausgesehen, als wären die Kleider aller Menschen leuchtend gelb von der Sonne. Einige Minuten«, erzählte er ihre Geschichte weiter, »fiel sie weiterhin zur Erde, dann blieb sie stehen« und begab sich wieder in ihre Umlaufbahn.

Ihre »Umlaufbahn«? Was für eine »Umlaufbahn« war das? Und sie fiel »einige Minuten lang weiterhin zur Erde«. Einige *Minuten*! Legen wir den Fall einmal Hume vor.

> **Wunder 1:** Die Sonne hat sich tatsächlich über den Himmel bewegt und ist dann in Richtung der Menge herabgestürzt, wobei sie sich mehrere Minuten lang sichtbar auf sie zubewegt hat.

Wunder 2: Siebzigtausend Zeugen haben sich geirrt oder haben gelogen, oder ihre Berichte wurden falsch wiedergegeben.

Wunder Nummer 2 hört sich tatsächlich nach einem Wunder an, nicht wahr? Siebzigtausend Menschen, die alle zur gleichen Zeit die gleiche Halluzination hatten? Oder die alle die gleiche Lüge erzählt haben? Wäre das nicht ein riesiges Wunder? Es scheint so. Aber betrachten wir einmal die Alternative, Wunder Nummer 1. Angenommen, die Sonne hätte sich tatsächlich bewegt: Hätten das nicht alle Menschen auf der Tagseite der Erde sehen müssen? Und nicht nur die Menschen, die sich vor einem kleinen Dorf in Portugal versammelt hatten? Und wenn sie sich tatsächlich bewegt hätte (oder wenn die Erde sich so bewegt hätte, dass es aussah, als habe die Sonne sich bewegt), wäre das eine Katastrophe gewesen, die mindestens die Erde und vielleicht auch alle anderen Planeten zerstört hätte. Insbesondere wenn sie »einige Minuten« herabgefallen wäre!

Also folgen wir Hume, entscheiden uns für das kleinere Wunder und gelangen zu dem Schluss, dass das berühmte Wunder von Fatima niemals geschehen ist.

Eigentlich habe ich mir ziemlich viel Mühe gegeben, damit »Wunder« Nummer 2 wundersamer erscheint, als es wirklich war. Hatten sich dort wirklich siebzigtausend Menschen versammelt? Welchen historischen Beleg gibt es für eine so große Zahl? In unserer Zeit werden solche Zahlen häufig übertrieben. Donald Trump behauptete, bei seiner Amtseinführung als Präsident seien eineinhalb Millionen Menschen zugegen gewesen. Die fotografischen Belege zeigen jedoch, dass diese Zahl stark übertrieben war. Und selbst wenn sich in Fatima im Oktober 1917 tatsächlich siebzigtausend Menschen versammelt hatten, wie viele von ihnen behaupteten dann wirklich, sie hätten gesehen, wie die Sonne sich bewegte? Vielleicht waren es nur wenige, und die Zahl wurde durch den Stille-Post-Effekt aufgebläht. Wenn man in die Sonne starrt, wie Lucia es ihnen gesagt hatte (was du übrigens nicht versuchen solltest, denn es ist schlecht für das Sehvermögen), hat man möglicherweise tatsächlich die Halluzination einer leichten Bewegung. Diese könnte dann wie die Zahl der Menschen, die sie gesehen hatten, durch den Stille-Post-Effekt übertrieben worden sein.

Wichtig ist dabei jedoch, dass wir uns mit solchen Überlegungen gar nicht abgeben müssen. Selbst wenn siebzigtausend Menschen tatsächlich behauptet hätten, sie hätten gesehen, wie die Sonne sich bewegte und zur Erde stürzte, wissen wir mit Sicherheit, dass es nicht geschehen ist, denn unser Planet wurde nicht zerstört, und niemand außerhalb von Fatima sah die Bewegung. Das angebliche Wunder hat mit Sicherheit nie stattgefunden, und es war töricht von der römisch-katholischen Kirche, es offiziell anzuerkennen.

Nebenbei bemerkt, wird über ein ähnliches Wunder auch im Buch Josua berichtet. Vielleicht war das die Anregung für Lucia, ihr eigenes zu erfinden. Der Israelitenführer Josua führte einen seiner vielen Kämpfe gegen rivalisierende Stämme und brauchte ein wenig mehr Zeit, um sich seinen Sieg zu sichern. Was tun? Die Lösung lag nahe! In jenen Tagen konnte man unmittelbar mit Gott sprechen. Josua brauchte nichts anderes zu tun, als Gott zu bitten, den Einbruch der Nacht zu verschieben und dazu die Sonne am Himmel stillstehen zu lassen. Gott kam der Bitte nach, die Sonne stand still, und Josua hatte den extralangen Tag, den er brauchte, um seine Schlacht zu gewinnen. Natürlich geschah auch dieses Wunder in Wirklichkeit nie. Das glaubt kein ernst zu nehmender Experte. Es gibt aber fundamentalistische Christen, die gerne glauben wollen, dass jedes einzelne Wort der Bibel buchstäblich wahr ist. Und man findet fundamentalistische Websites, die verzweifelte Wendungen und Drehungen vollziehen, um das Wunder von Josuas langem Tag zur Wahrheit zu machen.

Das Buch Josua gehört natürlich zum Alten Testament. Diesem Bibelteil wenden wir uns jetzt zu und fragen, ob irgendetwas von seinen Geschichten wahr ist.

·3·

Mythen und woher sie kommen

In Kapitel zwei habe ich vor allem vom Neuen Testament gesprochen. Da es von späteren Zeiten handelt als das Alte, ist es in der Bibel noch am ehesten eine historische Darstellung. Mit dem Alten Testament werde ich mich nicht lange aufhalten. Es führt uns noch weiter in das Schattenreich der Mythen und Legenden, und Bibelforscher nehmen es als historische Darstellung nicht ernst. Aber Mythen sind interessant und aus ihren eigenen Gründen wichtig; deshalb werde ich das Alte Testament in diesem Kapitel als Ausgangspunkt wählen und einen Blick auf Mythen und ihre Entstehung werfen.

Abraham war der ursprüngliche Stammvater des jüdischen Volkes und Begründer der drei monotheistischen Hauptreligionen der heutigen Zeit – Judentum, Christentum und Islam. Aber hat er wirklich existiert? Wie bei Achilleus und Herakles, Robin Hood und König Artus, so können wir es auch hier unmöglich genau sagen, und es gibt keinen Grund, es wirklich anzunehmen. Andererseits ist Abrahams Existenz aber keine außerordentliche Behauptung, die auch einen außerordentlichen Beleg erfordern würde. Im Gegensatz zu Josuas langem Tag oder der Auferstehung Jesu, oder auch zu Jonas, der angeblich drei Tage im Bauch eines großen Fisches lebte, ist Abrahams Existenz – oder Nichtexistenz – keine große Sache. Es gibt schlicht und einfach keinen Beleg, weder dafür noch dagegen. Genauso verhält es sich mit König David, einem weiteren großen Helden der jüdischen Geschichte. David hinterließ weder in der Archäologie noch in der Geschichtsschreibung außerhalb der Bibel irgendwelche Spuren. Wenn er überhaupt existiert hat, kann man also vermuten, dass er nicht der große König der Legenden und Lieder war, sondern ein kleiner lokaler Häuptling.

Wo wir gerade bei Liedern sind: Das Hohelied Salomons (auch bekannt als das »Lied der Lieder«, was eigentlich zutreffender ist, denn von König Salomon wurde es sicherlich nicht geschrieben!) ist das einzige erotische Buch in der Bibel. Eigentlich ist es erstaunlich, dass das Konzil von Nicäa es in den offiziellen Kanon aufgenommen hat. Dazu gibt es eine recht lustige Geschichte. In der King-James-Bibel, der berühmtesten englischen Bibelübersetzung, stehen oben auf jeder Seite Kommentarzeilen. Das Lied ist ein wunderbar poetischer Ausdruck der geschlechtlichen Liebe zwischen einer Frau und einem Mann. Aber was sagt der christliche Kommentar oben auf der Seite? »Die gegenseitige Liebe zwischen Christus und seiner Kirche.« Einfach köstlich! Und vollkommen typisch für die Denkweise der Theologen: Nimm das, was wirklich gesagt wird, einfach nicht zur Kenntnis und tue so, als solle alles ein Symbol oder eine Metapher sein.

In der King-James-Bibel gibt es einige wunderschöne Stücke englischer Literatur. Kohelet (englisch Ecclesiastes, in der Übersetzung von Martin Luther *Der Prediger Salomo*) ist mindestens ebenso gut wie das Lied der Lieder, seine Dichtung ist allerdings düster und lebensüberdrüssig. Wenn du sonst nichts anderes in der Bibel liest, empfehle ich diese beiden Bücher: den Prediger Salomo und das Lied der Lieder. Aber man sollte die King-James-Bibel oder auf Deutsch die

Übersetzung von Martin Luther lesen. Übersetzungen in moderne Sprachen funktionieren einfach nicht. Jedenfalls nicht als Dichtung. Sie haben aber ihre Berechtigung, wenn man sich eine genauere Vorstellung davon verschaffen will, was ursprünglich in der hebräischen Fassung stand. Damit versteht man dann wahrscheinlich auch Dinge besser, die wir nach Ansicht religiöser Lehrer lieber nicht verstehen sollen. Wenn du nicht weißt, was ich damit meine, warte bis zum vierten Kapitel.

Meine beiden Lieblingsbücher, der Prediger Salomo und das Lied der Lieder, tun nicht so, als wären sie Geschichtsbücher. Andere Bücher des Alten Testaments erheben diesen Anspruch, beispielsweise das Erste und Zweite Buch Mose (Genesis und Exodus), die Bücher der Könige und der Chronik. Genesis, Exodus, Levitikus, Numeri und Deuteronomium werden von Christen auch als die fünf Bücher Mose oder Pentateuch bezeichnet, bei den Juden heißen sie Thora. Allgemein wird angenommen, dass Mose sie geschrieben hat, aber das glaubt kein ernsthafter Wissenschaftler. Wie in den Geschichten von Robin Hood und seinen fröhlichen Gefährten oder von König Artus und den Rittern der Tafelrunde, so verbergen sich auch im Pentateuch möglicherweise einige wahre Bruchstücke, aber nichts davon kann man wirklich als Geschichtsschreibung bezeichnen.

Der größte uralte Mythos des jüdischen Volkes ist der von der Gefangenschaft in Ägypten und der heldenhaften Flucht ins Gelobte Land. Das war Israel, das Land, in dem Milch und Honig fließen, das Land, von dem Gott den Juden gesagt hatte, es sei das ihre, und in dem sie deshalb gegen die dort bereits ansässigen Stämme kämpften. Die Bibel wiederholt diese Legende wie besessen immer wieder. Und der Anführer, der die Juden angeblich aus Ägypten ins Gelobte Land führte, war Mose, derselbe Mose, der ihrem Glauben zufolge auch die fünf ersten Bücher der Bibel verfasst hatte.

Man sollte meinen, ein so großes Ereignis wie die Versklavung einer ganzen Nation und ihre massenhafte Auswanderung einige Generationen später müsse in den archäologischen Funden und schriftlichen Aufzeichnungen aus dem alten Ägypten ihre Spuren hinterlassen haben. Leider gibt es in beiderlei Hinsicht keinerlei Indizien, keinen Beleg für etwas Ähnliches wie eine Gefangenschaft der Juden in Ägypten. Vermutlich fand sie nie statt, auch wenn die Legende tief in der jüdischen Kultur verwurzelt ist. Wenn in der Bibel Gott oder Mose erwähnt wird, folgt auf den Namen meist »der euch aus Ägypten geführt hat« oder eine ähnliche Formulierung.

An die angebliche Flucht aus Ägypten erinnern die Juden jedes Jahr mit dem Pessachfest. Ob Fiktion oder Fakt, eine schöne Geschichte ist es nicht. Gott wollte, dass der ägyptische König, der Pharao, die israelitischen Sklaven freiließ. Nun könnte man denken, es habe in Gottes Macht gestanden, die Gedanken des Pharao auf wundersame Weise zu verändern. In Wirklichkeit tat er aber, wie wir noch genauer erfahren werden, absichtlich genau das Gegenteil. Zuerst übte er Druck auf den Pharao aus, indem er eine Reihe von zehn Plagen über Ägypten brachte. Jede Plage war schlimmer als die vorherige, bis der Pharao schließlich aufgab und die Sklaven befreite. Darunter waren eine Froschplage, eine Plage mit schmerzhaften Blasen, eine Heuschreckenplage und eine dreitägige Dunkelheit. Der Höhepunkt war die letzte Plage, und an sie erinnert das Pessachfest. Gott tötete in jedem ägyptischen Haushalt das älteste Kind, ging aber an den Häusern der Juden vorüber und verschonte deren Nachwuchs. Den Israeliten wurde gesagt, sie sollten ihre

Türpfosten mit Lämmerblut bestreichen, damit der Todesengel wusste, welche Häuser er bei seiner Orgie des Kinderschlachtens meiden musste. Man könnte meinen, der weise und allwissende Gott hätte ohnehin zwischen den Häusern unterscheiden können. Aber vielleicht glaubte der Autor, das Lämmerblut würde der Geschichte einen hübschen farbigen Anstrich geben. Jedenfalls war dies das Pessach der Legende, das von den Juden noch heute auf der ganzen Welt gefeiert wird.

Eigentlich war der Pharao schon früher bereit, aufzugeben und die Israeliten gehen zu lassen; das wäre schön gewesen, denn dann wären die vielen unschuldigen Kinder verschont geblieben. Aber Gott bediente sich absichtlich seiner magischen Kräfte, um den Pharao halsstarrig zu machen, damit er weitere Plagen schicken und den Ägyptern damit »Zeichen« geben konnte, wer der Chef war. Zu Mose sagte Gott:

> Aber ich will das Herz des Pharao verhärten und viele Zeichen und Wunder tun in Ägyptenland. Und der Pharao wird nicht auf euch hören. Dann werde ich meine Hand auf Ägypten legen und durch große Gerichte meine Heerscharen, mein Volk Israel, aus Ägyptenland führen. Und die Ägypter sollen innewerden, dass ich der Herr bin, wenn ich meine Hand über Ägypten ausstrecken und die Israeliten aus ihrer Mitte wegführen werde. (2. Mose 7,3–5)

Armer Pharao. Gott »verhärtete sein Herz«, damit er sich weigerte, die Israeliten freizulassen, sodass Gott seinen Pessach-Trick ausführen konnte. Gott sagte sogar im Voraus zu Mose, er werde dafür sorgen, dass der Pharao Nein sagte. Und die Folge war, dass alle unschuldigen erstgeborenen Kinder der Ägypter getötet wurden. Von Gott. Wie ich schon sagte: Es ist keine schöne Geschichte, und wir können dankbar sein, dass sie sich in Wirklichkeit nie abgespielt hat.

Viel authentischer als die angebliche Gefangenschaft der Juden in Ägypten ist ihre spätere Gefangenschaft in Babylon. Dafür gibt es zahlreiche Belege. Im Jahr 605 v. Chr. belagerte der babylonische König Nebukadnezar Jerusalem und verschleppte viele Juden. Etwa sechzig Jahre später wurde Babylon seinerseits von dem Perserkönig Kyros dem Großen erobert. Kyros erlaubte den Juden, nach Hause zurückzukehren, und manche von ihnen taten es auch. Um die Zeit des babylonischen Exils wurden die meisten Bücher des Alten Testaments geschrieben. Wer also glaubt, die Geschichten von Mose und David, Noah oder Adam seien von Menschen verfasst worden, die aktuelle Kenntnisse über die angeblichen Vorgänge hatten, sollte noch einmal nachdenken. Die scheinbare Geschichte im Alten Testament wurde zum größten Teil sehr viel später geschrieben, nämlich zwischen 600 und 500 v. Chr., also viele Jahrhunderte nach den Ereignissen, die dort angeblich beschrieben werden.

Anhaltspunkte dafür, wann das Alte Testament tatsächlich entstanden ist, können wir aus Anachronismen im Text ableiten. Ein Anachronismus ist etwas, das zur falschen Zeit auf der Bildfläche erscheint, beispielsweise wenn ein Schauspieler in einem Theaterstück über das alte Rom vergisst, seine Armbanduhr abzulegen. Nun, im Ersten Buch Mose finden wir einen hübschen Anachronismus. Dort heißt es, Abraham habe Kamele besessen. Aus archäologischen Funden wissen wir aber, dass das Kamel erst viele Jahrhunderte nach Abrahams angeblichem Tod domestiziert wurde. Zur Zeit der babylonischen Gefangenschaft waren aber Kamele tatsächlich domestiziert, und das ist die Zeit, in der das Erste Buch Mose tatsächlich geschrieben wurde.

Was können wir demnach über die Mythen am Anfang des Ersten Buches Mose sagen? Über Adam und Eva? Oder über die Arche Noah? Die Geschichte über Noah stammt unmittelbar von einem babylonischen Mythos ab, der Legende von Utnapischtim – was auch nicht verwunderlich ist, wurde das Erste Buch Mose doch während der babylonischen Gefangenschaft verfasst. Die Geschichte kommt auch im Gilgamasch-Epos vor: Dieses berichtet, wie der sagenumwobene Sumererkönig Gilgamesch dem Tod entgehen wollte und aus dem Utnapischtims Mund von der großen Flut hörte. Die Babylonier waren wie die Sumerer Polytheisten. In ihrer Version des Epos entschlossen sich die Götter, alle Sterblichen in einer großen Flut ertrinken zu lassen. Aber einer von ihnen, der Wassergott Ea (sumerisch Enki) warnte Utnapischtim und forderte ihn auf, ein großes Schiff zu bauen. Der Rest der Geschichte ist im Wesentlichen der Gleiche wie in der Noah-Version: Einzelheiten und Abmessungen der Arche werden minutiös festgelegt, Tiere aller Art werden an Bord genommen, aus der Arche werden eine Taube, eine Schwalbe und ein Rabe freigelassen, weil man wissen will, ob die Flut zurückgeht, die Arche strandet auf einem Berggipfel, und so weiter. In einer anderen antiken Version des Überschwemmungsmythos aus Mesopotamien spielt eine Gestalt namens Atrahasis die Rolle des Noah, und die Götter wollen die Menschen ertränken, weil sie zu viel Lärm machen. Die Geschichten unterscheiden sich in einer Reihe von Einzelheiten, sind in ihrem wesentlichen Gehalt aber alle gleich.

Eine ähnliche Geschichte kennen wir auch aus der griechischen Mythologie. Der Götterkönig Zeus war wütend und entschloss sich, der Menschheit ein Ende zu machen. Er überschwemmte die Welt und ließ alle ertrinken. Das heißt, alle mit Ausnahme eines Paars, nämlich Deukalion und seine Frau

Pyrrha. Die beiden überlebten in einer schwimmenden Kiste, die schließlich auf dem Parnassos-Gebirge zu liegen kam. Ähnliche Mythen über eine große Überschwemmung, in der nur eine einzige Familie überlebte, gibt es auf der ganzen Welt. In der Aztekenlegende aus dem alten Mexiko schwammen die einzigen Überlebenden Coxcox und seine Frau in einem hohlen Baumstamm, und schließlich landeten sie wie Noah auf einem Berggipfel, von dem sie dann herabstiegen, um die Welt neu zu bevölkern.

In Kentucky sammelten bibeltreue Christen in seliger Unkenntnis der polytheistischen Wurzeln ihrer Geschichte in Babylon Geld (steuerbefreit), um aus Holz eine riesige Arche Noah zu bauen, die man gegen Bezahlung besichtigen kann. Man sollte glauben, sie hätten ein wenig mehr über die Geschichte nachgedacht. Wenn die Erzählung von Noah stimmen würde, müssten wir feststellen, dass alle Tierarten sich von der Stelle aus über die Welt verbreiteten, an der die biblische Arche zur Ruhe kam, als die Flut zurückging – vom Berg Ararat in der Türkei. In Wirklichkeit sehen wir aber, dass alle Kontinente und Inseln ihre eigenen, einzigartigen Tiere haben: die Beuteltiere in Australien, Südamerika und Neuguinea, Ameisenfresser und Faultiere in Südamerika, Lemuren in Madagaskar. Was haben diese Leute in Kentucky sich gedacht? Haben sie sich vorgestellt, Herr und Frau Känguru wären aus der Arche gesprungen und den ganzen Weg nach Australien gehüpft, ohne unterwegs Kinder zu hinterlassen? Außerdem Herr und Frau Wombat, Herr und Frau Tasmanischer Wolf, Herr und Frau Tasmanischer Teufel, Herr und Frau Kaninchennasenbeutler sowie eine Menge weiterer Beuteltiere, die man nirgendwo findet außer in Australien. Herr und Frau Lemur – alle einhundertundein Paare – begaben sich geradewegs nach Madagaskar und sonst nirgendwohin! Und sind

Herr und Frau Faultier – ach, wie langsam – den ganzen Weg bis nach Südamerika gekrochen? In Wirklichkeit finden wir natürlich alle Tiere und ihre Fossilien genau da, wo sie nach den Gesetzmäßigkeiten der Evolution hingehören. Das war einer der wichtigsten Belege, deren Charles Darwin sich bediente. Vorzeitliche Beuteltiere entwickelten sich über Jahrmillionen eigenständig in Australien und verzweigten sich in zahlreiche unterschiedliche Gruppen – Kängurus, Koalas, Opossums, Quokkas, Zwerggleitbeutler und so weiter. Eine andere Gruppe von Säugetieren entwickelte sich in Südamerika, verzweigte sich im Lauf der Jahrmillionen und brachte Faultiere, Ameisenfresser, Gürteltiere und ihresgleichen hervor. In Afrika – wieder eine andere Gruppe. In Madagaskar – noch eine andere, hier mit allen Lemuren. Und so weiter.

Die Geschichten über Adam und Eva oder über die Arche Noah sind keine Geschichtsschreibung, und kein gebildeter Theologe hält sie dafür. Wie unzählige andere, ähnliche Geschichten aus der ganzen Welt sind sie »Mythen«. Mythen sind nichts Schlimmes. Manche sind wunderschön, und die meisten sind interessant, nur Geschichtsschreibung sind sie nicht. Aber viele ungebildete Menschen insbesondere in Amerika und in der islamischen Welt halten sie leider dafür. Alle Völker haben Mythen. Die beiden, von denen ich gerade berichtet habe, sind jüdische Mythen, und sie sind in der ganzen Welt besonders gut bekannt, weil sie sich zufällig im heiligen Kanon des Judentums, des Christentums und des Islam wiederfinden.

Woher ein Mythos ursprünglich stammt, ist nur in den seltensten Fällen geklärt. Vielleicht gab es anfangs einen Bericht über ein tatsächliches Ereignis, beispielsweise über eine wagemutige Tat eines lokalen Helden wie Achilleus oder Robin Hood. Vielleicht unterhielt ein fantasievoller Geschichtenerzähler auch die Runde am Lagerfeuer mit einer Fantasieerzählung – und die konnte entweder eine durcheinandergewürfelte Version von etwas sein, das sich tatsächlich abgespielt hatte, oder aber reine Fiktion, die nur zum Spaß erdacht wurde, vielleicht wie die Geschichte von Sindbad dem Seefahrer. Ein solcher Geschichtenerzähler konnte Gestalten aus früheren Mythen einbeziehen, die seinem Publikum bereits gut bekannt waren: Gestalten wie Herkules, Achilleus, Apollon, Theseus. Oder, wenn wir an unsere Zeit denken: Bruder Hase, Superman oder Spiderman. Und das ist noch nicht alles: Der Geschichtenerzähler dachte sich seine Storys vielleicht nicht ganz und gar als reine, unterhaltsame Fiktion aus. Möglicherweise wollte er sie als moralische Fabeln erzählen. Wie Jesus mit dem Gleichnis vom barmherzigen Samariter oder wie Äsop mit seinen Fabeln.

Mythen haben häufig eine träumerische Qualität, und manchmal berichtete der ursprüngliche Erfinder der Erzählung vielleicht tatsächlich über einen Traum. In der gesamten Geschichte glaubten unzählige Menschen, ihre Träume seien voller Bedeutungen. Man war überzeugt, Träume könnten die Zukunft vorhersagen. Die australischen Ureinwohner beziehen ihre Mythologie aus einem rätselhaften Dämmerzeitalter in der entfernten Vergangenheit, das sie als Traumzeit bezeichnen.

Aber wie eine Geschichte auch beginnt, ob bei Wahrheit oder Fiktion, Parabel oder Traum: Der Stille-Post-Effekt wird dafür sorgen, dass sie sich verändert, wenn sie über Generationen hinweg immer und immer wieder nacherzählt wird. Edle Taten werden übertrieben, bis sie oftmals eine übermenschliche Ebene erreichen. Manchmal verändern sich die Namen: So wurde die Gestalt Utnapischtim aus der sumerischen Legende in der hebräischen Nacherzählung zu Noah.

Alle möglichen Details verändern sich. Aufeinanderfolgende Geschichtenerzähler »verbessern« die Story und verändern Einzelheiten, damit sie lustiger wird. Oder damit sie besser zu ihren bisherigen Überzeugungen oder ihrem Wunschdenken passt. Oder einfach damit die Ereignisse in der Geschichte eher typisch für eine bereits beliebte Gestalt erscheinen. Wenn die Erzählung dann schließlich aufgeschrieben wird, ist vom Original kaum noch etwas übrig. Sie ist zu einem Mythos geworden.

Ein Mythos kann sich sehr schnell entwickeln. Das wissen wir von faszinierenden Fällen, die ihren Anfang in unserer Zeit genommen haben, sodass wir ihren Ursprung und die weitere Entwicklung tatsächlich beobachten konnten. Viele Mythen behaupten, Elvis Presley sei lebend gesehen worden – man sollte also zweimal nachdenken, wenn man ähnliche Geschichten über die Auferstehung Jesu hört.

Mein Lieblingsbeispiel für einen modernen Mythos sind die »Cargo-Kulte« in Neuguinea und auf verschiedenen Pazifikinseln Melanesiens. Während des Zweiten Weltkriegs waren viele dieser Inseln von japanischen, amerikanischen, britischen oder australischen Truppen besetzt. Die militärischen Stützpunkte wurden reichlich mit Waren versorgt – mit Lebensmitteln, Kühlschränken, Radios, Telefonen, Autos und so weiter. Etwas Ähnliches hatte sich schon seit dem 19. Jahrhundert abgespielt, als Nachschub für Kolonialbeamte, Missionare und so weiter herantransportiert wurde. Aber insbesondere in Kriegszeiten verdrehte der Umfang der Lieferungen den Inselbewohnern die Köpfe. Man hatte nie gesehen, dass irgendein Ausländer Getreide anbaute, Autos oder Kühlschränke herstellte oder sonst viel Nützliches tat. Und doch trafen wie aus heiterem Himmel immer diese wundersamen Dinge ein. Im Krieg fielen sie ganz buchstäblich vom Himmel, denn sie wurden von großen Frachtflugzeugen geliefert. Für die Inselbewohner war es offensichtlich, dass all diese schönen Waren von den Göttern kommen mussten oder auch von den Vorfahren (die als Götter verehrt wurden). Und da die Invasoren nie nützliche Arbeit leisteten, um sich etwas zu beschaffen, musste es sich bei den Dingen, die sie taten, um religiöse Zeremonien handeln. Sie mussten dazu dienen, den Frachtgöttern Freude zu bereiten und sie zu veranlassen, weiterhin immer neue Waren vom Himmel regnen zu lassen. Also bemühten sich die Inselbewohner, solche Zeremonien nachzuahmen – sie glaubten, das würde die Cargo-Götter erfreuen.

Wie machten sie das? Nun, es war klar, dass der Flughafen eine Art heiliger Ort sein musste, denn ihn steuerten die Frachtflugzeuge an. Also entschlossen sich die Inselbewohner, auf einer Waldlichtung einen eigenen »Flughafen« einzurichten, einschließlich eines Pseudo-Kontrollturms, Pseudo-Funkmasten und Pseudo-Flugzeugen auf der Pseudo-Landebahn. Nach dem Krieg, als die Militärstützpunkte aufgegeben wurden und keine Fracht mehr vom Himmel kam, hofften die Inselbewohner auf eine »zweite Wiederkehr«. Sie verdoppelten ihre Anstrengungen, den Cargo-Göttern Freude zu bereiten, damit diese das verlorene Zeitalter des prachtvollen Überflusses, an das man sich gut erinnern konnte, zurückbrachten.

Cargo-Kulte entstanden Dutzende von Malen unabhängig auf vielen weit voneinander entfernten Inseln. Manche von ihnen sind noch heute erfolgreich. Auf der Insel Tanna (Vanuatu) gibt es bis heute den ganz ähnlichen Kult des »John Frum«. John Frum ist eine mythische, Messias-ähnliche Gestalt, die, so der Glaube der Inselbewohner, eines Tages zurückkehren und sich um sein Volk kümmern wird. Wie Jesus. Der Name geht offenbar auf einen amerikanischen Soldaten zurück, der unter dem Namen »John from America« (»John aus Amerika«) bekannt war (im amerikanischen Englisch hört sich »from« wie »frum« an und reimt sich auf »Come«). Eine andere Spielart des Kults betet »Tom Navy« an. In all diesen Fällen dürfte der Name einer Persönlichkeit angeheftet worden sein, die sich von einem älteren Stammesgott ableitet – genau wie »Utnapischtim«, der zu »Noah« wurde.

In wieder einem anderen Kult wird Prinz Philip als Gott verehrt – ebenfalls auf Tanna. In diesem Fall ist es eigentlich keine Fracht, sondern ein großer, gut aussehender Marineoffizier, der mit seiner weißen Uniform recht beeindruckend ausgesehen haben muss und einem Gott so stark ähnelte, dass die Menschenmassen ihm überall zujubelten, wo er sich sehen ließ. Das setzte offenbar einen Stille-Post-Prozess in Gang. Der Prinz-Philip-Mythos hat sich seit 1974, als der Prinzgemahl die Insel besuchte, entwickelt, und manche Bewohner warten noch heute, 2018, auf seine zweite Wiederkehr.

Solche modernen religiösen Kulte vermitteln uns einen guten Eindruck davon, wie leicht Mythen entstehen können. Vielleicht hast du den Film *Das Leben des Brian* von Monty Python gesehen? Darin wird der Held Brian unglücklicherweise fälschlich für den Messias gehalten. Hektisch läuft er vor den Menschenmassen weg, die ihn anbeten, lässt dabei einen Kürbis fallen und verliert auch eine seiner Sandalen. Fast sofort kommt es zum »Schisma«: Die Gläubigen spalten sich in zwei rivalisierende Gruppen. Die eine folgt der heiligen Sandale, die andere dem heiligen Kürbis. Sieh dir den Film an, wenn du die Gelegenheit dazu hast – er ist wirklich lustig und eine hervorragende Satire auf die Entstehung von Religionen.

Zu den Menschen, die ich am liebsten mag (und vielen anderen geht es sicher genauso), gehört David Attenborough. Er berichtete über ein Gespräch, das er auf Tanna mit Sam führte, einem Gläubigen des John-Frum-Kults. Er wies Sam darauf hin, dass bereits neunzehn Jahre vergangen seien und die zweite Wiederkehr von John Frum immer noch nicht eingetreten sei.

> Sam hob den Blick vom Boden und sah mich an. »Wenn ihr zweitausend Jahre auf Jesus Christus wartet, und er kommt nicht, dann kann ich auch mehr als neunzehn Jahre auf John warten.«

Darin mochte Sam recht haben (allerdings hatte er unrecht mit seiner Annahme, David Attenborough sei gläubiger Christ). Die ersten Christen glaubten, die zweite Wiederkehr Jesu werde noch zu ihren Lebzeiten stattfinden, und seine eigenen Worte, wie sie in den Evangelien zitiert werden, lassen darauf schließen, dass Jesus es ebenfalls glaubte – oder zumindest die Menschen es glaubten, die seine Lehren aufschrieben.

Ein anderer relativ neuer Kult ist das Mormonentum, und das breitete sich im Gegensatz zu den John-Frum- und Cargo-Kulten oder dem »Elvis ist auferstanden«-Kult über die ganze Welt aus und wurde reich und mächtig. Sein Begründer war Joseph Smith, ein Mann aus dem US-Bundesstaat New York. Er behauptete, im Jahr 1823 habe ein Engel namens Moroni ihm gesagt, wo er einige goldene Platten ausgraben sollte, auf denen uralte Schriften standen. Smith sagte, er habe es getan und die Inschriften aus einer altägyptischen Sprache ins Englische übersetzt. Das tat er mithilfe eines magischen Steins in einem magischen Hut. Wenn er in den Hut blickte, offenbarte ihm der Stein die Bedeutung der Worte. Seine englische »Übersetzung« veröffentlichte er 1830. Seltsamerweise war es aber nicht das Englisch seiner eigenen Zeit, sondern die Sprache von zwei Jahrhunderten zuvor, das Englisch der King-James-Bibel. Von Mark Twain stammt der Scherz, man müsse nur jede Wiederholung von »It came to pass« (»Es begab sich ...«) herausschneiden, dann werde das Buch Mormon zu einem Flugblatt schrumpfen!

Warum? Was glaubte Smith, was er da vortäuschte? Glaubte er, Gott habe Englisch gesprochen? Und dann auch noch das Englisch des 16. Jahrhunderts? Das Ganze erinnert mich an die Geschichte (die vielleicht falsch, aber sehr »verbreitungsfähig« ist wie die Geschichte von den heliumgefüllten Puppen) über eine ehemalige Gouverneurin von Texas namens Miriam A. Ferguson. Ihr gefiel die Idee nicht, das Spanische in Texas zur Amtssprache zu machen, und so sagte sie angeblich: »Wenn das Englische gut genug für Jesus war, ist es auch gut genug für mich.«

Dass Joseph Smith sich eines altertümlichen Englisch bediente, hätte doch eigentlich ausreichen müssen, um bei anderen den Verdacht zu erwecken, dass er ein Fälscher war. Hinzu kam noch, dass ein Gericht ihn zuvor bereits des Betrugs für schuldig befunden hatte. Dennoch lockte er schon bald die ersten Jünger an, und heute sind es Millionen. Nicht lange nachdem Smith 1844 ermordet worden war, wuchs sein Kult unter einem charismatischen Anführer namens Brigham Young zu einer größeren neuen Religion heran. Nach Art von Mose (hier erkennt man, wie Mythen ihre Anleihen bei früheren Mythen machen) führte Brigham Young seine Anhänger auf einen Pilgerzug, um ein gelobtes Land zu finden. Als dieses erwies sich der US-Bundesstaat Utah. Heute haben die Mormonen in dem Staat im Wesentlichen das Sagen. Und unter dem Namen »Kirche Jesu Christi der Heiligen der Letzten Tage« hat sich das Mormonentum um die ganze Welt verbreitet. Es gibt einen riesigen Mormonentempel in Salt Lake City, außerdem mindestens hundert weitere große Tempel in Amerika und der übrigen Welt. Heute ist das Mormonentum kein lokaler Kult mehr wie der John-Frum-Kult auf Vanuatu. Unter den Mormonen sind wohlhabende Führungspersönlichkeiten der amerikanischen Industrie, Männer im Anzug mit Universitätsabschlüssen; einer wäre beinahe US-Präsident geworden. Von Mormonen wird erwartet, dass sie zehn Prozent ihres Einkommens an die Kirche abgeben, und die ist dadurch zu einem legendären Reichtum gelangt – was man schon erkennt, wenn man sich die erstaunlichen Tempel ansieht.

Aber diese wohlhabenden Mormonen glauben Dinge, von denen wir durch wissenschaftliche Befunde genau wissen, dass sie absurd sind, vollständiger, ausgedachter Unsinn. So erklärt beispielsweise das Buch Mormon in allen Einzelheiten, die amerikanischen Ureinwohner seien die Nachkommen von Israeliten, die um 600 v. Chr. nach Nordamerika ausgewandert seien. Dass das nicht stimmt, liegt natürlich ohnehin auf der Hand, aber die DNA-Analysen zeigen auch schlüssig, dass es falsch ist. Wieder einmal könnte man glauben, so etwas würde reichen, um den Mormonen zu zeigen, dass Smith ein Scharlatan war. Aber es reicht mitnichten.

Es kommt noch schlimmer. Ein paar Jahre nachdem Smith das Buch Mormon geschrieben hatte, behauptete er, er habe einige antike ägyptische Schriftstücke übersetzt, die ein Sammler ihm gebracht habe, nachdem man sie in der Nähe von Theben in Ägypten entdeckt hatte. Smith veröffentlichte seine »Übersetzung« 1842 unter dem Titel »Buch Abraham« und behauptete, es handele sich um eine Beschreibung über Abrahams Leben und dessen Reise nach Ägypten. Das Buch enthält auf vielen Seiten eine Menge Einzelheiten über Abrahams erste Lebensjahre sowie über ägyptische Geschichte und Astronomie. Im Jahr 1880 wurde das von Smith verfasste Buch Abraham offiziell von der Mormonenkirche »kanonisiert«.

Experten für ägyptische Hieroglyphen hatten von Anfang an den Verdacht, dass Smiths »Übersetzung« eine Fälschung war: In den Worten eines Briefs, den ein Kurator des Metropolitan Museum in New York 1912 schrieb, war das Buch Abraham »eine reine Fälschung ... ein unsinniger Mischmasch vom Anfang bis zum Ende«. Dennoch war es für fromme Mormonen immer noch möglich, den Glauben daran aufrechtzuerhalten, denn die ursprünglichen Papyri waren angeblich verloren gegangen, als das Museum in Chicago, in dem sie aufbewahrt wurden, 1871 abgebrannt war. Pech für Joseph Smith: Nicht alle Schriftstücke waren vernichtet. Einige wurden 1966 wiederentdeckt. Zu dieser Zeit verstanden die Experten die Sprache, in der die Dokumente verfasst waren. Mormonische und nicht mormonische Experten, die tatsächlich die Sprache beherrschten, übersetzten sie gemeinsam, und dabei stellte sich heraus, dass sie von etwas völlig anderem handelten. Abraham kam darin überhaupt nicht vor. Die »Übersetzung« von Joseph Smith war ein raffinierter und offensichtlich absichtlicher Schwindel.

Wir wissen also mit Sicherheit, dass Smiths Buch Abraham eine gefälschte Übersetzung von Manuskripten war, die es tatsächlich gab. Ist es nicht sehr wahrscheinlich, dass auch seine frühere »Übersetzung« des Buchs Mormon, für die er sich eines magischen Steins in einem magischen Hut bediente und mit »goldenen Tafeln« arbeitete, die auf mysteriöse Weise »verschwanden«, sodass kein anderer sie sehen konnte, ebenso eine Fälschung war? Man könnte glauben, die Mormonen hätten es begriffen. Aber selbst die offensichtlich unlautere Fälschung des »Buchs Abraham« durch Smith reichte nicht aus, um den Glauben seiner Anhänger zu erschüttern.

Ich habe den Verdacht, dass sich hier die verblüffende Macht der Indoktrination von Kindern zeigt. Menschen, die in einer Religion aufgewachsen sind, haben große Schwierigkeiten, sie abzuschütteln. Und dann geben sie sie an die nächste Generation weiter. Und so fort. Die Kirche Jesu Christi der Heiligen der Letzten Tage ist heute eine der am schnellsten wachsenden Religionen der Welt. Wenn man darüber nachdenkt, erkennt man vielleicht, wie der Christuskult in einem früheren Zeitalter, als es keine Zeitungen gab, kein Internet, keine Bücher, nichts als mündlichen Tratsch, und das über Jahrzehnte nach Jesu Tod, an Fahrt gewinnen konnte – Jungfrauengeburt, Wunder, Auferstehung, aufgefahren in den Himmel und so weiter.

Im Gegensatz zu den Mythen von Mormon und John Frum wurden die Mythen des Alten Testaments wie die Geschichte vom Paradies vor so langer Zeit erfunden, dass wir nicht wissen, wo sie ihren Ursprung haben. Jeder Stamm hat seinen Schöpfungsmythos – was nicht verwunderlich ist, denn Menschen sind von Natur aus neugierig und wollen wissen, woher sie kommen, woher die vielen Tiere kommen, wie die Welt, die Sonne, der Mond und die Sterne ins Dasein getreten sind. Die Geschichte vom Paradies ist der Schöpfungsmythos der Juden. Von den vielen Tausend Schöpfungsmythen aus der ganzen Welt war es der jüdische, der zufällig den Weg in die christliche Bibel fand – einfach weil zwei historische Zufälle zusammentrafen: Jesus war ein Jude, und Kaiser Konstantin konvertierte zum Christentum. Anders als die Geschichte über Noah dürfte der Adam-und-Eva-Mythos nicht aus einer babylonischen Quelle stammen. Was aber lustig ist: Er hat Ähnlichkeiten mit dem Ursprungsmythos der Pygmäen, klein gewachsener Menschen, die in den Wäldern Zentralafrikas zu Hause sind.

Vielleicht erinnerst du dich: Im jüdischen Mythos wurde Adam aus »der Erde vom Acker« erschaffen; Gott »blies ihm den Odem des Lebens in seine Nase. Und so ward der Mensch ein lebendiges Wesen.« Ganz wie ein Gärtner ließ Gott dann Eva als eine Art Ableger aus einer von Adams Rippen heranwachsen. Nebenbei bemerkt: Du wärst vielleicht erstaunt, wie viele Menschen wegen dieses Mythos tatsächlich glauben, bei Männern würde eine Rippe fehlen!

Adam und Eva wurden in einem hübschen Garten untergebracht, dem Garten Eden oder Paradies. Gott sagte ihnen, sie dürften dort alles essen, was sie mochten, allerdings mit einer wichtigen Ausnahme. Ein bestimmter Baum in der Mitte des Gartens, der Baum der Erkenntnis von Gut und Böse, war streng tabu. Unter keinen Umständen durften sie seine Früchte essen. Eine Zeit lang ging das gut. Aber dann machte sich eine sprechende Schlange an Eva heran und überredete sie, die verbotenen Früchte vom Baum der Erkenntnis zu verzehren. Sie tat es und verleitete Adam, es ihr gleichzutun. So ein Pech! Sofort waren die beiden voller verbotener Erkenntnisse, darunter auch die Tatsache, dass sie nackt waren. Da sie sich ihrer Nacktheit schämten, machten sie sich Schürzen aus Blättern. Damit war das Geheimnis an Gott verraten, »wie er im Garten ging, als der Tag kühl geworden war« (hübsche Formulierung!). Er erkannte, dass sie von der gefürchteten Frucht gegessen haben mussten. Er war wütend. Das arme Paar wurde für immer aus dem schönen Garten verbannt. Adam und seine männlichen Nachkommen wurden dazu verdammt, ihr ganzes Leben lang Knochenarbeit zu leisten. Eva und ihre weiblichen Nachkommen wurden zu den Schmerzen der Entbindung verdammt und die Schlange und ihre Nachkommen dazu, ohne Beine über den Boden zu kriechen (und vermutlich auch dazu, die Sprache zu verlieren!).

Vergleichen wir jetzt einmal diesen jüdischen Entstehungsmythos mit demjenigen der Pygmäen. Auf die Ähnlichkeit wies ein belgischer Anthropologe hin, der bei den Pygmäen im Ituri-Regenwald gelebt, ihre Sprache studiert und verschiedene ähnliche Versionen ihres Ursprungsmythos übersetzt hatte. Eine Version lautet folgendermaßen:

> Eines schönen Tages im Himmel sagte Gott seinem obersten Helfer, er solle den ersten Menschen machen. Der Engel des Mondes stieg herab. Er modellierte den ersten Menschen aus Erde, wickelte eine Haut um die Erde, goss Blut in die Haut und stanzte Löcher für Nasenöffnungen, Augen, Ohren und Mund hinein. Ein weiteres Loch machte er unten in den ersten Mann und steckte dort alle Organe hinein. Dann hauchte er der kleinen irdenen Statue seine eigene Lebenskraft ein. Sie trat in den Körper ein. Er bewegte sich ... Er setzte sich auf ... Er stand auf ... Er ging. Es war Efé, der erste Mensch und Vater aller, die nach ihm kamen.
>
> Gott sagte zu Efé: »Bringe Kinder hervor, die meinen Wald bevölkern. Ich werde ihnen alles geben, was sie brauchen, um glücklich zu sein. Sie werden nie arbeiten müssen. Sie werden die Herren der Erde sein. Sie werden ewig leben. Nur eines verbiete ich ihnen. Nun höre gut zu und gib meine Worte an deine Kinder weiter, und sage ihnen, dass sie diesen Befehl jeder Generation übermitteln sollen. Der Tahu-Baum ist für Menschen absolut verboten. Dieses Gesetz darfst du nie und aus keinem Grund verletzen.«
>
> Efé befolgte die Anweisungen. Er und seine Kinder kamen nie in die Nähe des Baums. Viele Jahre vergingen. Dann rief Gott Efé zu: »Komm hinauf in den Himmel. Ich

brauche deine Hilfe!« Also ging Efé hinauf in den Himmel. Nachdem er fort war, lebten die Vorfahren lange, lange Zeit im Einklang mit seinen Gesetzen und Lehren. Dann aber, an einem schrecklichen Tag, sagte eine schwangere Frau zu ihrem Mann: »Liebling, ich möchte die Frucht des Tahu-Baumes essen.« Darauf sagte er: »Du weißt, dass es nicht richtig ist.« Sie fragte: »Warum?« Er erwiderte: »Es ist gegen das Gesetz.« Sie antwortete: »Das ist ein törichtes altes Gesetz. Woran liegt dir mehr – an mir oder an einem törichten alten Gesetz?«

Sie diskutierten und diskutierten. Schließlich gab er nach. Sein Herz pochte vor Angst, als er sich in den tiefen, tiefen Wald schlich. Näher und näher kam er dem Baum. Da war er – der verbotene Baum Gottes. Der Sünder pflückte eine Tahu-Frucht. Er schälte die Tahu-Frucht. Er versteckte die Schale unter einem Blätterhaufen. Dann kehrte er ins Lager zurück und gab die Frucht seiner Frau. Sie kostete.

Dann drängte sie ihren Mann, ebenfalls zu kosten. Er tat es. Auch alle anderen Pygmäen bekamen ein Stück. Alle aßen die verbotene Frucht, und alle glaubten, Gott werde es nie bemerken.

Währenddessen sah der Engel des Mondes aus der Höhe zu. Eilig schickte er seinem Herrn eine Botschaft: »Die Menschen haben die Frucht des Tahu-Baumes gegessen!« Gott war erzürnt. »Ihr habt meinen Befehlen nicht gehorcht«, sagte er zu den Vorfahren. »Dafür werdet ihr sterben!«

Nun, was denkst du? Ist es Zufall? Die Ähnlichkeit ist nicht so groß, dass man eine sichere Aussage machen könnte. Vielleicht sind tief im Unbewussten der Menschen bestimmte Gesetzmäßigkeiten verankert, die in Form von Mythen an die Oberfläche kommen. Der berühmte Schweizer Psychologe C. G. Jung bezeichnete solche unbewussten Muster als »Archetypen«. Jung würde vielleicht die Vermutung äußern, dass die verbotene Frucht ein universeller menschlicher Archetypus ist, der im Geist der Pygmäen wie auch der Juden versteckt war und unabhängig voneinander die Anregung zu ihren beiden Entstehungsmythen gab. Vielleicht müssen wir Jungs Archetypen unserer Liste der Ausgangspunkte für die Mythen auf der ganzen Welt hinzufügen. Könnte der weitverbreitete Mythos von einer großen, weltweiten Überschwemmung ebenfalls ein Jung'scher Archetypus sein?

Vielleicht ist dir auch eine andere Möglichkeit eingefallen: Vielleicht hat die Mythologie der Pygmäen ihren Ursprung nicht ausschließlich bei den Pygmäen. Könnte es sein, dass sie irgendwann von christlichen Missionaren verunreinigt wurde? Die Missionare hätten den Pygmäen die Geschichte von Adam und Eva erzählt. Dann, nach Generationen mit Stiller Post und Verzerrung im tiefen Wald, wurde die biblische Idee von der verbotenen Frucht in den eigenen Ursprungsmythos der Pygmäen aufgenommen. Ich halte das für recht wahrscheinlich. Der belgische Anthropologe Jean-Pierre Hallet, der den Mythos übersetzte, war dagegen überzeugt, dass der Einfluss in die andere Richtung ging. Er glaubte, die Legende von der verbotenen Frucht habe ihren Ursprung bei den Pygmäen und habe sich dann über Ägypten in den Nahen Osten ausgebreitet. Wenn eine dieser beiden Theorien stimmt, zeigen die Unterschiede zwischen den beiden Mythen wieder einmal, wie wirksam der Stille-Post-Effekt war, als ein Mythos sich in den anderen verwandelte.

Viele Stammesmythen, auch der von Adam und Eva, haben eine poetische Schönheit. Leider muss ich aber eines noch einmal wiederholen, weil es zu vielen Menschen nicht klar ist: Sie stimmen nicht. Sie sind keine historischen Ereignisse. Die meisten von ihnen haben nicht einmal entfernt eine Grundlage in der Geschichte. Wir halten die Vereinigten Staaten gern für ein hochentwickeltes, gebildetes Land, und zum Teil sind sie das auch. Es bleibt aber die erstaunliche Tatsache, dass fast die Hälfte der Menschen in diesem großartigen Land buchstäblich an die Geschichte von Adam und Eva glaubt. Glücklicherweise ist noch die andere Hälfte da, und die hat die Vereinigten Staaten zur größten wissenschaftlichen Großmacht der Weltgeschichte gemacht. Man muss sich fragen, wie viel weiter sie wären, wenn sie nicht von der wissenschaftlich unwissenden Hälfte gebremst würden, die glaubt, jedes Wort der Bibel sei buchstäblich wahr.

Kein gebildeter Mensch ist heute der Ansicht, die Mythen von Adam und Eva oder von der Arche Noah seien wörtlich zu nehmen. Viele Menschen glauben aber an die Jesus-Mythen (wie die Idee, dass Jesus aus dem Grab auferstanden sei), an die islamischen Mythen (dass Mohammed beispielsweise auf einem geflügelten Pferd ritt) oder die Mormonenmythen (wonach Joseph Smith goldene Tafeln übersetzte). Meinst du, dass sie damit recht haben? Gibt es stichhaltige Gründe dafür, an solche Geschichten mehr zu glauben als an den Mythos vom Garten Eden? Oder an Noah? Oder an John Frum und die Cargo-Kulte? Und wenn du die Mythen deiner eigenen Glaubensrichtung für wahr hältst, stellt sich unabhängig davon, in welcher Religion du zufällig aufgewachsen bist, die Frage: Warum sollen diese Mythen mit größerer Wahrscheinlichkeit wahr sein als die Mythen anderer Glaubensrichtungen, an die andere Menschen ebenso inbrünstig glauben?

Bisher haben wir uns mit der Bibel als historischer Darstellung beschäftigt. Zu großen Teilen ist sie das nicht. Und wir haben die Bibel als Mythos betrachtet. Vieles davon ist tatsächlich ein Mythos, und daran ist nichts Falsches. Mythen werden zu Recht geschätzt. Aber nichts spricht dafür, die biblischen Mythen herauszugreifen und für wertvoller zu halten als die Mythen der Wikinger, der Griechen, der Ägypter, der Inselbewohner Indonesiens, der australischen Ureinwohner oder der unzähligen Stämme in Afrika, Asien oder Amerika. Die Bibel erhebt aber noch einen weiteren wichtigen Anspruch. Sie wird als Buch der moralischen Weisheit bezeichnet, als Buch, das uns helfen wird, ein gutes Leben zu führen. Viele Menschen insbesondere in Amerika gehen sogar so weit zu glauben, man könne ohne Bibel kein guter Mensch sein.

Hat die Bibel diesen tugendhaften Ruf als gutes Buch verdient? Das kannst du vielleicht entscheiden, nachdem du das nächste Kapitel gelesen hast.

·4·

Das Buch des Guten?

»Sie gingen in die Arche paarweise.« Die Geschichte von der Arche Noah gefällt uns. Herr und Frau Giraffe, Herr und Frau Elefant, Herr und Frau Pinguin und alle anderen Paare spazieren geduldig die Gangway hinauf in das große Holzschiff, wo sie von Herrn und Frau Noah willkommen geheißen werden. Süß. Aber Moment mal: Warum gab es überhaupt die große weltweite Flut? Gott war wütend auf die sündigen Menschen. Auf alle Menschen außer Noah, der »Gnade fand vor dem Herrn«. Also entschloss sich Gott, jeden Mann, jede Frau und jedes Kind zu ertränken, außerdem auch alle anderen Tiere außer einem Paar von jeder Art. Vielleicht doch nicht so süß?

Ob wir Gott nun für eine vollständig ausgedachte Gestalt halten oder nicht, wir können immer noch beurteilen, ob er gut oder schlecht ist, genau wie wir Lord Voldemort oder Darth Vader, Long John Silver oder Professor Moriarty, Goldfinger oder Cruella de Vil beurteilen können. Wenn ich also in diesem Kapitel sage, »Gott hat dieses oder jenes getan«, meine ich damit, »die Bibel behauptet, Gott habe dieses oder jenes getan«; aufgrund solcher Berichte können wir dann ein Urteil darüber fällen, ob die *Gestalt* Gott ein angenehmer Charakter ist, ganz gleich, ob die Geschichten nun Fakt oder Fiktion sind. Das werde ich tun, und natürlich steht es dir frei, selbst zu entscheiden, ob du Gott trotz alledem immer noch lieben kannst. Das jedenfalls tat ein Mann namens Hiob in der folgenden Geschichte aus der Bibel.

Hiob war ein sehr guter, rechtschaffener Mann, der Gott liebte. Das gefiel Gott so gut, dass er mit dem Satan eine Art Wette um Hiob einging. Satan glaubte, Hiob sei nur deshalb gut und folgsam und gottesfürchtig, weil er Glück gehabt hatte – er war reich und gesund, hatte eine nette Frau und zehn liebenswürdige Kinder. Nun wettete Gott mit Satan, Hiob werde auch dann weiterhin gut sein und ihn lieben und anbeten, wenn er sein ganzes Glück verlor. Gott gab Satan die Erlaubnis, Hiob auf die Probe zu stellen und ihm dazu alles zu rauben. Und Satan machte sich pflichtschuldigst an die Arbeit. Armer Hiob! All seine Rinder und Schafe starben, seine Diener wurden umgebracht, seine Kamele gestohlen, sein Haus von einem Sturm hinweggefegt, und all seine zehn Kinder starben. Aber Gott gewann die Wette, denn trotz solcher Provokationen war Hiob Gott nie böse und wollte ihn auch weiterhin lieben und anbeten.

Aber Satan mochte seine Niederlage noch nicht eingestehen, also gab Gott ihm die Erlaubnis, Hiob noch weiter auf die Probe zu stellen. Diesmal sorgte Satan dafür, dass Hiob von oben bis unten mit Geschwüren bedeckt war wie jenen, die Gott den Ägyptern zugefügt hatte (und die, wie wir heute wissen, von Bakterien verursacht werden – was der Autor des Buches Hiob nicht wusste, Gott und Satan aber vermutlich sehr wohl). Dennoch blieb Hiob in seinem Glauben standhaft. Seine Liebe zu Gott ließ nicht nach. Also wurde Hiob am Ende von Gott belohnt: Dieser heilte die Geschwüre und gab ihm noch viel mehr Reichtum. Seine Frau bekam viele weitere Kinder. Und alle lebten von da an glücklich und zufrieden. Man kann die zehn toten Kinder und die anderen

Menschen, die wegen der Wette sterben mussten, bedauern, aber wie sagt man so oft: Wo gehobelt wird, da fallen Späne.

Wie der Noah-Mythos, so ist auch das nur eine Geschichte; wirklich geschehen ist es nicht. Und wie bei den meisten Büchern der Bibel, so kennen wir auch beim Buch Hiob den Verfasser nicht. Ebenso wissen wir nicht, ob der Autor selbst (es war wahrscheinlich ein Autor und keine Autorin) glaubte, es habe einen echten Menschen namens Hiob gegeben. Er könnte sich die Geschichte auch ausgedacht haben, um eine Lehre zu erteilen. Das ist sogar sehr wahrscheinlich, denn zum größten Teil besteht das Buch Hiob aus langwierigen Zwiegesprächen zwischen Hiob und seinen Freunden (die auch »Hiobs Tröster« genannt werden) über moralische Fragen und Pflichten gegenüber Gott. Aber was auch die Absicht des Autors war, eine Riesenzahl frommer Christen und Juden glaubt noch heute, das Buch Hiob sei eine wahre Geschichte über einen wirklichen, leidenden Mann namens Hiob. Auch fromme Muslime glauben es, denn die Geschichte von Hiob steht auch im Koran. Wie die Geschichte über Noah. Und dieselben Menschen glauben auch, die Schriften seien unser bester Leitfaden, wenn man ein guter Mensch sein will. All diese frommen Menschen halten Gott für ein überragend gutes Vorbild.

Auch eine andere, erschütternde Geschichte handelt davon, wie Gott jemanden auf die Probe stellte und wissen wollte, ob er ihn wirklich liebte. Stelle dir Folgendes vor: Als du ein Kind warst, weckte dein Vater dich eines Morgens auf und sagte: »Heute ist ein schöner Tag, kommst du mit mir auf einen Spaziergang über Land?« Die Idee gefällt dir. Also macht ihr euch auf den Weg, um zusammen einen schönen Tag zu verbringen. Nach einiger Zeit bleibt dein Vater stehen und sammelt Holz. Er schichtet es auf einen Haufen, und du hilfst ihm, weil du gern Lagerfeuer machst. Aber als dieses Lagerfeuer zum Anzünden bereit ist, geschieht etwas Entsetzliches. Völlig unerwartet packt dich dein Vater, wirft dich oben auf den Holzhaufen und fesselt dich, sodass du dich nicht bewegen kannst. Du schreist vor Entsetzen. Will er dich oben auf dem Lagerfeuer braten? Es kommt noch schlimmer. Dein Vater holt ein Messer heraus, hebt es über seinen Kopf, und nun hast du keinen Zweifel mehr: Er will dich mit dem Messer erstechen. Er steht im Begriff, dich zu töten und dann deinen Körper zu verbrennen: dein eigener Vater, der Vater, der dir Gutenachtgeschichten erzählt hat, als du klein warst, der dir die Namen von Blumen und Vögeln genannt hat, dein geliebter Vater, der dir Dinge geschenkt hat, dich getröstet hat, wenn du Angst vor der Dunkelheit hattest. Wie konnte so etwas geschehen?

Plötzlich hält er inne. Er blickt mit einem seltsamen Gesichtsausdruck zum Himmel, als würde er im Kopf mit sich selbst ein Gespräch führen. Er legt das Messer weg, bindet dich los und versucht zu erklären, was das gerade war, aber du bist vor Entsetzen und Angst so gelähmt, dass du seine Worte kaum hörst. Schließlich schafft er es, dass du ihn verstehst. Es war alles Gottes Werk. Gott hat deinem Vater befohlen, dich zu töten und ihm als Brandopfer darzubringen. Aber wie sich herausgestellt hat, war es nur ein Jux – der Gottesglaube deines Vaters sollte auf die Probe gestellt werden. Dein Vater musste Gott beweisen, dass er Gott so sehr liebte, dass er sogar bereit war, dich zu töten, wenn Gott es ihm befahl. Er musste Gott beweisen, dass er Gott mehr liebte als sein eigenes Kind. Sobald Gott sah, dass dein Vater wirklich, *wirklich* bereit war, Ernst zu machen, griff er gerade noch rechtzeitig ein. Ätsch! April, April! War nicht so gemeint! Ja, war doch ein guter Witz, oder?

Kann man sich vorstellen, dass man jemandem einen schlimmeren Streich spielen könnte? Einen Streich, der darauf ausgerichtet ist, einem Kind für sein ganzes Leben Angst einzuflößen und die Beziehung zwischen Vater und Kind für immer zu vergiften? Aber genau das, so berichtet die Bibel, hat Gott getan. Die ganze Geschichte kannst du im Ersten Buch Mose, Kapitel 22, nachlesen. Der Vater war Abraham, das Kind war sein Sohn Isaak.

Die gleiche Geschichte wird auch im Koran (37: 99–111) erzählt. Der Name des Kindes wird dort nicht erwähnt, und nach der islamischen Überlieferung handelte es sich um Abrahams zweiten Sohn Ishmael (der eine andere Mutter hatte). In der Version des Koran hatte Abraham einen Traum, in dem er sah, wie er selbst seinen Sohn opferte. Ein einfacher Traum reichte aus, um ihn zu überzeugen, dass Allah es ihm so befohlen hatte, und er fragte seinen Sohn um seine Meinung. Erstaunlicherweise ermutigte der Sohn seinen Vater, weiterzumachen und ihn zu opfern. Nach einer anderen islamischen Überlieferung – im Koran selbst steht diese Version nicht – wollte Schaitan (Satan) Abraham veranlassen, die entsetzliche Tat nicht zu begehen. Es scheint also so, als wäre der Teufel in dieser Geschichte der Gute. Aber Abraham hielt sich lieber an seinen Traum, bewarf ihn mit Steinen und vertrieb ihn. Muslime inszenieren diese Steinigung symbolisch in dem alljährlichen Fest namens Eid al-Adha.

Angenommen, du wärst Isaak (Ishmael): Könntest du deinem Vater jemals verzeihen? Und wenn du Abraham wärst: Könntest du Gott jemals verzeihen? Wenn etwas Ähnliches in unserer Zeit geschehen würde, man würde Abraham wegen entsetzlicher Grausamkeit seinem Kind gegenüber einsperren. Kannst du dir vorstellen, was der Richter sagen würde, wenn ein Mann behauptet: »Aber ich habe doch nur Befehle befolgt.« »Befehle von wem?« »Nun, Euer Ehren, ich habe diese Stimme in meinem Kopf gehört.« Oder »ich hatte diesen Traum«. Was würdest du glauben, wenn du einer der Geschworenen wärst? Würdest du das für eine ausreichend gute Entschuldigung halten? Oder würdest du Abraham ins Gefängnis schicken?

Glücklicherweise besteht auch hier kein Grund zu der Annahme, dass die Geschichte sich wirklich abgespielt hat. Wir haben es bereits im zweiten und dritten Kapitel erfahren: Wie für die meisten Berichte der Bibel, so gibt es auch für diesen keine guten Belege. Es ist sogar nicht einmal belegt, dass Abraham und Isaak überhaupt existiert haben. Es ist kaum wahrscheinlicher, als dass es beispielsweise Rotkäppchen wirklich gegeben hat (und das ist ebenfalls eine ziemlich erschütternde Geschichte, nur weiß in diesem Fall jeder, dass es ein Märchen ist). Aber ob ausgedacht oder Tatsache, mir geht es darum, dass die Bibel uns immer noch als Buch des Guten vorgehalten wird. Und Gott, ihre zentrale Gestalt, wird als überragend gut beschrieben. Viele Christen halten die Bibel noch heute für eine buchstäbliche historische Geschichte. Wie wir im fünften Kapitel erfahren werden, glauben sie, man könne ohne Gott unmöglich gut sein – ja, es sei ohne Gott unmöglich, überhaupt zu wissen, was »gut« bedeutet.

In beiden Geschichten – den Geschichten, in denen Gott Abraham und Hiob auf die Probe stellt – kann ich mich des Gefühls nicht erwehren, dass die Gestalt Gottes nicht nur grausam ist, sondern auch – nun ja – unsicher. Gott gleicht der eifersüchtigen Frau im Roman, die sich der Treue ihres Mannes so wenig sicher ist, dass sie sich absichtlich darum bemüht, ihn bei der Untreue zu ertappen: Vielleicht überredet sie eine attraktive Freundin, ihn in Versuchung zu führen, nur um sich selbst zu beweisen, dass er ihr gegenüber loyal bleibt.

Und wenn Gott angeblich alles weiß, so könnte man doch glauben, er müsse auch im Voraus wissen, wie Abraham sich verhalten würde, wenn man ihn auf die Probe stellt.

In der Bibel bezeichnet die Gestalt Gottes sich selbst häufig als eifersüchtig. An einer Stelle sagt sie sogar, ihr *Name* sei »Eifersucht«. Aber während normale Menschen eifersüchtig auf Konkurrenten in der Liebe oder im Geschäftsleben sind, ist Gott eifersüchtig auf Konkurrenzgötter. Manchmal mit gutem Grund. Wie wir im ersten Kapitel erfahren haben, waren die Hebräer in der Frühzeit nicht völlig monotheistisch im modernen Sinne. Sie waren Jahwe als ihrem Stammesgott treu, aber das hieß nicht, dass sie an der Existenz der Götter konkurrierender Stämme gezweifelt hätten. Sie glaubten einfach nur, ihr Jahwe sei mächtiger und habe ihre Unterstützung stärker verdient. Manchmal waren sie sogar versucht, andere Götter anzubeten – was entsetzliche Folgen hatte, wenn ihr eigener Gott sie dabei erwischte.

Einmal, so erzählt uns die Bibel, war der sagenumwobene Israelitenführer Mose auf einem Berg und sprach mit Gott. Als er ziemlich lange fort gewesen war, fragten sich die Menschen allmählich, wann er zurückkommen werde. Sie überredeten Moses Bruder Aaron, von allen eine Menge Gold einzusammeln, schmolzen es ein und machten daraus einen neuen Gott, als Mose nicht hinsah: ein goldenes Kalb. Sie verbeugten sich und beteten das goldene Kalb an. Das mag seltsam erscheinen, aber die Anbetung von Tierstatuen – auch Stieren – war bei den Stämmen der Region zu jener Zeit weitverbreitet. Mose wusste nicht, dass sein Volk Gott betrog, aber Gott selbst konnte genau sehen, was die Israeliten trieben. Rasend vor Eifersucht schickte er Mose in aller Eile den Berg hinunter, damit er der Sache Einhalt gebot. Mose griff nach dem goldenen Kalb, verbrannte es, zermahlte es zu Pulver, mischte das Pulver mit Wasser und ließ es die Leute trinken. Nur einer der Israelitenclans, die Großfamilie Levi, war dem goldenen Kalb nicht verfallen. Also befahl Gott – durch Mose – allen Leviten, ein Schwert zu nehmen und von den anderen Stammesangehörigen so viele zu töten, wie sie konnten. Insgesamt gab es am Ende dreitausend Tote. Aber selbst das reichte noch nicht, um Gottes eifersüchtigen Zorn zu besänftigen. Er schickte eine Seuche, um alle zu vernichten, die überlebt hatten. Wenn du weißt, was gut für dich ist, solltest du dich besser nicht mit dieser Gottesgestalt anlegen. Und vor allem wage es nicht, anderen Göttern schöne Augen zu machen!

Was hatte Mose auf dem Berg mit Gott getan? Unter anderem hatte er die berühmten Zehn Gebote in Empfang genommen, die in Steintafeln gehauen waren. Er nahm sie mit sich hinunter, aber als er das goldene Kalb sah, war seine Wut so groß, dass er die Tafeln fallen ließ und sie zerbrachen. Aber das machte nichts: Gott gab ihm später eine zweite Ausstattung, und was darauf stand, wird uns an zwei verschiedenen Stellen in der Bibel gesagt. Fragt man Christen heute, warum sie ihre Religion für eine Kraft des Guten halten, zitieren sie häufig die Zehn Gebote. Wenn man sie dann aber fragt, was wirklich in den Zehn Geboten steht, erinnern sie sich, wie ich feststellen konnte, häufig nur an eines: »Du sollst nicht töten.«

Das, so würde ich sagen, ist eine ziemlich naheliegende Regel für ein gutes Leben. Und eine Regel, die man kaum in Stein hauen muss. Aber wie wir im fünften Kapitel noch genauer erfahren werden, bedeutete es letztendlich nur: »Du sollst keine Mitglieder deines eigenen Stammes töten.« Mit der Ermordung von Ausländern hatte Gott keine Probleme. Der Gott des Alten Testaments drängte sein auserwähltes

Volk ständig, andere Stämme abzuschlachten – davon wird in diesem Kapitel noch genauer die Rede sein. Und das tat er mit einer blutrünstigen Rücksichtslosigkeit, wie man sie kaum in einem anderen Werk der erzählenden Literatur findet. Aber ohnehin hat »Du sollst nicht töten« unter den Zehn Geboten nicht den Ehrenplatz. Verschiedene Überlieferungen unterscheiden sich ein wenig in der Reihenfolge der Gebote, aber Nummer eins steht bei allen an erster Stelle: »Du sollst keine anderen Götter neben mir haben.« Schon wieder die Eifersucht!

> Der Herr ist ein eifernder und vergeltender Gott, ja, ein Vergelter ist der Herr und zornig. (Nahum 1,2)

> Denn du sollst keinen anderen Gott anbeten. Denn der Herr heißt ein Eiferer; ein eifernder Gott ist er. (2. Mose 34,14)

Eine andere kleine Eigenheit Gottes ist der Bibel zufolge seine Liebe zum Geruch brennenden Fleisches. Meistens, aber nicht immer, ist es kein menschliches Fleisch. Als er Abraham befahl, Isaak auf dem Scheiterhaufen zu fesseln, war Abraham der Ansicht, dass es wegen Gottes chronischem Appetit auf pikanten Rauch geschah. Nachdem Gott in letzter Minute eingegriffen und Isaak gerettet hatte, schickte er einen Schafsbock, der sich mit seinen Hörnern in einem nahe gelegenen Dickicht verfing. Abraham verstand, was das zu bedeuten hatte, tötete das arme Tier und ließ Gott eine Dosis Hammelfleischrauch anstelle des Isaakrauchs zukommen. Nach der offiziellen Sonntagsschulen-Interpretation tauchte der Schafsbock deshalb plötzlich auf, weil Gott den Menschen damit sagen wollte, sie sollten keine Menschen, sondern lieber Tiere opfern. Aber die Gottesgestalt aus der Geschichte hatte zu jener Zeit die Gewohnheit, mit Menschen zu reden – immerhin hatte er Abraham gesagt, er solle Isaak umbringen. Man sollte also glauben, er hätte ihnen auch einfach mit Worten erklären können, sie sollten Schafe anstelle von Menschen opfern. Warum musste er dazu den armen Isaak ein solch entsetzliches Martyrium durchmachen lassen? Wenn man die Bibel liest, stellt man fest, dass Botschaften häufig nicht klar und einfach sind, sondern auf einem umständlichen, »symbolischen« Weg übermittelt werden. Ich kann mich des Gefühls nicht erwehren, dass ein wirklich netter Gott den Menschen auch nicht gesagt hätte, sie sollten Schafe opfern.

Warum scheint Gott heute überhaupt nicht mehr mit den Menschen zu sprechen wie damals mit Abraham? In Teilen des Alten Testaments konnte er anscheinend gar nicht den Schnabel halten. Zu Mose, so scheint es, sprach er fast jeden Tag. Heute hört niemand von ihm auch nur einen Pieps – oder wenn jemand etwas hört, glauben wir, dass der Betreffende psychiatrischer Hilfe bedarf. Hast du dich nicht allein deshalb schon einmal gefragt, ob die alten Geschichten vielleicht gar nicht stimmen?

Auch eine andere Geschichte wirft für dich vielleicht die Frage auf, wie nett Gott eigentlich ist. Das Buch der Richter, Kapitel 11, berichtet von Jephta, einem Feldherrn der Israeliten, der unbedingt einen Sieg gegen den rivalisierenden Stamm der Ammoniter brauchte. Jephta wollte unbedingt gewinnen, und so versprach er Gott, wenn dieser ihm den Sieg über die Ammoniter schenken würde, werde er ihm das Erste, was er nach der Heimkehr von der Schlacht sah, als Brandopfer darbringen. Wie gewünscht, ließ Gott ihn den Sieg »mit einem gewaltigen Gemetzel« erringen. Arme Ammoniter, könnte man meinen. Aber es kommt noch schlimmer. Wie das Schicksal es wollte, war der erste Mensch, der aus dem Haus kam und Jephta gratulierte, seine geliebte Tochter. Seine einzige Tochter. Sie kam heraus, tanzte vor Freude und begrüßte ihren siegreichen Vater. Jephta erinnerte sich mit Entsetzen daran, was er Gott versprochen hatte. Aber er hatte keine andere Wahl. Er musste seine Tochter verbrennen. Gott freute sich so sehr auf den versprochenen Brandgeruch. Jephtas Tochter erklärte sich netterweise einverstanden, sich opfern zu lassen, und bat nur darum, zuvor für zwei Monate in die Berge gehen zu dürfen, »um ihre Jungfernschaft zu beweinen«. Nach zwei Monaten tat sie ihre Pflicht und kam zurück. Jephta hielt sein Versprechen und grillte seine Tochter, damit Gott den hübschen, angenehmen Rauch bekam. Dieses Mal vergaß Gott, was er bei Abraham und Isaak getan hatte, und griff nicht ein. Tut mir leid, Tochter, danke, dass du so nett warst! Und ebenfalls danke, dass du Jungfrau geblieben bist, denn das galt aus irgendeinem Grund für das Opfer als wichtig (Vers 39).

Warum kämpfte Jephta überhaupt gegen die Ammoniter, und warum half ihm Gott, den Sieg zu erringen? Im Alten Testament wimmelt es von blutigen Schlachten. Und immer wenn die Israeliten gewinnen, wird das Verdienst ihrem blutrünstigen Kriegsgott zugeschrieben. Die Bücher Josua und Richter handeln vor allem von dem Kriegszug, den die Israeliten unternahmen, nachdem Mose sie aus der ägyptischen Gefangenschaft geführt hatte; sie wollten damit das Gelobte Land erobern. Es war das Land Israel, das »Land, in dem Milch und Honig fließen«. Gott half ihnen, es zu besetzen, indem sie die unglückseligen Völker ausrotteten, die bereits dort wohnten. Hier waren Gottes Befehle überhaupt nicht umständlich, sondern entsetzlich klar:

> Wenn ihr über den Jordan gegangen seid in das Land Kanaan, so sollt ihr alle Bewohner vertreiben vor euch her und alle ihre Götzenbilder und alle ihre gegossenen Bilder zerstören und alle ihre Opferhöhen vertilgen und sollt das Land einnehmen und darin wohnen; denn euch habe ich das Land gegeben, dass ihr's in Besitz nehmt. (4. Mose 33,51–53)

»Denn ich habe euch das Land gegeben, dass ihr's in Besitz nehmt.« Wie bitte? Ist das ein gutes Motiv, in den Krieg zu ziehen? Während des Zweiten Weltkriegs rechtfertigte Adolf Hitler seine Invasion in Polen, Russland und anderen Ländern im Osten mit der Behauptung, die überlegene deutsche Herrenrasse brauche *Lebensraum*. Und Gott drängte sein »auserwähltes Volk« dazu, solchen Lebensraum durch Krieg zu erobern.

Immerhin war er so freundlich, eine Unterscheidung zu treffen: auf der einen Seite die Stämme, die auf der Reise ins Gelobte Land nur im Weg standen, auf der anderen diejenigen, die bereits im Gelobten Land selbst wohnten. Der ersten Gruppe sollte Frieden angeboten werden. Wenn sie sich einverstanden erklärten, kamen sie glimpflich davon. Im schlimmsten Fall wurden nur die Männer umgebracht und die Frauen als Sexsklavinnen mitgenommen.

Eine weniger freundliche Behandlung wartete auf die unglückseligen Völker, die schon in dem Lebensraum wohnten, den Gott seinem auserwählten Volk versprochen hatte:

> Aber in den Städten dieser Völker hier, die dir der Herr, dein Gott, zum Erbe geben wird, sollst du nichts leben lassen, was Odem hat, sondern du sollst an ihnen den Bann vollstrecken, nämlich an den Hetitern, Amoritern,

> Kanaanitern, Perisitern, Hiwitern und Jebusitern, wie dir der Herr, dein Gott, geboten hat. (5. Mose 20,16–17)

Gott war wirklich nicht zimperlich, und seine erbarmungslosen Wünsche wurden buchstabengetreu ausgeführt. Und das nicht nur während der Eroberung des Gelobten Landes, sondern im gesamten Alten Testament:

> So zieh nun hin und schlage Amalek und vollstrecke den Bann an ihm und allem, was es hat; verschone sie nicht, sondern töte Mann und Frau, Kinder und Säuglinge, Rinder und Schafe, Kamele und Esel. (1. Samuel, 15,3)

Gott gab den Befehl, sogar Kinder zu ermorden. Insbesondere Jungen. Mädchen waren es wert, dass man sie sich aufhob für ... Nun, lies es selbst und lass deine Fantasie spielen (viel davon brauchst du nicht).

> So tötet nun alles, was männlich ist unter den Kindern, und alle Frauen, die schon einen Mann erkannt und bei ihm gelegen haben. Aber alle Mädchen, die noch nicht bei einem Mann gelegen haben, die lasst für euch leben. (4. Mose 31, 17–18)

Heutzutage nennt man das ethnische Säuberung und Kindesmissbrauch.

Den Theologen sind diese und viele andere, ähnliche Passagen aus der Bibel peinlich. Sie haben allen Grund, dafür dankbar zu sein, dass die moderne Archäologie und Wissenschaft keinerlei Belege für den historischen Wahrheitsgehalt solcher Geschichten aus dem Alten Testament finden. Theologen erklären die vielen Horrorgeschichten heute nicht mehr als geschichtliche Darstellungen, sondern als symbolische Mythen, als moralische Fabeln wie die von Äsop. Schön und gut, aber du fragst dich vielleicht, wo man in irgendeiner dieser entsetzlichen Erzählungen eine anständige Moral finden soll – es sind Erzählungen von blutrünstiger Gewalt, von Kämpfen um Lebensraum, von Völkermord und ethnischer Säuberung; Frauen und Mädchen werden darin als Eigentum von Männern behandelt, das man vergewaltigen und als Sexsklavinnen benutzen kann.

Moderne christliche Theologen tun das Alte Testament manchmal völlig ab. Sie weisen voller Erleichterung auf das Neue Testament hin, wo Jesus uns viel netter vorkommt als sein furchterregender himmlischer Vater. Jesus selbst war sich des Unterschieds nicht so sicher. Das Johannesevangelium lässt ihn sagen: »Ich und der Vater sind eins« und »glaubt mir, dass ich im Vater bin und der Vater in mir« und »wenn ihr mich erkannt habt, so werdet ihr auch meinen Vater erkennen«. Immerhin hat die Gestalt des Jesus in den Evangelien tatsächlich einige nette Dinge gesagt. Die Bergpredigt im Matthäusevangelium stellt Jesus als guten Menschen dar, der seiner Zeit weit voraus war. Oder wenn er nicht existierte, wie eine Minderheit der Fachleute glaubt, ist die fiktive Gestalt namens Jesus ein netter Charakter. Aber so freundlich die Gefühle in der Bergpredigt auch sein mögen: Die zentrale Lehre des Christentums, wie sie von Paulus, dem wichtigsten Architekten dieser Religion, gepredigt wurde, ist etwas ganz anderes.

Das Christentum des Paulus – die Religion, zu der fast alle heutigen Christen gehören – betrachtet alle Menschen – dich, mich, jeden, der jemals gelebt hat oder jemals leben wird – als »in Sünde geboren«. Wie wir im zweiten Kapitel erfahren haben, besagt Marias »unbefleckte Empfängnis«, dass sie fast als Einzige vom Makel der sündigen Geburt frei ist. Paulus war versessen auf die Sünde. Bei ihm gewinnt man den Eindruck, dass Gott sich für die Sünden einer Spezies, die auf einem winzigen Planeten lebt, weitaus mehr interessiert als für das riesige, sich ausdehnende Universum, das er geschaffen hat. Paulus und die anderen frühen Christen glaubten, wir alle würden die Sünde von Adam erben, dem ersten Mann, der von Eva, der ersten Frau, in Versuchung geführt wurde, nachdem sie ihrerseits von einer sprechenden Schlange verführt worden war. Wie wir im dritten Kapitel erfahren haben, bestand ihre Sünde darin, eine Frucht zu essen, die Gott ihnen ausdrücklich verboten hatte. Diese schreckliche Sünde – sie ist so schrecklich, dass sie Gott dazu veranlasste, die beiden aus dem Garten Eden zu vertreiben und sie wie auch ihre Nachkommen zu einem Leben mit harter Arbeit und Schmerzen zu verurteilen – haben wir demnach alle geerbt. Nach Aussagen von Augustinus, einem der am höchsten verehrten Theologen des Christentums, wird die »Erbsünde« von Adam in der männlichen Linie mit dem Sperma weitergegeben, der Flüssigkeit, in der die Samenzellen enthalten sind.

Selbst ein neugeborenes Baby, das überhaupt noch nichts und erst recht nichts Falsches getan hat, wird mit der großen Belastung der Sünde auf seinen winzigen Schultern geboren. Es ist, als hätten Paulus und seine christlichen Anhänger geglaubt, die Sünde sei eine Art Brutgeist – ein düsterer, erblicher Makel und nicht einfach nur die schlimmen Dinge, die manche Menschen von Zeit zu Zeit tun. Da wir in Sünde geboren sind, gibt es nur einen Weg, auf dem wir der ewigen Verdammnis im Höllenfeuer entgehen können: Wir müssen uns taufen lassen und werden dann durch den Opfertod Jesu »erlöst«. Der Tod Jesu war wie die Brandopfer im Alten Testament ein Opfer, mit dem Gott besänftigt und um die Vergebung aller menschlichen Sünden gebeten wurde, insbesondere der »Ursünde«, die Adam im Garten Eden begangen hatte.

Heute wissen wir, dass Adam niemals existiert hat. Jeder Mensch, der jemals gelebt hat, hatte zwei Eltern, und die Linie der Ururgroßeltern reicht über verschiedene Menschen- und Kleinaffen zurück bis zu Fischen, Würmern und Bakterien. Ein erstes Paar gab es nie – weder einen Adam noch eine Eva. Niemand konnte die entsetzliche Sünde begehen, für die wir alle angeblich gemeinsam die Schuld tragen. Gott wusste das vermutlich, auch wenn das bei Paulus und den ersten Christen nicht der Fall war. Und haben Menschen wirklich irgendwann einmal an die sprechende Schlange geglaubt? Tatsächlich fürchte ich, sie glaubten wahrscheinlich daran, denn eine beunruhigend große Zahl von Menschen, insbesondere in Amerika, tut es noch heute. Aber lassen wir das einmal beiseite: Wie steht es mit der Idee, Jesus habe die Menschen mit seinem Tod von ihren Sünden seit Adams Zeiten »erlöst« oder dafür »gebüßt«? Es ist der Grundgedanke – und der ist wirklich für die ganze christliche Religion von zentraler Bedeutung –, dass Jesus für unsere Sünden gestorben ist. Er hat mit seinem Leben dafür bezahlt, dass uns unsere Sünden vergeben werden können.

»Büßen« bedeutet, dass man für ein Fehlverhalten bezahlt. Man könnte fragen: Wenn Gott uns vergeben wollte, warum vergab er uns dann nicht einfach? Aber nein, das war für die Gottesgestalt nicht gut genug. Irgendjemand musste leiden, am liebsten mit Schmerzen und tödlichem Ausgang. »Ohne Blutvergießen geschieht keine Vergebung«, wie es im Hebräerbrief (9,22) heißt. Paulus erklärte häufig mit jeweils unterschiedlichen Worten, Christus sei »gestorben für unsere Sünden« (1. Korinther 15,3).

Dahinter steht folgende Idee (derentwegen man mir keinen Vorwurf machen kann – ich gebe nur die offizielle christliche Glaubenshaltung wieder): Gott wollte der Menschheit ihre Sünden vergeben, an erster Stelle die Erbsünde Adams (der nie existiert hat). Aber Gott vergab uns nicht einfach. Das wäre zu simpel. Zu naheliegend. Jemand musste durch einen Akt des Opfers für die Vergebung bezahlen. Und die Sünden der Menschheit waren so riesengroß, dass es kein normales Opfer sein konnte. Nichts genügte außer der Folter und dem qualvollen Tod von Gottes eigenem Sohn Jesus. Ja, Jesus kam gezielt zu dem Zweck herab (»herab«?) zur Erde, damit man ihn auspeitschen und kreuzigen konnte, an ein Holzkreuz genagelt, wo er qualvoll starb und so für die Sünden der Menschheit bezahlte. Nichts Geringeres als Gottes eigenes Blutopfer – denn Jesus gilt als Gott in Menschengestalt – reichte als Bezahlung für die gewaltige Last der Sünde, die am Hals der Menschheit hing.

Ich weiß nicht, wie dir das vorkommt, aber vielleicht hältst auch du es für eine wahrhaft schreckliche Idee. Auf dem Weg, der zum Tod Jesu am Kreuz führte, hätte der allmächtige Gott in jedem Augenblick eingreifen können wie bei der rituellen Opferung Isaaks durch Abraham: »Halt, Jungs, es reicht. Es ist nicht nötig, den Nagel durch die Hand meines geliebten Sohnes zu schlagen. Ich vergebe euch ohnehin. Entspannen wir uns alle einmal und feiern wir die große, allgemeine Vergebung der Sünden der Menschheit.«

Nein, diese scheinbar naheliegende Lösung für das Problem war Gott nicht gut genug. Wenn ich ein Theaterstück darüber schreiben sollte, würde ich Gott folgende Worte in den Mund legen:

Schauen wir einmal, ich kann ihnen nicht einfach vergeben, dafür ist ihre Sünde zu groß. Wie wäre es, wenn ich dreitausend von ihnen töte, wie ich es wegen dieser kleinen Unannehmlichkeit mit dem goldenen Kalb getan habe? Nein, nicht einmal dreitausend reichen, nicht dreitausend normale Menschen, die Sünde ist zu groß, als dass man sie mit dem Tod von nur dreitausend einfachen Leuten auslöschen könnte. Wisst ihr was, warum verwandle ich nicht meinen eigenen Sohn in einen Menschen und lasse ihn im Namen aller Menschen foltern und umbringen? Ja, das nenne ich ein würdiges Opfer. Tötet nicht einfach einen x-beliebigen Menschen, sondern Gott in Menschengestalt! Das hört sich schon besser an. Das ist genau das Richtige. Dieses Opfer ist groß genug, damit es alle Sünden der Menschheit tilgen kann. Einschließlich der Sünde Adams (ach, und ich Dummerchen vergesse immer wieder, ihnen zu sagen, dass es Adam nie gegeben hat). Also los, Sohn; tut mir leid, aber eine bessere Lösung fällt mir nicht ein. Und nein, du kannst nicht den Feuerwagen nehmen. Ich werde dich in den Bauch einer Frau stecken, und du musst geboren werden, aufwachsen und erzogen werden, mit Teenagerangst und allem. Ansonsten wärst du kein richtiger Mensch, und ich hätte nicht den Eindruck, dass du wirklich der Stellvertreter der Menschheit bist, wenn ich dich am Ende kreuzigen lasse, um sie zu retten. Übrigens, vergiss nicht, ich selbst werde auch gekreuzigt, denn ich bin du und du bist ich.

Ob ich Spaß mache? Ja. Ob ich schonungslos bin? Vielleicht. Unfair? Das glaube ich wirklich nicht, und bitte verstehe, warum ich mich nicht entschuldige. Christen nehmen die Lehre der Vergebung sehr ernst, aber sie ist so zutiefst, *zutiefst* widerwärtig, dass sie es verdient hat, wenn man sich auf brutale Weise darüber lustig macht. Gott ist angeblich allmächtig. Er hat das sich ausdehnende Universum geschaffen, die Galaxien, die voneinander wegrasen. Er kennt die Gesetze der Wissenschaft und die Gesetze der Mathematik. Schließlich hat er sie erfunden, und angeblich versteht er sogar die Quantengravitation und die dunkle Materie, also mehr als jeder Wissenschaftler. Er stellt die Regeln auf. Und wer die Regeln aufstellt, hat die Macht, jedem, den er mag, zu vergeben, indem er die Regeln bricht. Und doch sollen wir glauben, es könne nur einen Weg geben, auf dem er sich selbst – *sich selbst* – dazu bringen kann, den Menschen ihre Sünden zu vergeben (insbesondere die Sünde Adams, der niemals existiert hat und deshalb nicht sündigen konnte): Er musste seinen Sohn (der er auch selbst war) im Namen der Menschheit foltern und kreuzigen lassen. Auch wenn das Alte Testament das Neue in der schieren Zahl der Horrorgeschichten übertrifft, kann man mit Fug und Recht behaupten, dass die zentrale Botschaft des Neuen Testaments ein heißer Kandidat für die grausige Auszeichnung der entsetzlichsten von allen ist.

Der Jünger Judas verriet Jesus. Er führte die Behörden zu ihm und identifizierte ihn mit einem Kuss. Ein Politiker, der seine Partei verrät, wird als »Judas« bezeichnet. Im Rahmen einer Maßnahme, mit der die Galapagosinseln von eingewanderten Ziegen befreit werden sollte, weil diese das natürliche Gleichgewicht ruinierten, wurden sogenannte Judasziegen eingesetzt – Weibchen mit Funkhalsbändern, die »verrieten«, wo sich Herden aufhielten, die man ausrotten wollte. Im Lauf der Zeitalter stand der Name Judas immer für den Akt des Verrats. Aber wiederholen wir noch einmal die Frage, die wir schon im zweiten Kapitel gestellt haben: Ist das Judas gegenüber fair? Es war doch Gottes ganzer Plan, dass Jesus gekreuzigt werden sollte, also musste er festgenommen werden. Der Verrat durch Judas war für den Plan notwendig. Warum hassen Christen dann traditionell den Namen Judas? Er spielte doch nur seine Rolle in Gottes Plan, die Menschheit von ihren Sünden zu erlösen.

Und was noch schlimmer ist: Das ganze jüdische Volk litt im Lauf der Jahrhunderte immer wieder unter Verfolgung, weil die Christen es für den Tod Jesu verantwortlich machten. Noch 1938, ein Jahr bevor er Papst wurde, sagte Pius XII. über die Juden, sie seien ein Volk, »dessen Lippen [Christus] verfluchten und dessen Herzen ihn noch heute ablehnen«. Vier Jahre später, während des Krieges (Italien stand auf der Seite Hitlers), sprach Papst Pius von Jerusalem als einer Stadt mit der gleichen »starren Blindheit und hartnäckigen Undankbarkeit«, die sie »auf den Weg der Schuld des Mordes an Gott« geführt habe. Es waren auch nicht nur die Katholiken. Martin Luther, der deutsche Begründer der protestantischen Christenheit, setzte sich dafür ein, Synagogen und jüdische Schulen in Brand zu stecken. Luthers pathologischer Hass auf die Juden hallte 1922 auch bei Adolf Hitler wider:

> Mein christliches Gefühl weist mich hin auf meinen Herrn und Heiland als Kämpfer. Es weist mich hin auf den Mann, der einst einsam, nur von wenigen Anhängern umgeben, diese Juden erkannte und zum Kampfe gegen sie aufrief, und der, wahrhaftiger Gott, nicht der Größte war als Dulder, sondern der Größte als Streiter! In grenzenloser Liebe lese ich als Christ und Mensch die Stelle durch, die uns verkündet, wie der Herr sich endlich aufraffte und zur Peitsche griff, um die Wucherer, das Ratten- und Ottergezücht hinauszutreiben aus dem Tempel! Seinen ungeheuren Kampf aber für diese Welt, gegen das jüdische Gift,

den erkenne ich heute, nach zweitausend Jahren, in tiefster Ergriffenheit am gewaltigsten an der Tatsache, daß er dafür am Kreuz verbluten mußte. [...] Als Christ habe ich nicht die Verpflichtung, mir das Fell über die Ohren ziehen zu lassen, sondern habe ich die Verpflichtung, ein Streiter zu sein für die Wahrheit und für das Recht. [...] Wenn aber irgend etwas mir Beweis ist für die Richtigkeit unseres Handelns, dann ist es die täglich sich steigernde Not. Denn als Christ habe ich auch eine Verpflichtung meinem eigenen Volke gegenüber.[4]

Übrigens sollte man Hitlers Behauptung, er sei Christ gewesen, nicht allzu ernst nehmen. Neben allem, was Hitler sonst noch war, war er auch ein chronischer Lügner. In dieser Rede behauptete er vielleicht, er sei Christ gewesen, aber in den sogenannten Tischgesprächen gab er sich auch manchmal antichristlich; allerdings war er nie Atheist, und er sagte sich nie von dem Katholizismus los, in dem er aufgewachsen war. Aber auch wenn er eigentlich kein aufrichtiger Christ war, fanden seine Reden in der deutschen Bevölkerung, die durch den jahrhundertelangen katholischen und literarischen Judenhass eingestimmt war, ein bereitwilliges Publikum. Und alles begann wie im übrigen Europa mit der Legende, die Juden seien schuld am Tod Jesu.

Der römische Gouverneur Pontius Pilatus, der am Ende in die Hinrichtung Jesu einwilligte, ließ sich Wasser bringen und wusch sich öffentlich die Hände, um deutlich zu machen, dass er keine Verantwortung dafür übernahm. Angeblich er-

4 Adolf Hitler, »Die ›Hetzer‹ der Wahrheit!« (12. April 1922, Genua). In: Ernst Boepple (Hrsg.). Reden. Adolf Hitler. München: Deutscher Volksverlag, 1933.

klärten sich die Juden verantwortlich, als sie schrien: »Sein Blut komme über uns und unsere Kinder.« (Matthäus 27,25). Ein großer Teil der grausamen Verfolgungen, unter denen die Juden in der gesamten Geschichte zu leiden hatten, geht auf diese Worte zurück. Aber – muss ich es noch einmal wiederholen? – die Kreuzigung Jesu war der Dreh- und Angelpunkt von Gottes Plan. Die Juden, die angeblich seinen Tod forderten, forderten in Wirklichkeit nur das, was nach Gottes Wille ohnehin geschehen sollte. Übrigens: Glaubst du nicht, dass »Sein Blut komme über uns und unsere Kinder« sich eigentlich nicht nach etwas anhört, was jemand sagt, sondern verdächtig so, als wäre es später von einer voreingenommenen Hand hinzugefügt worden?

In diesem Kapitel habe ich immer und immer wieder betont, dass die Geschichten, die in der Bibel erzählt werden, vermutlich nicht wahr sind. Wie wir im zweiten Kapitel erfahren haben, wurden die Bücher der Bibel lange nach den Ereignissen geschrieben, von denen sie angeblich berichten. Wenn es Augenzeugen gab, waren die meisten von ihnen da bereits tot. Aber das ändert nichts an der Hauptaussage dieses Kapitels. Ob Gott ein fiktiver Charakter ist oder nicht: Wir haben das Recht zu entscheiden, ob er eine Gestalt ist, die wir lieben und der wir nachfolgen wollen, wie jüdische, christliche und muslimische Würdenträger es von uns fordern.

Wie lautet deine Entscheidung?

·5·

Brauchen wir Gott, um gute Menschen zu sein?

Während des außerordentlich hitzigen amerikanischen Präsidentschaftswahlkampfs 2016 musste sich die Demokratische Partei zwischen den beiden führenden Kandidaten Bernie Sanders und Hillary Clinton entscheiden. Brad Marshall, ein wichtiger Parteifunktionär, stand auf Hillarys Seite und glaubte, er habe einen Weg gefunden, um Bernie in Misskredit zu bringen. Er äußerte den Verdacht, Bernie sei Atheist (als ob daran etwas Falsches wäre). In einem Brief an zwei andere leitende Parteimitglieder (Hillary selbst wusste nichts davon) schlug er vor, man solle Bernie öffentlich auffordern, seine Religion zu benennen. Bei früheren Befragungen hatte er gesagt, er sei »von jüdischem Erbe«. Aber glaubte er wirklich an Gott? Brad Marshall schrieb:

> Ich halte ihn für einen Atheisten … Das könnte bei meinen Leuten ein paar Punkte Unterschied machen. Meine Baptistenleutchen aus dem Süden machen zwischen einem Juden und einem Atheisten einen großen Unterschied.

Mit den »Leutchen« meinte er die Wähler in Kentucky und West Virginia. »Ein paar Punkte Unterschied« bedeutete, dass es auf die Stimmenverteilung in diesen beiden Bundesstaaten wichtige Auswirkungen haben könnte. Er glaubte (leider mit gutem Grund), viele Christen würden eher einen religiösen Menschen als einen Atheisten wählen, selbst wenn das bedeutete, dass man seine Stimme für jemanden abgab, der einem anderen Glauben angehörte als man selbst, in diesem Fall für einen Juden. Jede Form des »Glaubens an eine höhere Macht« reicht, selbst wenn es eine andere Macht ist als die eigene. Das Gleiche hat sich in Meinungsumfragen immer und immer wieder gezeigt. Manche Wähler zögern vielleicht ein wenig, ob sie für einen Katholiken, einen Muslim oder einen Juden stimmen wollen. Aber jeden von diesen bevorzugen sie gegenüber einem Atheisten. Die Atheisten stehen auf der Liste ganz unten, selbst wenn einer von ihnen in jeder anderen Hinsicht hoch qualifiziert ist. Ich halte das zwar für schändlich, aber es ist kein Wunder, dass Brad Marshall den Atheismus des Kandidaten, den er nicht bevorzugte, offenlegen wollte.

In der Verfassung der Vereinigten Staaten heißt es: »Doch darf niemals ein religiöser Bekenntnisakt zur Bedingung für den Antritt eines Amtes oder einer öffentlichen Vertrauensstellung im Dienst der Vereinigten Staaten gemacht werden.« Zugegeben: Marshall forderte kein gesetzliches Verbot der Präsidentschaftskandidatur von Atheisten, denn das wäre tatsächlich verfassungswidrig gewesen. Natürlich dürfen Wähler die Religion eines Kandidaten zur Kenntnis nehmen, wenn sie ihre private Wahlentscheidung treffen. Aber Marshall appellierte ganz gezielt an deren Vorurteile und verstieß damit gegen den Geist der Verfassung. Atheismus ist einfach das Fehlen des Glaubens an irgendetwas Übernatürliches. Als wenn man nicht an fliegende Untertassen glaubt. Oder an Feen. Politiker müssen über Fragen von Wirtschaftspolitik, Außenpolitik, Gesundheitswesen und sozialer Sicherung oder juristischer Themen entscheiden. Warum sollte der Glaube an

Übernatürliches dazu führen, dass jemand bessere politische Entscheidungen trifft?

Zu meinem Bedauern muss ich sagen, dass anscheinend viele Menschen denken, man müsse an irgendeine Art von Gott, an irgendeine »höhere Macht« glauben, um überhaupt die Chance auf eine Moral zu haben – die Chance, ein guter Mensch zu sein. Oder man habe ohne den Glauben an eine höhere Macht keine Grundlage, um Richtig von Falsch, Gut von Schlecht, Moralischem von Unmoralischem zu unterscheiden. Dieses Kapitel beschäftigt sich mit der ganzen Frage von »Moral« und »moralischem Leben«: Was bedeutet »gut« im Gegensatz zu »schlecht«, und brauchen wir den Glauben an Gott, an Götter oder irgendeine »höhere Macht«, um gut zu sein?

Warum glaubt überhaupt jemand, Gott sei notwendig, damit wir gut sein können? Ich kann mir dafür nur zwei Gründe vorstellen, und beide sind schlechte Gründe. Erstens könnte es sein, dass die Bibel, der Koran oder ein anderes heiliges Buch uns sagt, wie wir sein sollten, und ohne ein solches Regelbuch wüssten wir nicht, was richtig und was falsch ist. Wir haben uns mit dem »Buch des Guten« schon im letzten Kapitel beschäftigt, und auf die Frage, ob wir ihm folgen sollten, werden wir demnächst zurückkommen. Der zweite mögliche Grund lautet: Die Menschen haben eine so schlechte Meinung von anderen, dass sie glauben, wir – einschließlich der Politiker – könnten nur dann gut sein, wenn irgendjemand – im Zweifelsfall Gott – uns beobachtet: Das ist die Theorie des großen Polizisten im Himmel. Oder, um das Bild ein wenig zu modernisieren: die Vorstellung von der großen Überwachungskamera im Himmel.

Leider könnte darin ein Körnchen Wahrheit stecken. Alle Staaten erachten es als notwendig, Polizeikräfte zu unterhalten. Und Verbrecher begehen seltener Diebstähle oder andere Straftaten, wenn sie glauben, dass sie von der Polizei beobachtet werden. Heutzutage sind Straßen und Geschäfte mit Videokameras ausgestattet, und die halten häufig fest, wie Menschen etwas tun, was sie nicht tun sollten: beispielsweise Ladendiebstahl. Jeder potenzielle Ladendieb wird es natürlich eher nicht versuchen, wenn er weiß, dass eine Kamera ihn beobachtet. Stellen wir uns nun einmal vor, ein Verbrecher würde glauben, dass Gott jede seiner Bewegungen beobachtet, jede Minute, jeden Tag. Viele religiöse Menschen sind überzeugt, dass Gott sogar unsere Gedanken lesen kann und im Voraus weiß, wenn wir an eine böse Tat auch nur *denken*. Auf gewisse Weise versteht man, warum solche Menschen unter Umständen glauben, ein gottesfürchtiger Mensch und auch ein gottesfürchtiger Politiker würden mit geringerer Wahrscheinlichkeit schlimme Dinge tun als ein Atheist. Atheisten brauchen vor der großen Überwachungskamera im Himmel keine Angst zu haben. Sie müssen sich – so das übliche Argument – nur vor wirklichen Kameras und wirklichen Polizisten fürchten. Vielleicht hast du schon das zynische Sprichwort gehört: »Gewissen heißt zu wissen, dass jemand zusieht.«

Die Neigung, ein guter Mensch zu sein, wenn man beobachtet wird, ist vielleicht ziemlich primitiv und tief in unserem Gehirn verwurzelt. Meine Kollegin Professor Melissa Bateson (die früher bei mir in Oxford Studienanfängerin war) machte ein bemerkenswertes Experiment. In ihrem wissenschaftlichen Institut an der Universität Newcastle stellte sie eine »Honesty Box« (»Ehrlichkeitsbox«) auf, in die man das Geld für Kaffee, Tee, Milch und Zucker legen sollte, die jeden Tag verbraucht wurden. Es gab niemanden, der die Dinge verkauft hätte. An der Wand hing eine Preisliste, und man vertraute einfach darauf, dass jeder den richtigen Betrag in die Kiste warf. Zu erfahren, dass Menschen ehrlich sind, wenn jemand zusieht, wäre keine Überraschung. Aber was ist, wenn du allein bist? Würdest du das Geld ebenso bereitwillig in die Box legen, wenn du weißt, dass es niemand sieht? Ich bin sicher, dass du es tun würdest, aber so viele Skrupel hat nicht jeder, und deshalb wurde das Experiment möglich.

Melissa hängte jede Woche im Aufenthaltsraum die Preisliste aus. Und jede Woche war das Papier oben mit einem Bild verziert. Manchmal waren es Blumen – nicht immer die gleichen Blumen, aber Blumen. In anderen Wochen zeigte das Bild ein Augenpaar, und zwar jedes Mal ein anderes. Das Ergebnis war faszinierend: In Wochen, in denen Augen über der Preisliste abgebildet waren, verhielten die Leute sich ehrlicher. Die Einnahmen in der Honesty Box waren fast dreimal so hoch wie in den »Kontrollwochen«, in denen nur Blumen den Käufern »zusahen«. Ist das nicht seltsam? Hätte es sich bei den Augen um eine echte Überwachungskamera gehandelt, wäre es leicht zu erklären. Aber die Kaffeetrinker wussten ganz genau, dass die »Augen« nur aus Druckerschwärze auf Papier bestanden. Die Augen konnten nicht besser sehen, was sich abspielte, als die Blumen. Es war keine rationale Berechnung nach dem Motto »ich bin lieber ehrlich, weil mir jemand zusieht«, sondern vollkommen irrational. Ähnlich geht es mir, wenn ich in der obersten Etage eines New Yorker Wolkenkratzers stehe und hinunterblicke. Ich weiß, dass ich nicht fallen werde. Ich stehe sogar hinter einer dicken Scheibe aus Sicherheitsglas. Dennoch bekomme ich Gänsehaut, und es läuft mir kalt den Rücken herunter. Das ist irrational. Vielleicht ist es in diesem Fall in unserem Gehirn durch Gene verwurzelt, die wir aus der entfernten Vergangenheit geerbt haben, als unsere Vorfahren die Gefahr richtig einschätzen mussten, wenn sie hoch oben in einem Baum saßen. Vielleicht brauchen wir uns nicht einmal zu sagen: »Gottes Auge beobachtet mich, also tue ich lieber Gutes.« Vielleicht ist es ein automatischer, unbewusster Effekt wie die Wirkung der Augen auf Melissas Papier (übrigens, wer sich vielleicht die Frage stellt: Sie stellte mit entsprechenden Berechnungen sicher, dass es sich bei den Ergebnissen nicht um Zufall handelte).

Ob irrational oder nicht, leider erscheint es plausibel: Wenn jemand ehrlich glaubt, dass Gott jede seiner Bewegungen beobachtet, wird er mit größerer Wahrscheinlichkeit Gutes tun. Ich muss sagen, dass ich diesen Gedanken entsetzlich finde. Ich möchte glauben, dass die Menschen besser sind. Ich möchte glauben, dass sie ehrlich sind, ob jemand zusieht oder nicht.

Wie steht es, wenn die Gottesfurcht nicht nur die Furcht ist, ihn zu erzürnen, sondern etwas noch Schlimmeres – etwas viel Schlimmeres? Sowohl das Christentum als auch der Islam haben traditionell gelehrt, dass Sünder nach dem Tod für alle Ewigkeit in der Hölle gefoltert werden. Das Buch der Offenbarung spricht von einem »feurigen Pfuhl, der von Schwefel brannte«. Der Prophet Mohammed wird mit der Äußerung zitiert, die geringste Bestrafung für einen Menschen werde darin bestehen, dass ein glühender Holzscheit unter seine Fußsohlen gelegt wird. »Deshalb wird sein Gehirn kochen.« Der Koran (4:56) sagt über diejenigen, die nicht an seine Lehren glauben: »So oft ihre Haut gar ist, tauschen wir ihnen eine andere ein, damit sie die Strafe zu spüren bekommen.« Nach Ansicht vieler Prediger muss man nicht einmal etwas Böses tun, damit man ins Höllenfeuer geworfen wird. Es reicht, ein Ungläubiger zu sein! Einige der größten Maler haben miteinander darin gewetteifert, immer entsetzlichere, albtraumhaftere Bilder der Hölle zu malen. Das berühmteste Werk der

Literatur in italienischer Sprache, Dantes *Inferno*, handelt von der Hölle.

Hat man dir als Kind mit dem Höllenfeuer gedroht? Hast du an die Drohungen geglaubt? Hattest du wirklich Angst? Wenn du diese Fragen mit Nein beantworten kannst, hast du Glück gehabt. Leider glauben viele Menschen noch bis zu ihrem Tod an die Drohungen, und dieser Glaube macht ihr Leben und insbesondere die Tage, an denen sie im Sterben liegen, zu einer Qual.

Was solche Strafandrohungen angeht, habe ich eine Theorie. Manche Drohungen sind plausibel. Wer beispielsweise des Diebstahls für schuldig befunden wird, wandert unter Umständen ins Gefängnis. Andere Drohungen sind sehr unplausibel. Beispielsweise diese: Wenn du nicht an Gott glaubst, wirst du nach deinem Tod für alle Ewigkeit in einem See aus Feuer schwimmen. Meine Theorie lautet: Je plausibler die Drohung ist, desto weniger entsetzlich muss sie sein. Die Drohung mit einer Strafe nach dem Tod ist so an den Haaren herbeigezogen, dass sie zum Ausgleich wirklich sehr entsetzlich sein muss: ein See aus Feuer. Die Drohung mit einer Strafe zu Lebzeiten ist plausibel (das Gefängnis gibt es tatsächlich), deshalb muss sie keine niederträchtige Folter enthalten, in der die Haut verbrennt und dann ersetzt wird, damit sie wieder verbrennen kann.

Was hältst du von Menschen, die Kindern mit dem ewigen Feuer nach dem Tod drohen? In diesem Buch gebe ich normalerweise auf solche Fragen keine eigenen Antworten. Aber hier kann ich nicht anders, als eine Ausnahme zu machen. Ich würde sagen: Solche Menschen haben Glück, dass es einen Ort wie die Hölle in Wirklichkeit nicht gibt, denn ich kann mir niemanden vorstellen, der es mehr verdient hätte, dorthin zu wandern.

So entsetzlich die Hölle auch sein mag: Anscheinend gibt es keine klaren Belege dafür, dass Religion die Menschen zu besserem oder schlechterem Verhalten veranlasst. Manche Studien legen die Vermutung nahe, dass religiöse Menschen großzügiger für wohltätige Zwecke spenden. Viele geben ihrer Kirche den »Zehnten« (womit ein Zehntel des Einkommens gemeint ist). Und einen Teil dieses Geldes geben die Kirchen häufig für lobenswerte wohltätige Zwecke wie die Hungerhilfe aus. Oder für die Katastrophenhilfe nach Erdbeben und anderen schrecklichen Naturkatastrophen. Aber ein großer Teil des Geldes, das die Kirchen einsammeln, fließt in die Finanzierung von Missionaren. Das nennen sie einen wohltätigen Zweck. Aber ist es Wohltätigkeit in dem gleichen Sinn wie Hungerhilfe oder die Unterstützung von Menschen, die durch Erdbeben obdachlos geworden sind? Auch Geld für Bildung zu geben scheint etwas Gutes zu sein. Aber wenn diese Bildung ausschließlich darin besteht, den Koran auswendig zu lernen? Oder wenn Missionare den Kindern beibringen, die Überlieferungen ihres Volkes zu vergessen und stattdessen die Bibel zu lernen?

Auch Ungläubige können sehr großzügig sein. Die drei größten karitativen Spender der Welt, Bill Gates, Warren Buffett und George Soros, sind nicht gläubig. Im Jahr 2010 verwüstete ein schreckliches Erdbeben den ohnehin armen Inselstaat Haiti und verursachte entsetzliches Leid. Menschen auf der ganzen Welt, ob religiös oder nicht, übertrafen sich mit Hilfs- und Geldangeboten. Meine gemeinnützige Stiftung, die Richard Dawkins Foundation for Reason and Science, gründete eine eigene karitative Organisation, die wir Non-Believers Giving Aid (»Hilfe spendende Ungläubige«) oder NBGA nannten. Als Ergänzung nahmen wir rund ein Dutzend andere nicht religiöse, säkulare und skeptische Organisationen hinzu, die mit uns Geld von Atheisten, Agnostikern und anderen Nichtgläubigen sammelten. Tausende von einzelnen Nichtgläubigen schlossen sich an. Innerhalb von drei Tagen hatte die NBGA 300.000 Dollar gesammelt. Jeden Cent davon schickten wir nach Haiti, und in den nachfolgenden Wochen kam noch viel mehr hinzu. Gleichzeitig sammelten natürlich auch religiöse karitative Organisationen Spenden. Und viele gute Menschen gingen nach Haiti, um zu helfen. Ich erzähle die Geschichte der NBGA nicht, um zu prahlen, dass Nichtgläubige großzügiger wären als religiöse Menschen. Eigentlich denke ich, dass sich die meisten Leute auf der ganzen Welt angesichts einer Krise freundlich und großzügig verhalten, ganz gleich, ob sie religiös sind oder nicht.

Die Theorie von der großen Überwachungskamera im Himmel ist in gewisser Weise plausibel, aber auch deprimierend. Vielleicht schreckt sie Verbrecher wirklich ab? Dann, so sollte man glauben, müsste die Gruppe der Gefängnisinsassen zu einem hohen Prozentsatz aus Ungläubigen bestehen. Dazu gibt es einige Zahlen aus dem Juli 2013. Sie geben an, welchen Religionen die Verurteilten in den Bundesgefängnissen der Vereinigten Staaten nach eigenen Angaben angehörten. Achtundzwanzig Prozent von ihnen waren protestantische Christen, vierundzwanzig Prozent katholische Christen, fünf Prozent waren Muslime und der Rest Buddhisten, Hindus, Juden, amerikanische Ureinwohner, oder die Angabe lautet »unbekannt«. Und die Zahl für Atheisten? Winzige 0,07 Prozent. Ein verurteilter Verbrecher ist mit 750-mal höherer Wahrscheinlichkeit Christ als Atheist. Zugegeben: Es geht hier um diejenigen, die *sagen*, sie seien Christen oder Atheisten. Wer weiß, welche Zahlen sich hinter der Angabe »unbekannt« verbergen? Wichtiger ist etwas anderes: Die Gesamtzahl der Christen in den Vereinigten Staaten ist höher als die der Atheisten. Aber nicht 750-mal höher. Die Zahl der Christen könnte auch dadurch etwas übertrieben ausfallen, weil Gefängnisinsassen unter Umständen früher entlassen werden, wenn sie sich als religiös bezeichnen. Außerdem wurde die Vermutung geäußert, die Zahlen über die Gefängnisinsassen würden nur nebenbei die religiöse Zugehörigkeit oder ihr Fehlen wiedergeben. Menschen mit schlechter Bildung landen häufiger im Gefängnis. Und Menschen mit schlechter Bildung sind seltener Atheisten. Aber wie man es auch betrachtet: Die Zahlen sind, was die Theorie der großen Überwachungskamera im Himmel angeht, nicht sonderlich vielversprechend.

Und selbst wenn diese Theorie einen gewissen Wahrheitsgehalt hat, ist sie sicher kein guter Grund, an die tatsächliche Existenz Gottes zu glauben. Der einzige stichhaltige Grund, an irgendeine Tatsache zu glauben, sind Belege. Die Theorie der »großen Überwachungskamera« ist vielleicht ein (recht zweifelhafter?) Grund zur Hoffnung, dass *andere* Menschen an Gott glauben. Sie könnte für eine niedrigere Verbrechensquote sorgen. Sie ist billiger, als wenn man tatsächlich Überwachungskameras installiert oder mehr Polizeistreifen bezahlt. Ich weiß nicht, was du denkst, aber ich finde eine solche Einstellung recht gönnerhaft: »Natürlich, du und ich, wir sind so intelligent, dass wir nicht an Gott glauben, aber es wäre doch nicht schlecht, wenn *andere* Menschen es tun!« Mein Freund, der Philosoph Daniel Dennett, spricht vom »Glauben an den Glauben«: Man glaubt nicht an Gott, aber man glaubt, der Glaube an Gott sei etwas Gutes. Als die frühere israelische Premierministerin Golda Meir unbedingt sagen sollte, ob sie an Gott glaubte, erwiderte sie: »Ich glaube an das jüdische Volk. Und das jüdische Volk glaubt an Gott.«

So viel zur Theorie der »großen Überwachungskamera im Himmel«. Jetzt möchte ich mich dem anderen potenziellen

Grund dafür zuwenden, warum Menschen es für gut halten, einen religiösen Politiker anstelle eines Atheisten zu wählen. Es ist wirklich ein ganz anderer Grund. Manche Menschen halten die Religion für etwas Gutes, weil die Bibel uns sagt, wie man sich gut verhält. Ohne ein Buch mit Regeln, so die Theorie, schwimmen wir hilflos in einem Meer der Unsicherheit. Außerdem soll die Bibel uns »Vorbilder« liefern, bewundernswerte Gestalten wie Gott oder Jesus, denen wir nacheifern können.

Aber nicht alle Gläubigen richten sich nach der gleichen Bibel. Manchen ist ein ganz anderes Buch heilig, oder sie besitzen überhaupt kein heiliges Buch. Ich spreche hier nur von der jüdisch/christlichen Bibel, denn sie ist die Einzige, die ich gut kenne. Im Wesentlichen das Gleiche könnte man aber auch über den Koran sagen. Hältst du solche Bücher für einen geeigneten Leitfaden, wenn du ein guter Mensch sein willst? Hältst du den Gott der Bibel für ein gutes Vorbild? Wenn ja, könntest du noch einmal einen Blick auf Kapitel vier werfen. Der Koran ist noch schlimmer, denn den Muslimen wird gesagt, sie sollten ihn wörtlich nehmen.

Häufig werden die Zehn Gebote als Leitfaden für ein gutes Leben genannt. Verschiedene Bundesstaaten der Vereinigten Staaten, insbesondere solche im sogenannten Bibelgürtel, werden durch heftige Diskussionen um die Zehn Gebote zerrissen. Auf der einen Seite stehen christliche Politiker, die sie an den Wänden von Gerichtssälen und anderen staatlichen Gebäuden aufhängen wollen. Die andere Seite zitiert in der Regel die US-Verfassung. Dort heißt es im ersten Verfassungszusatz:

> Der Kongress darf kein Gesetz erlassen, das die Einführung einer Staatsreligion zum Gegenstand hat [oder] die freie Religionsausübung verbietet …

Das ist doch ziemlich klar, findest du nicht? Es geht nicht darum, dass Religion verboten wäre. Du kannst jede Religion praktizieren, die dir gefällt und wie es dir gefällt. Die Verfassung verbietet nur die Gründung einer offiziellen Staatsreligion. Jedem steht es frei, sich die Zehn Gebote in seiner Privatwohnung aufzuhängen. Zu Recht gewährleistet die Verfassung solche persönlichen Freiheiten. Aber ist es verfassungsgemäß, sie an der öffentlichen Wand eines staatlichen Gerichtsgebäudes anzubringen? Nach Ansicht vieler juristischer Experten ist es das nicht.

Aber lassen wir solche juristischen Fragen einmal beiseite und sehen uns die Zehn Gebote selbst an. Was halten wir von ihnen? Sind sie wirklich ein nützlicher Leitfaden, der uns sagt, wie man ein guter oder ein schlechter Mensch ist? Es gibt in der Bibel zwei Versionen, eine im Zweiten und eine im Fünften Buch Mose. Sie sind im Wesentlichen gleich, aber verschiedene religiöse Überlieferungen (die jüdische, römisch-katholische, lutherische und so weiter) nummerieren sie ein wenig unterschiedlich. Außerdem ließ Mose in seiner Wut über das goldene Kalb die ursprünglichen Steintafeln fallen, sodass sie zerbrachen; also lieferte Gott ihm später neue Tafeln. Hier ist eine Version, die Mose nicht fallen ließ, mit der Nummerierung aus dem Zweiten Buch Mose, Kapitel 20. Gott machte aus der Verkündung ein großes Theaterereignis: Er rief das ganze Volk am Fuß des Berges Sinai zusammen und erschien in einem großen Gewitter mit Posaunentönen. Ich habe jedes Gebot mit meinen eigenen Kommentaren versehen, und vielleicht möchtest auch du deine Gedanken hinzufügen.

> Ich bin der Herr, dein Gott, der ich dich aus Ägyptenland, aus der Knechtschaft, geführt habe.

Für Juden ist dies das erste Gebot, aber eigentlich klingt es mehr wie eine Behauptung denn wie ein Gebot. Für Christen ist es das Vorspiel zu:

Erstes Gebot: Du sollst keine anderen Götter haben neben mir.

Wie wir in Kapitel vier bereits erfahren haben und wie auch Gott selbst oft sagte, ist er ein »eifersüchtiger Gott«.

Die Gottesgestalt im Alten Testament war krankhaft besessen von Konkurrenzgöttern. Sie hasste sie mit großer Leidenschaft und verzehrte sich vor Angst, ihr Volk könne versucht sein, sie anzubeten. Eine ähnlich besessene Abscheu gegenüber rivalisierenden Göttern blieb auch nach der Zeit Jesu noch über Jahrhunderte bestehen. Nachdem das Christentum unter Kaiser Konstantin zur römischen Staatsreligion geworden war, wüteten christliche Eiferer im ganzen Römischen Reich und zerstörten alles, was sie für Götzenbilder hielten und was in unseren Augen unschätzbare Kunstwerke waren.[5] Die große Statue der Göttin Athena in der antiken Stadt Palmyra (im heutigen Syrien) war nur eines von vielen Beispielen. Einer der schlimmsten Missetäter war der verehrte Augustinus. Die wahnhafte Entschlossenheit der frühen Christen, Bilder rivalisierender Götter zu zerstören, hat heute ihre Parallele in dem muslimischen Fanatismus von IS und al-Qaida.

Zweites Gebot: Du sollst dir kein Bildnis noch irgendein Gleichnis machen, weder von dem, was oben im Himmel,

---

5 Auf entsetzliche Weise dokumentiert wurde dies in dem Buch *The Darkening Age* von Catherine Nixey (London: Macmillan 2019) [dt. *Heiliger Zorn: Wie die frühen Christen die Antike zerstörten.* Üb. v. C. Hatz; München: DVA 2019].

noch von dem, was unten auf Erden, noch von dem, was im Wasser unter der Erde ist.

Auch hier geht es nur darum, dass Gott eifersüchtig auf Konkurrenzgötter ist. Viele Konkurrenzgötter von Nachbarstämmen waren Statuen. Im nächsten Vers hämmert es uns die Bibel noch einmal ein:

Bete sie nicht an und diene ihnen nicht! Denn ich, der Herr, dein Gott, bin ein eifernder Gott, der die Missetat der Väter heimsucht bis ins dritte und vierte Glied an den Kindern derer, die mich hassen.

Was hältst du von diesem letzten Satz? Gott ist so eifersüchtig, dass er nicht nur dich bestrafen wird, wenn du einen Konkurrenzgott anbetest, sondern auch deine Kinder, deine Enkel und deine Urenkel. Selbst wenn sie noch nicht einmal geboren waren, als du es getan hast! Arme unschuldige Urenkel!

Drittes Gebot: Du sollst den Namen des Herrn, deines Gottes, nicht missbrauchen; denn der Herr wird den nicht ungestraft lassen, der seinen Namen missbraucht.

Das heißt, du darfst nicht fluchen, wenn darin Gottes Name vorkommt. Wie beispielsweise in »Gott verdammt!« oder »Sei nicht so ein gottverdammtes Arschloch!«. Man erkennt vielleicht, warum so etwas Gott nicht gefällt, aber es sieht eigentlich nicht nach einem entsetzlich schweren Verbrechen aus, oder? So etwas an die Wand eines Gerichtsgebäudes zu hängen lohnt sich kaum. Eigentlich heißt es nur »du sollst nicht schimpfen«, und das ist in den meisten Ländern kein Gesetz.

Viertes Gebot: Gedenke des Sabbattages, dass du ihn heiligest.

Das hat Gott wirklich sehr ernst genommen. Im vierten Buch Mose, Kapitel 15, erwischten die Israeliten einen Mann, der an einem Sabbat Holz sammelte. Er sammelte Holz! Ein wirklich kleines Vergehen, so könnte man meinen. Aber als Mose sich bei Gott erkundigte, was man dagegen tun solle, war Gott nicht in der Stimmung, ein Auge zuzudrücken:

> Der Herr aber sprach zu Mose: Der Mann soll des Todes sterben; die ganze Gemeinde soll ihn steinigen draußen vor dem Lager.

Ein ziemlich hartes Urteil, findest du nicht? Ich weiß nicht, was du denkst, aber ich halte die Steinigung für eine besonders entsetzliche Hinrichtungsmethode. Sie ist nicht nur schmerzhaft, sondern es hat auch etwas besonders Widerwärtiges, wenn das ganze Lager oder Dorf auf das Opfer losgeht wie Tyrannen auf dem Spielplatz. Die Steinigung wird heute noch in manchen muslimischen Ländern praktiziert, insbesondere wenn junge Frauen mit Männern gesprochen haben, die nicht ihre Ehemänner sind (manche strenggläubige Muslime halten das ernsthaft für ein Verbrechen).

In christlichen Ländern gibt es die Steinigung heute nicht mehr. Man könnte sogar boshaft sein und sagen: Die Christen sind heute ihrem Heiligen Buch untreu geworden, während die Muslime, die andere steinigen, noch an ihrem festhalten. Aber hältst du das vierte Gebot für so wichtig, dass man es an die Wand eines Gerichtsgebäudes hängen sollte, als wäre es ein staatliches Gesetz?

Die nächsten Verse rechtfertigen das vierte Gebot und

weisen darauf hin, dass Gott selbst am siebten Tag geruht habe, nachdem er an sechs arbeitsreichen Tagen das Universum und alles, was darin ist, erschaffen hatte.

> Sechs Tage sollst du arbeiten und alle deine Werke tun. Aber am siebenten Tage ist der Sabbat des Herrn, deines Gottes. Da sollst du keine Arbeit tun, auch nicht dein Sohn, deine Tochter, dein Knecht, deine Magd, dein Vieh, auch nicht dein Fremdling, der in deiner Stadt lebt. Denn in sechs Tagen hat der Herr Himmel und Erde gemacht und das Meer und alles was darinnen ist und ruhte am siebenten Tage. Darum segnete der Herr den Sabbattag und heiligte ihn.

Das ist typisch für die theologische Denkweise in »Analogien« – die »symbolische« Denkweise. Es ist früher einmal so geschehen, und das ist Grund genug, dass es auf die gleiche Weise auch heute geschieht. In Wirklichkeit geschah es natürlich auch beim ersten Mal ohnehin nicht, denn das Universum wurde nicht in sechs Tagen erschaffen, aber wie auch immer.

> **Fünftes Gebot:** Du sollst deinen Vater und deine Mutter ehren, auf dass du lange lebest in dem Lande, das dir der Herr, dein Gott, geben wird.

Das ist schön. Die Eltern zu ehren ist etwas Gutes. Sie haben dich auf die Welt gebracht, dich ernährt, sich um dich gekümmert, dich in die Schule geschickt und vieles andere.

> **Sechstes Gebot:** Du sollst nicht töten.

Dieses und die übrigen Gebote sind in den meisten Bibelübersetzungen nahezu gleich. Wir wären uns vermutlich darin einig, dass dies ein gutes Gebot ist. Vielleicht ist das der Grund, warum viele Menschen, die angeblich die Zehn Gebote verehren, sich in Wirklichkeit nur an dieses erinnern. Einen stichhaltigen Einwand dagegen, es im Gerichtsgebäude aufzuhängen, gibt es eigentlich nicht, denn schließlich verletzt Mord die Gesetze aller Staaten. Tatsächlich erscheint das sechste Gebot fast zu naheliegend. Wie war das, als Mose mit den Steintafeln vom Berg herunterkam: Können wir uns vorstellen, dass die Menschen es lasen und sagten: »Ach! Du sollst nicht töten? Du liebe Güte, daran haben wir noch nie gedacht. Fantastisch! Du sollst nicht töten. Gut, gut, gut. Ich werde mich daran erinnern und von jetzt an niemanden mehr ermorden.«

Aber auch wenn uns das sechste Gebot selbstverständlich erscheint, wird es in Kriegen in großem Umfang verletzt, und das mit dem Segen der Kleriker. Wir haben bereits erfahren, wie die Israeliten es in den biblischen Berichten verletzten, als sie gegen die unglückseligen Völker, die bereits im Gelobten Land lebten, um Lebensraum kämpften – und das ausdrücklich auf Gottes Befehl. Im Ersten Weltkrieg erhielten die britischen Soldaten den Befehl, deutsche Soldaten zu töten. Und die deutschen Soldaten erhielten ähnliche Befehle, ihre Feinde umzubringen. Beide Seiten glaubten, Gott würde sie dazu anstacheln, was den Dichter J. C. Squire veranlasste zu schreiben:

> God heard the embattled nations sing and shout
> »Gott strafe England« and »God save the King!«
> God this, God that, and God the other thing –
> »Good God!« said God, »I've got my work cut out!«

[Gott hörte die kämpfenden Völker singen und schreien,
»Gott strafe England« und »Gott schütze den König!«
Gott hier, Gott da, Gott überall –
»Du lieber Gott!«, sagte Gott, »da hab ich ja was zu tun!«]

Tötungsbefehle mit dem scheinbaren Segen Gottes wurden den Soldaten in den Kriegen der Geschichte immer wieder erteilt.

Darüber sollte man einmal genau nachdenken. In den Bundesstaaten der USA, in denen Mörder hingerichtet werden, wird der Angeklagte zunächst vor Gericht gestellt. Das kann Wochen oder Monate dauern, und der Staatsanwalt muss eine Jury von Geschworenen »jenseits aller vernünftigen Zweifel« von der Schuld überzeugen. Danach kann mehrfach Berufung eingelegt werden, bevor die Todesstrafe wirklich vollstreckt wird. Und schließlich muss der Gouverneur des Bundesstaats feierlich einen Hinrichtungsbefehl unterschreiben, eine Aufgabe, die er in der Regel sehr ernst nimmt. Am Morgen der Hinrichtung findet dann ein grausiges Ritual mit einem letzten Lieblingsfrühstück statt. Wenn aber ein britischer Soldat im Krieg einen deutschen Soldaten tötet, hat der deutsche Soldat – soweit der britische Soldat weiß – kein Verbrechen begangen. Er hat nicht vor einem Gericht gestanden. Er wurde nicht offiziell zum Tode verurteilt, kann keinen Anwalt hinzuziehen und hat nicht das Recht, Berufung einzulegen. Vielleicht hat er sich nicht einmal freiwillig zur Armee gemeldet, sondern wurde gegen seinen Willen eingezogen. Und dann befiehlt man uns, ihn zu erschießen. Im Zweiten Weltkrieg erhielten die Bomberbesatzungen beider Seiten den Befehl, Tausende von Zivilisten zu töten, und das auch hier ohne Prozess. Du sollst nicht töten?

In Großbritannien konnte man vom Militärdienst freigestellt werden, wenn man erklärte, man weigere sich aus Gewissensgründen, Menschen zu töten – aber dann musste man vor einem Tribunal auftreten und die eigenen Einwände gegen das Töten rechtfertigen; ein solches Gremium zu überzeugen war schwierig. Am einfachsten war ein anderer Weg, um um das Kämpfen herumzukommen: Man musste Eltern haben, die einer pazifistischen Religion wie den Quäkern angehörten. Aber wenn man nur selbst darüber nachgedacht und vielleicht sogar eine Doktorarbeit über die moralische Verwerflichkeit des Krieges geschrieben hatte, musste man immer noch das Tribunal überzeugen, damit man der Armee fernbleiben durfte. Wer Erfolg hatte, konnte stattdessen einen Krankenwagen fahren. Mir wäre es vermutlich nicht gelungen, das Gremium zu überzeugen. Aber ich hätte heimlich danebengeschossen.

Ursprünglich bedeutete das sechste Gebot: »Du sollst keine Mitglieder deines eigenen Stammes töten.« (Außer natürlich, wenn sie am Sabbat Holz gesammelt oder andere unverzeihliche Verbrechen begangen hatten!) Das wissen wir, weil die Gottesgestalt ihrem Volk befahl, andere Stämme hemmungslos und mit Vergnügen zu töten.

Siebtes Gebot: Du sollst nicht ehebrechen.

Das hört sich einfach an. Du sollst keinen Sex mit jemandem haben, wenn entweder der andere verheiratet ist oder wenn du verheiratet bist. Aber vielleicht kann man sich Umstände vorstellen, unter denen man das etwas lockerer sehen sollte. Beispielsweise wenn jemand in einer unglücklichen, längst zerrütteten Ehe lebt und sich über beide Ohren in einen anderen verliebt. Wie wir später noch erfahren werden, halten manche Menschen moralische Regeln unter allen Umständen für absolut unumstößlich. Andere sind der Ansicht, man könne sie je nach dem Einzelfall lockern. Ohnehin würden viele Menschen sagen: Das Liebesleben ist eine Privatangelegenheit jedes Einzelnen und kein Thema für ein Gebot, das man in einem Gerichtsgebäude aufhängen sollte, als wäre es ein staatliches Gesetz.

Achtes Gebot: Du sollst nicht stehlen.

Wie bei »Du sollst nicht töten«, so besteht auch hier offensichtlich kein Einwand dagegen, dies im Gerichtsgebäude aufzuhängen: Stehlen verstößt wie der Mord ohnehin in allen Ländern gegen das Gesetz.

Neuntes Gebot: Du sollst nicht falsch Zeugnis reden wider deinen Nächsten.

Ja, das stimmt. Du sollst kein falsch Zeugnis reden – das heißt, keine Lügen erzählen –, und zwar gegen niemanden, ob in deiner Nähe oder nicht. Auch das ist eine Grundlage der Gesetze: Zeugen müssen insbesondere unter Eid »die Wahrheit, die ganze Wahrheit und nichts als die Wahrheit« sagen.

Zehntes Gebot: Du sollst nicht begehren deines Nächsten Haus. Du sollst nicht begehren deines Nächsten Weib, Knecht, Magd, Rind, Esel noch alles, was dein Nächster hat.

»Begehren« ist ein etwas altertümliches Wort für »neiden« mit dem zusätzlichen Aspekt, dass man das Ding oder die Person, auf die sich der Neid bezieht, besitzen will. Jemanden nicht zu beneiden, der viel wohlhabender ist als man selbst, fällt manchmal schwer. Aber es ist mit Sicherheit kein Thema für das Gesetz, solange sich jemand nicht tatsächlich den Gegenstand seines Neids aneignet. Und selbst das könnte nach Ansicht mancher politischer Revolutionäre gerechtfertigt sein. Sie sind der Ansicht, der Staat habe das Recht, privaten Reichtum zu beschlagnahmen und für die Allgemeinheit zu nutzen. Ich bin weder Kommunist noch Anarchist, aber vielleicht erkennst du, woher solche Überzeugungen kommen? Andere Menschen, die sich selbst als Libertarier bezeichnen, gehen ins umgekehrte Extrem. Nach ihrer Ansicht ist schon die Steuer eine Art Diebstahl, weil die Reichen beraubt werden, um den Armen zu geben. Der sagenumwobene Bogenschütze Robin Hood tat genau das, und in manchen Kreisen umgibt ihn das mit einem gewissen romantischen Flair. Das Gleiche gilt für seine moderneren Entsprechungen wie Jesse James im Wilden Westen oder den irischen Wegelagerer Willy Brennan.

Übrigens sollte man festhalten, dass das zehnte Gebot die Frau und die Diener des Nachbarn genau wie sein Haus oder seinen Ochsen zu seinen Besitztümern zählt. Was hältst du von der Vorstellung, eine Frau sei das Eigentum ihres Mannes, eines seiner Besitztümer, ein »Ding«, das ihm gehört? Ich finde die Idee entsetzlich, aber sie war lange Zeit in vielen Kulturen tief verwurzelt, und wir beobachten sie noch heute in Ländern wie Pakistan oder Saudi-Arabien, wo sie von der Staatsreligion gebilligt wird. Manche Menschen (ich nicht) halten das für einen ausreichenden Grund, um solche Einstellungen zu »respektieren«. Vielleicht hast du schon den Ausdruck »es gehört zu ihrer Kultur« gehört, womit unausgesprochen gesagt ist, dass wir es respektieren müssten. Zu der Zeit, da ich diese Zeilen schreibe, hat Saudi-Arabien gerade erst ein Gesetz verabschiedet, das Frauen das Autofahren erlaubt. Eine verheiratete Frau darf dort bis heute ohne Erlaubnis ihres Ehemannes kein Bankkonto eröffnen. Sie darf nicht aus dem Haus gehen, wenn sie nicht von ihrem Ehemann oder einem männlichen Verwandten begleitet wird – bei dem es sich sogar um einen kleinen Jungen handeln kann. Man stelle sich die Szene vor: Eine erwachsene Frau, vielleicht mit Universitätsabschluss, muss ihren achtjährigen Sohn um die Erlaubnis bitten, das Haus verlassen zu dürfen. Und er muss als männlicher »Beschützer« mitkommen. Solche frauenfeindlichen Gesetze beziehen ihre Anregung aus dem Islam.

Wenn man das zehnte Gebot in einem amerikanischen Gerichtsgebäude aufhängen würde, könnte ich mir vorstellen, dass viele Frauen dazu etwas zu sagen hätten. Zumindest könnten wir im Interesse der Gleichberechtigung (und indem wir mit der Zeit gehen) hinzufügen: »Du sollst nicht den Ehemann deiner Nachbarin begehren. Oder ihren Jaguar. Oder ihren Doktortitel.«

Nun, natürlich sind die Zehn Gebote veraltet. Es ist unfair, es der Bibel vorzuwerfen, dass sie vor Jahrtausenden geschrieben wurde, als die Frauen ihren Männern gehörten und die Sklaven ihr wertvollster Besitz waren. Natürlich sind wir seit diesen schlechten alten Zeiten ein ganzes Stück weitergekommen. Aber geht es nicht gerade darum? Ja, wir sind weitergekommen. Und das ist genau der Grund, warum wir unsere Moral, unser »Richtig und Falsch«, unser »Tun und Lassen« nicht aus der Bibel beziehen sollten. In Wirklichkeit beziehen wir sie auch gar nicht aus der Bibel. Wäre das der Fall, wir würden noch heute Menschen steinigen, weil sie am Sabbat arbeiten. Oder weil sie die falschen Götter anbeten.

Manch einer sagt nun vielleicht: »Aber das ist doch nur das Alte Testament. Beziehen wir unsere Moral lieber aus dem Neuen.« Nun, ja, das ist vielleicht eine bessere Idee. In der Bergpredigt zum Beispiel sagte Jesus einige wirklich schöne Dinge, die mit Sicherheit ganz anders waren als alles, was im Alten Testament steht. Aber woher wissen wir, welche Aussagen in der Bibel gut und welche schlecht sind? Wie entscheiden wir? Diese Entscheidung muss sich auf etwas stützen, das außerhalb der Bibel steht: Ansonsten wäre es ein Zirkelschluss, es sei denn, man erfindet eine Regel wie »spätere Verse heben frühere auf«. Übrigens gibt es im Islam genau diese Regel, aber leider führt sie am Ende in die falsche Richtung. Der Prophet Mohammed sagte während seiner Frühzeit in Mekka einige wirklich schöne Dinge. Aber später, nachdem er nach Medina gezogen war, wurde er aus Gründen, die mit den historischen Umständen zu tun haben, viel kriegslüsterner. Viele schreckliche Dinge, die heute im Namen des Islam angerichtet werden, lassen sich mit den späteren »Medinaversen« aus dem Koran rechtfertigen, die den früheren, netteren »Mekkaversen« widersprechen – und sie nach der offiziellen Lehre aufheben.

Aber zurück zur christlichen Bibel. Darin steht nichts, was besagt: »Vergiss das Alte Testament, lies nur das Neue und finde selbst heraus, was richtig oder falsch ist.« So etwas könnte Jesus gesagt haben. In Wirklichkeit aber sagte er (Matthäus 5,17) genau das Gegenteil:

> Ihr sollt nicht meinen, dass ich gekommen bin, das Gesetz oder die Propheten aufzulösen; ich bin nicht gekommen aufzulösen, sondern zu erfüllen. Denn wahrlich, ich sage euch: Bis Himmel und Erde vergehen, wird nicht vergehen der kleinste Buchstabe noch ein Tüpfelchen vom Gesetz, bis es alles geschieht.

Ebenso in Lukas 16,17:

> Es ist aber leichter, dass Himmel und Erde vergehen, als dass ein Tüpfelchen vom Gesetz fällt.

Für einen Juden wie Jesus waren mit dem »Gesetz« bestimmte Bücher des Alten Testaments gemeint. Offensichtlich hatte Jesus ziemlich rosige Ansichten über das Alte Testament. In Matthäus 7,12 formuliert er das sehr schöne Prinzip, das wir als »goldene Regel« kennen – behandle andere Menschen so, wie du von ihnen behandelt werden willst; im weiteren Verlauf sagt er, dies sei eine zentrale Botschaft des Alten Testaments:

> Alles nun, was ihr wollt, dass euch die Leute tun sollen, das tut ihnen auch! Das ist das Gesetz und die Propheten.

Es stimmt: Man kann auch im Alten Testament etwas finden, was sich ein wenig nach der goldenen Regel anhört (und ebenso findet man ältere, präzisere Formulierungen der goldenen Regel in Texten aus dem antiken Ägypten, Indien, China und Griechenland):

> Du sollst dich nicht rächen noch Zorn bewahren gegen die Kinder deines Volks. Du sollst deinen Nächsten lieben wie dich selbst; ich bin der Herr. (3. Mose 19,18)

Aber zu behaupten, das sei die wichtigste Botschaft des Alten Testaments, wäre gewaltig übertrieben. Wie wir in Kapitel vier erfahren haben, war Gott selbst ziemlich nachtragend. Und es gibt im Alten Testament jede Menge Verse, in denen Rache gepredigt wird.

> Und wer seinen Nächsten verletzt, dem soll man tun, wie er getan hat, Schaden um Schaden, Auge um Auge, Zahn um Zahn; wie er einen Menschen verletzt hat, so soll man ihm auch tun. (3. Mose 24,19–20)

Nebenbei bemerkt: Auch dies stammt unmittelbar aus Babylon, in diesem Fall aus dem »Kodex des Hammurabi«. Hammurabi war ein angesehener babylonischer König, und sein Gesetzbuch wurde ungefähr tausend Jahre vor dem Alten Testament geschrieben.

Noch eine weitere Version aus der Bibel, dieses Mal aus dem Fünften Buch Mose:

> Dein Auge soll ihn nicht schonen: Leben um Leben, Auge um Auge, Zahn um Zahn, Hand um Hand, Fuß um Fuß. (5. Mose 19,21)

Ich nehme an, du würdest das für eine Art negative Version der goldenen Regel halten. Aber in der negativen Form klingt es nicht so nett, oder? Jesus selbst (Matthäus 5,38) gab sich alle Mühe, das Gegenteil zu sagen, und zitierte dazu sogar gerade diesen Vers aus dem Alten Testament:

> Ihr habt gehört, dass gesagt ist: »Auge um Auge, Zahn um Zahn.« Ich aber sage euch, dass ihr nicht widerstreben sollt dem Übel, sondern: wenn dich jemand auf deine rechte Backe schlägt, dem biete die andere auch dar. Und wenn jemand mit dir rechten will und dir deinen Rock nehmen, dem lass auch den Mantel. Und wenn dich jemand nötigt, eine Meile mitzugehen, so geh mit ihm zwei.

Eine klarere, großzügigere Zurückweisung des Rachegedankens hat es meiner Überzeugung nach nie gegeben. Mit ihr war Jesus seiner Zeit weit voraus. Und ebenso war er dem Gott des Alten Testaments weit voraus.

Aber auch Jesus selbst war nicht über die Rache erhaben. Selbst wenn man die Geschichten im Kindheitsevangelium des Thomas beiseitelässt, berichten auch die kanonischen Evangelien nach Matthäus und Markus, wie er ausgerechnet an einem Feigenbaum kleinliche Rache nahm:

> Als er aber am Morgen wieder in die Stadt ging, hungerte ihn. Und er sah einen Feigenbaum an dem Wege, ging hin und fand nichts daran als Blätter und sprach zu ihm: Nun wachse auf dir niemals mehr Frucht! Und der Feigenbaum verdorrte sogleich. (Matthäus 21,18–19)

Die Version von Markus (11,13) fügt noch hinzu, *warum* an dem Baum keine Feigen hingen: Es war noch zu früh im Jahr. Armer Feigenbaum, es war einfach nicht die richtige Jahreszeit.

Christen finden die Geschichte vom Feigenbaum verständlicherweise peinlich. Manche sagen, sie habe sich wie die Geschichten im Kindheitsevangelium des Thomas nie abgespielt. Andere nehmen sie einfach nicht zur Kenntnis und konzentrieren sich auf die netten Teile des Neuen Testaments. Wieder andere behaupten, sie sei »symbolisch« gemeint. Danach gab es in Wirklichkeit nie einen Feigenbaum, sondern das Ganze war eine Art Metapher für die Nation Israel. Das ist ein Lieblingstrick der Theologen, hast du es bemerkt? Wenn dir irgendetwas in der Bibel nicht gefällt, sage einfach, es sei symbolisch gemeint, es sei in Wirklichkeit nie geschehen, es sei eine Metapher, mit der eine Botschaft vermittelt werden solle. Und natürlich suchen sie sich selbst aus, welche Verse Metaphern sind und welche man wörtlich nehmen soll.

Auch an anderen Stellen in den offiziellen Evangelien lässt Jesus ein wenig von der Gehässigkeit seines alttestamentarischen »Vaters« erkennen. In Lukas 19,27 sagt er über Menschen, die nicht wollen, dass er als ihr König über sie herrscht: »Bringt sie her und macht sie vor mir nieder.« Und was angesichts der römisch-katholischen Verehrung für seine Mutter Maria ein wenig überrascht: Jesus selbst war nicht sehr nett zu ihr. Als er sein erstes Wunder vollbrachte und bei einer Hochzeitsfeier Wasser in Wein verwandelte, sagte Jesus, als seine Mutter zu ihm kam: »Was geht's dich an, Frau, was ich tue?« (Johannes 2,4) Vielleicht klingt es im originalen Aramäisch nicht ganz so herzlos wie in der Übersetzung. Eine andere Übersetzung, die New International, stellt ein »liebe« vor die »Frau«, womit sich wenigstens der Ton ein wenig bessert. (Wie ein befreundeter Altphilologe mir erklärte, kann das griechische Wort, das hier für »Frau« verwendet wurde, manchmal auch fast die Bedeutung »lieb« haben.) Und fairerweise muss man sagen: Da die ganze Geschichte von der Verwandlung von Wasser in Wein mit Sicherheit nicht stimmt, hat sich auch Jesu scheinbare Abfuhr für Maria bei der Hochzeitsfeier in Wirklichkeit aller Wahrscheinlichkeit nach nicht zugetragen.

Ob es geschehen ist oder nicht, dies ist nicht die einzige Geschichte, in der Jesus als Vorbild für familiäre Werte eine gewisse Überraschung bereithält:

> Wenn jemand zu mir kommt und hasst nicht seinen Vater, Mutter, Frau, Kinder, Brüder, Schwestern und dazu sich selbst, der kann nicht mein Jünger sein.« (Lukas 14,26)

Bei einer anderen Gelegenheit sprach Jesus zu einer Menschenmenge, und man sagte ihm, seine Mutter und seine Brüder würden warten und darauf hoffen, ein paar Worte mit ihm wechseln zu können. Auch hier erteilt er eine Abfuhr:

> Da sprach einer zu ihm: Siehe, deine Mutter und deine Brüder stehen draußen und wollen mit dir reden. Er antwortete aber und sprach zu dem, der es ihm ansagte: Wer ist meine Mutter, und wer sind meine Brüder? Und er streckte die Hand aus über seine Jünger und sprach: Siehe da, das ist meine Mutter und das sind meine Brüder. (Matthäus 12,47–49)

In anderen Fällen erscheint uns Jesus weniger schlecht als vielmehr unwissend, und das auf recht unangenehme Weise. In der Region von Gadarene traf er auf zwei Männer, die von bösen Geistern »besessen« waren (Matthäus 8,28). Sie »waren sehr gefährlich, sodass niemand diese Straße gehen konnte«. Vermutlich handelte es sich um Schizophrenie oder eine andere geistige Störung, aber Jesus folgte den falschen Überzeugungen seiner Zeit, dem Glauben an »Dämonen«. Er befahl den bösen Geistern, aus den Männern herauszufahren. Da aber nun die bösen Geister nirgendwohin gehen konnten, befahl er ihnen, stattdessen in eine Herde von Schweinen zu fahren, die in der Nähe weideten. Das taten die bösen Geister, und die armen Schweine stürmten einen Abhang hinunter und ertranken in einem See. Keine schöne Geschichte. Natürlich würde ich es normalerweise einem Mann im 1. Jahrhundert nicht vorwerfen, dass er nichts über geistige Krankheiten wusste. Menschen früherer Zeiten nach den Maßstäben unserer Zeit zu beurteilen gehört zu den Dingen, die ein guter Historiker einfach nicht tut. Aber Jesus war angeblich kein normaler Mensch. Angeblich war er Gott. Hätte Gott es nicht besser wissen sollen?

Jesus war kein schlechter Mensch, sondern einfach nur ein Mensch seiner Zeit. Man stelle sich vor, wie beeindruckend es gewesen wäre, wenn er gesagt hätte: »Wahrlich, ich sage euch, es gibt keine bösen Geister, nichts, was aus einem Menschen ausfahren und in Schweine hineinfahren könnte. Dieser Mann hat eine Krankheit in seinem Kopf. Böse Geister gibt es nirgendwo.« Oder noch besser: Man stelle sich vor, wie beeindruckt wir wären, wenn Jesus seinen Jüngern gesagt hätte, dass die Erde um die Sonne kreist, dass alle Lebewesen miteinander verwandt sind, dass die Erde mehrere Milliarden Jahre alt ist, dass die Weltkarte sich im Lauf der Jahrmillionen verändert ... Aber nein, so beeindruckend seine Weisheit in vielerlei Hinsicht auch war, es war nicht die Weisheit eines Gottes, sondern die eines guten Menschen seiner Zeit. Er war nur ein Mensch, wenn auch ein guter.

Und stellen wir uns vor, wie beeindruckt wir wären, wenn der Prophet Mohammed als Gottes Sprachrohr gesagt hätte: »Ihr Gläubigen, die Sonne ist ein Stern wie die anderen Sterne am Himmel. Sie ist uns nur viel näher als die anderen. Sie scheint im Osten aufzugehen und über den Himmel zu wandern, bis sie im Westen untergeht. Aber in Wirklichkeit sieht es nur so aus, weil die Erde sich dreht.« Aber leider sagte er in Wirklichkeit nur: »Die Sonne geht in einem Sumpf unter.«

Oder angenommen, Elia oder Jesaja hätte gesagt: »Höre, Israel, das Wort des Herrn deines Gottes. Der Herr hat mir in einem Traum offenbart, dass nichts sich schneller bewegen kann als das Licht.« Stattdessen hören wir von ihnen nichts als Anweisungen, nur einen Gott anzubeten, und außerdem eine Menge weiterer Lebensregeln – alles Dinge, die Menschen ihrer Zeit einfallen konnten.

Man kann in der Bibel eine Reihe schöner Verse finden, und manche davon sogar im Alten Testament – nach meiner Erfahrung sind es allerdings nicht viele. Aber wie *entscheiden* wir, welche Verse wir übergehen, weil sie so widerwärtig sind, und für welche Verse wir uns einsetzen, weil sie so nett sind? Darauf kann es nur eine Antwort geben: Wir haben ein anderes Entscheidungskriterium, eine Methode, um zu beurteilen, was schön und was widerwärtig ist. Und dieses Kriterium stammt nicht aus der Bibel selbst. Aber was das Kriterium auch sein mag, warum wenden wir es nicht direkt an? Wenn wir über ein unabhängiges Kriterium verfügen und entscheiden können, welche biblischen Verse gut sind und welche schlecht, warum halten wir uns dann überhaupt mit der Bibel auf?

Aber, so wirst du vielleicht sagen, über unabhängige Maßstäbe zu reden ist ja schön und gut. Es scheint sie zu geben, aber welche sind es? Wie entscheiden wir nun tatsächlich, was gut und was schlecht ist (und damit nebenher auch, welche Verse in heiligen Büchern gut und welche schlecht sind)? Von diesem Thema handelt das nächste Kapitel.

·6·

Wie entscheiden wir, was gut ist?

Wie alle anderen Tiere, so sind auch wir Menschen die Produkte von vielen hundert Millionen Jahren der Evolution. Das Gehirn unterliegt ihr ebenso wie alle anderen Körperteile. Oder anders gesagt: Was wir tun, was wir gern tun, was sich richtig oder falsch anfühlt, macht ebenfalls eine Evolution durch. Von unseren Vorfahren erben wir eine Vorliebe für Süßes und eine »Igitt«-Reaktion bei Verwesungsgeruch. Wir erben sexuelle Wünsche, die in der Evolution entstanden sind. All das ist leicht zu verstehen. Zucker ist in mäßigen Mengen gut für uns, im Übermaß gilt das aber nicht. Heute leben wir in einer Welt, in der zu viel Zucker leicht erhältlich ist. Bei unseren wilden Vorfahren in der afrikanischen Savanne war es nicht so. Früchte waren gut für sie, und viele Früchte enthalten mäßige Zuckermengen. Zu viel Zucker zu sich zu nehmen war unmöglich, und deshalb entstand in unserer Evolution ein unbegrenzter Appetit dafür. Verwesungsgeruch ist mit gefährlichen Bakterien verbunden. Für unsere Vorfahren war es nützlich, verwesendes Fleisch zu meiden, und dazu gehörte eine Abscheu vor dem Geruch. Und warum sich bei uns ein Begehren für das andere Geschlecht entwickelt hat, liegt auf der Hand. Sexuelle Begierde führt zu Babys, und diese Babys besitzen dann die Gene, die ihnen wiederum sexuelle Begierde verleihen, wenn sie erwachsen sind. Wir alle stammen von einer ununterbrochenen Linie von Vorfahren ab, von denen jeder sich mit einem Angehörigen des anderen Geschlechts gepaart hat, und wir haben ihren Wunsch geerbt, es genauso zu machen.

Etwas anderes ist dagegen weniger leicht zu verstehen. Offensichtlich haben wir auch das Bestreben geerbt, nett zu anderen Menschen zu sein. Uns mit ihnen anzufreunden, Zeit mit ihnen zu verbringen, mit ihnen zusammenzuarbeiten, Mitgefühl zu empfinden, wenn sie Kummer haben, ihnen nach Möglichkeit zu helfen, wenn es ihnen schlecht geht. Warum die Nettigkeit in der Evolution entstanden ist, lässt sich nicht ohne Weiteres erklären; das Thema müssen wir uns für das elfte Kapitel aufheben, bis nach den Kapiteln über die Evolution selbst. Vorerst kann ich dich nur bitten anzuerkennen, dass eine ganz bestimmte, begrenzte Art von Nettigkeit genau wie das sexuelle Begehren ein Teil unseres evolutionären Erbes ist. Und vermutlich steht sie auch hinter unserem Gefühl für Richtig und Falsch. In unserer Evolution haben sich moralische Werte entwickelt, und auch die haben wir von unseren entfernten Vorfahren geerbt.

Allerdings kann das nur ein Teil der Antwort auf die Frage sein, die das Thema dieses Kapitels bildet. Es muss so sein, und sei es nur deshalb, weil unsere Ansichten über Richtig und Falsch sich im Lauf der Jahrhunderte verändern. Veränderungen in historischen Zeiträumen laufen nämlich viel zu schnell ab, als dass sich in ihnen der evolutionsbedingte Wandel widerspiegeln könnte.

Man erkennt es schon im Lauf weniger Jahrzehnte. Irgendetwas »liegt in der Luft«. Natürlich ist es nicht buchstäblich die Luft, sondern eine Kombination aus vielen Dingen, aber es fühlt sich an, als ob es »in der Luft liegt«, weil man es nicht auf einen Ort festnageln kann. Die vorherrschenden moralischen Werte des 21. Jahrhunderts, in dem wir heute leben, unterscheiden sich deutlich von denen in der Zeit vor hundert Jahren. Und noch stärker unterscheiden sie sich von den Werten, die im 18. Jahrhundert herrschten. Damals war es einfach üblich, dass man sich Sklaven hielt – wie ich zu meinem Bedauern sagen muss, taten es auch meine Vorfahren in Jamaika –, und man glaubte, die Zivilisation werde zusammenbrechen, wenn man die Sklaven freiließ. Der große Thomas Jefferson, der dritte Präsident der Vereinigten Staaten und Haupturheber der US-Verfassung, hielt Sklaven. Das Gleiche tat George Washington, der erste Präsident. Hoffen wir wenigstens, dass sie (und meine Vorfahren) nichts über die entsetzlichen Bedingungen auf den Schiffen wussten, in denen die Sklaven aus Westafrika nach Amerika transportiert wurden.

Nebenbei bemerkt: Weiße Europäer und Amerikaner waren nicht die Einzigen, die sich Sklaven aus Afrika holten. Während die Europäer ihre Sklaven aus Westafrika bezogen, besorgten die Araber sie aus Ostafrika. Das Swahili, das heute zur beherrschenden Sprache in Ostafrika beiderseits des Äquators geworden ist, entwickelte sich als Sprache des arabischen Sklavenhandels. Viele seiner Wörter sind arabischen Ursprungs. Auch die afrikanischen Häuptlinge selbst hielten Sklaven, oder sie fingen und verkauften sie an die europäischen und arabischen Händler. Und da die Moral der Bibel aus ihrer Zeit stammt, ist es nicht verwunderlich, dass die Sklaverei auch dort nicht verurteilt wird. Selbst das Neue Testament ist voller Ermahnungen wie dieser:

> Ihr Sklaven, seid gehorsam euren irdischen Herren mit Furcht und Zittern, in Einfalt eures Herzens, als dem Herrn Christus; nicht mit Dienst allein vor Augen, um den

Menschen zu gefallen, sondern als Knechte Christi, die den Willen Gottes tun von Herzen. (Epheser 6,5)

Oder eine andere:

Alle, die Sklaven unter dem Joch sind, sollen ihre Herren aller Ehre wert halten, damit nicht der Name Gottes und die Lehre verlästert würde.« (1. Timotheus 6,1)

Die Abscheu vor der Sklaverei, die wir heute empfinden, ist nur eines von vielen Beispielen für einen Wandel, der »in der Luft lag«. Abraham Lincoln, auch er ein allseits verehrter amerikanischer Präsident, war der haargenaue Zeitgenosse Charles Darwins – er wurde am selben Tag im Februar 1809 geboren. Darwin sprach sich leidenschaftlich gegen die Sklaverei aus, und Lincoln befreite tatsächlich in den Vereinigten Staaten die Sklaven. Dennoch wäre weder Darwin noch Lincoln die Idee gekommen, dass Afrikaner gleichberechtigt mit den »zivilisierten Rassen« sein könnten, wie man sie damals nannte. Ein noch aufgeklärterer liberaler Denker war Darwins Freund Thomas Henry Huxley. Und doch schrieb er im Jahr 1871:

Kein vernünftiger Mensch, der die Tatsachen kennt, glaubt, dass der durchschnittliche Neger dem weißen Mann gleich oder gar überlegen ist. Und wenn das stimmt, ist es einfach unglaubwürdig, dass unser Verwandter mit dem vorspringenden Kinn selbst dann, wenn man all seine Unfähigkeiten beseitigt, wenn er faire Voraussetzungen hat, nicht begünstigt wird und keinen Unterdrücker hat, in der Lage sein wird, in einem Wettbewerb, welcher nicht durch Bisse, sondern durch Gedanken ausgetragen wird,

> erfolgreich mit seinem Konkurrenten mit dem größeren Gehirn und dem kleineren Kieferknochen konkurrieren kann. Die höchsten Plätze in der Hierarchie der Zivilisation werden sicher nicht in Reichweite unserer dunkelhäutigen Vettern liegen.

Und Präsident Lincoln meinte 1858:

> Ich möchte deshalb sagen, dass ich nicht dafür bin und niemals dafür war, in irgendeiner Weise die gesellschaftliche und politische Gleichberechtigung der weißen und schwarzen Rassen zuwege zu bringen; dass ich nicht dafür bin und nie dafür war, Neger zu Wählern oder Richtern zu machen oder ihnen das Recht zu verschaffen, Ämter zu bekleiden, oder weiße Menschen zu heiraten; und zusätzlich möchte ich sagen, dass zwischen den weißen und schwarzen Rassen ein körperlicher Unterschied besteht, der für immer verbieten wird, dass beide Rassen unter Voraussetzungen der gesellschaftlichen und politischen Gleichberechtigung zusammenleben. Und insofern sie so nicht leben können und da sie dennoch zusammenbleiben, muss es die Stellung des Überlegenen und Unterlegenen geben, und ich bin ebenso wie jeder andere Mann dafür, dass die überlegene Position der weißen Rasse zugesprochen wird.

Es stimmt: Was auch im 19. Jahrhundert »in der Luft lag«, heute umgibt uns etwas ganz anderes. Wer Lincoln, Darwin oder Huxley als Rassisten verurteilen würde, wäre ein schlechter Historiker. Sie waren dem Zustand, keine Rassisten zu sein, so nahe, wie Männer ihrer Zeit es sein konnten. Sie waren Menschen des 19. Jahrhunderts. Wären sie zwei Jahrhunderte später geboren worden, sie wären über diese beiden Zitate entsetzt gewesen.

Damit einem ein Wandel in den moralischen Werten auffällt, muss man nicht einmal ein Jahrhundert warten. In Kapitel fünf war von den Bomberbesatzungen die Rede, die im Zweiten Weltkrieg auf beiden Seiten massenhaft Zivilisten abschlachteten. Zunächst konzentrierten sich die Bombenangriffe auf Industriezentren wie Coventry in Großbritannien und Essen in Deutschland, wo Waffen hergestellt wurden. Man konnte mit Bomben zu jener Zeit nur ungenau zielen, und zivile Opfer waren unvermeidlich. Aber beide Seiten nahmen dem Feind die zivilen Opfer übel und schlugen zurück. Im weiteren Verlauf des Krieges nahm das Ausmaß der Bombenangriffe zu: Jetzt waren zivile Opfer keine Nebeneffekte mehr, sondern das wichtigste Ziel. Zwischen dem 13. und 15. Februar 1945 machten 722 britische und 527 amerikanische Flugzeuge die alte, wunderschöne deutsche Stadt Dresden mit Sprengstoff und Brandbomben dem Erdboden gleich. Die genaue Zahl der zivilen Opfer wird man nie kennen, realistische Schätzungen sprechen jedoch von mehr als 100.000. Das ist vergleichbar mit den Zahlen für jede der beiden Atombomben, die im August 1945 die japanischen Städte Hiroshima und Nagasaki zerstörten.

Springen wir jetzt einmal ein halbes Jahrhundert weiter. Unglücklicherweise gab es immer noch Kriege, aber sie waren nicht annähernd so entsetzlich wie die beiden Weltkriege. In den beiden Golfkriegen gab es zwar ebenfalls zivile Opfer, diese galten aber als Folgen unglücklicher Fehler. Politiker entschuldigten sich dafür und erklärten, es seien »Kollateralschäden«, Nebeneffekte der Angriffe auf »legitime« militärische Ziele. Teilweise lag es daran, dass die elektronische Technik sich weiterentwickelt hatte. Lenkflugkörper mit Satellitensteuerung und anderen Navigationssystemen können genau eine bestimmte Adresse ansteuern, die in ihren Bordcomputer eingetippt wurde. Das ist etwas ganz anderes als die unterschiedslose Bombardierung von Dresden, London oder Coventry. Aber auch das moralische Klima, das »in der Luft lag«, hatte sich weiterentwickelt. Im Zweiten Weltkrieg wollten Menschen wie Hitler oder Arthur »Bomber« Harris, der Marschall der britischen Luftwaffe, ausdrücklich Zivilisten töten. Die modernen Entsprechungen zu Bomber Harris (in der Royal Air Force trug er den weniger freundlichen Spitznamen »Metzger Harris«) scheuen keine Mühen, um sich zu entschuldigen, wenn ein Zivilist durch ein fehlgeleitetes Geschoss getötet wird.

Mag man glauben, vor wie kurzer Zeit Frauen zum ersten Mal wählen durften? In Großbritannien erhielten Frauen 1928 das gleiche Wahlrecht wie Männer. Bis 1918 durften sie überhaupt nicht wählen, und danach war es nur denjenigen Frauen gestattet, die mindestens dreißig Jahre alt waren und im Hinblick auf Vermögen und/oder Bildung bestimmte Kriterien erfüllten. Männer durften damals mit einundzwanzig Jahren wählen. Die Vereinigten Staaten verliehen Frauen 1920 das Wahlrecht (womit sie endlich mit verschiedenen einzelnen Bundesstaaten gleichzogen). Französinnen durften bis 1945 nicht wählen, Schweizerinnen bis 1971. Und was Saudi-Arabien betrifft: Frage lieber nicht! Mir geht es darum, dass sich etwas verändert; irgendetwas verbreitet sich »in der Luft«, und damit tritt im Lauf der Jahrzehnte bei den Dingen, die den Menschen akzeptabel erscheinen, ein Wandel ein. Das geht dramatisch schnell. Bevor Frauen in Großbritannien das Wahlrecht hatten, konnten nette, anständige Männer beispielsweise sagen: »Frauen sind liebenswürdig und hübsch und all das, aber sie können nicht logisch denken. Man sollte ihnen sicher nicht erlauben zu wählen.« Kannst du dir vorstellen, dass jemand heutzutage so etwas sagt?

Mein Freund, der Psychologe Steven Pinker, hat ein großartiges dickes Buch mit dem Titel *The Better Angels of Our Nature* geschrieben (der englische Titel ist ein Zitat von Abraham Lincoln, auf Deutsch heißt es *Gewalt: eine neue Geschichte der Menschheit*). Darin zeigt er, wie wir Menschen im Lauf der Jahrhunderte und Jahrtausende immer netter, sanfter, weniger gewalttätig, weniger grausam geworden sind. Der Wandel hat nichts mit genetischer Evolution zu tun und auch nichts mit Religion. Was »in der Luft lag«, hat sich in einem weiten Sinne von Jahrhundert zu Jahrhundert in die gleiche Richtung bewegt.

Es ist die gleiche Richtung, aber ist es auch die »richtige« Richtung? Nun, ich glaube schon, und ich rechne damit, dass du es auch glaubst. Liegt es nur daran, dass wir Menschen des 21. Jahrhunderts sind? Das zu entscheiden überlasse ich dir. Aber als wir im vierten Kapitel die Gottesgestalt des Alten Testaments beurteilt haben, haben wir unser Urteil nach den Maßstäben unseres eigenen Jahrhunderts gefällt. Der gute Historiker, der nicht auf Abraham Lincoln wegen dessen Rassenvorurteile herabblickt, zögert vielleicht auch, über die Gottesgestalt wegen der wirklich entsetzlichen Dinge, die sie getan hat, schlecht zu denken. Beispielsweise wegen Isaak in den Händen seines Vaters. Oder wegen Jephtas Tochter. Oder wegen der armen Amalekiter und der anderen Stämme, deren »Land, in dem Milch und Honig fließen«, sich die Israeliten auf Gottes Befehl aneignen sollten. Die Gottesgestalt in den Büchern des Alten Testaments handelte einfach nur nach den moralischen Werten, die zu jener Zeit »in der Luft lagen«. Aber auch wenn wir bei ihren moralischen Werten (oder vielmehr den moralischen Werten der Juden in Babylon, die das

Alte Testament schrieben) Zugeständnisse machen, kann uns das nicht davon abhalten, es in unserer Zeit voller Entschlossenheit anders zu machen. Und wir haben das Recht, uns den heutigen Fundamentalisten zu widersetzen, die uns zurück in jene Zeiten zerren wollen.

Nun gut, moralische Werte »liegen in der Luft« und wandeln sich von Jahrhundert zu Jahrhundert, ja sogar von Jahrzehnt zu Jahrzehnt. Aber woher kommen sie eigentlich, außer aus unserer Evolutionsvergangenheit? Und warum wandeln sie sich? Zum Teil entspringt der Wandel aus ganz gewöhnlichen Gesprächen in Cafés, Kneipen und am Esstisch. Wir lernen voneinander. Wir hören Geschichten über Menschen, die wir bewundern, und nehmen uns vor, es ihnen gleichzutun. Wir lesen Romane oder Zeitungskommentare, hören Podcasts oder Reden auf YouTube und ändern unsere Einstellungen. Parlamente und Kongresse diskutieren Fragen und verändern Schritt für Schritt die Gesetze. Und Richter interpretieren das Recht im Lauf der Jahrzehnte immer wieder neu.

Bis 1967 konnten britische Männer wegen privat vollzogener homosexueller Handlungen ins Gefängnis wandern. Heute, nach jahrzehntelangem Kampf gegen hartnäckige Vorurteile, ist Schwulsein zu etwas Normalem geworden, und Schwule können den gleichen Respekt verlangen wie jeder andere. Parlamentsabstimmungen sorgten (nach einem langen, harten Kampf der Frauenrechtlerinnen) dafür, dass Frauen im Lauf des 20. Jahrhunderts in einem Land nach dem anderen das Wahlrecht erhielten. Und wir können sicher sein, dass die Abgeordneten in Parlamenten und Kongressen durch Briefe beeinflusst wurden, die sie aus ihren Wahlkreisen erhielten. Auch Entscheidungen von Richtern und Geschworenen bringen das Meinungsklima im Lauf der Jahrzehnte weiter voran. Außerdem dürfen wir Lehrbücher und

Vorlesungen in den Universitäten nicht vergessen. Wissenschaftler, die sich mit moralischen Werten, mit Richtig und Falsch beschäftigen – man nennt sie Moralphilosophen –, haben Einfluss auf die Dinge, die »in der Luft liegen«. Um dieses Kapitel abzurunden, möchte ich hier ein wenig über die Moralphilosophie sagen.

Es gibt in der Moralphilosophie verschiedene Schulen. Hier möchte ich nur zwei davon ansprechen: die Absolutisten und die Konsequentialisten. Sie haben sehr unterschiedliche Ansichten darüber, wie man moralische Urteile fällen soll. Die Absolutisten glauben, dass manche Dinge einfach richtig und andere einfach falsch sind. Keine Diskussion. Richtig oder Falsch ist einfach eine Tatsache, einfach wahr wie die Aussage der Geometrie, dass parallele Geraden sich niemals schneiden. Ein Absolutist sagt vielleicht: »Einen anderen Menschen zu töten ist einfach falsch. Es ist immer falsch, war immer falsch und wird immer falsch sein.« Ein solcher Absolutist hält Abtreibung für Mord, weil der Embryo ein Mensch ist. Manche Absolutisten würden die gleiche Argumentation sogar auf die befruchtete Eizelle anwenden, eine einzelne Zelle.

Konsequentialisten beurteilen Richtig und Falsch auf andere Weise. Vielleicht hast du aus dem Namen schon geschlossen, dass es ihnen um die Folgen oder *Konsequenzen* einer Handlung geht. Wer *leidet* beispielsweise als Konsequenz einer Abtreibung? Oder wer leidet als Konsequenz, wenn eine Abtreibung verweigert wird? Stellen wir uns einmal eine Unterhaltung zwischen einer Konsequentialistin (Connie) und einer Absolutistin (Abby) vor. Sie verschafft uns einen Eindruck davon, wie Moralphilosophen denken und argumentieren. Philosophen von Platon über Hume bis heute denken sich gern Dialoge zwischen imaginären Gesprächspartnern aus, und ich folge ihrem Beispiel. Beachte dabei, wie schnell Philosophen von der Realität zu »Gedankenexperimenten« übergehen.

Abby: Du sollst keinen anderen Menschen töten. Eine befruchtete Eizelle ist ein Mensch. Deshalb ist die Abtreibung selbst dann, wenn sie nur eine einzelne befruchtete Eizelle betrifft, Mord. Eine Freundin hat zu mir gesagt: »Eine Frau hat das absolute Recht, mit ihrem eigenen Körper zu machen, was sie will. Das schließt auch das Recht ein, einen Embryo zu töten, der in ihrem Körper ist. Das geht niemanden etwas an außer sie selbst.« Aber der Embryo ist ein anderer Mensch. Er hat ebenfalls Rechte, selbst wenn er in ihrem Körper ist.

Connie: Das Argument deiner Freundin ist genau wie dein eigenes ein absolutistisches Argument. Sie beansprucht ein »absolutes Recht« auf ihren eigenen Körper und alles, was darin ist. Das ist Absolutismus, wenn auch eine andere Art als deiner. Und du und sie, ihr gelangt zu gegensätzlichen Schlussfolgerungen. Ich bin Konsequentialistin. Ich stelle die Frage: Wer leidet? Du kannst eine befruchtete Eizelle als Menschen definieren, wenn dir das gefällt. Aber sie hat kein Nervensystem, also kann sie nicht leiden. Sie weiß nicht, dass sie abgetrieben wird, spürt weder Angst noch Bedauern. Eine Frau hat ein Nervensystem. Sie kann leiden, wenn sie ein Baby bekommen muss, das sie nicht will und dessen Versorgung sie sich nicht leisten kann. Du und deine Freundin, ihr seid beide Absolutistinnen. Sie ist eine »Frauenrechte-Absolutistin«. Und du bist (das vermute ich jedenfalls) eine religiöse Absolutistin. Ich stimme mit ihrer Schlussfolgerung überein, allerdings aus einem anderen Grund. Ihr Grund ist absolutistisch: das absolute Recht einer Frau, darüber zu bestimmen, was mit ihrem eigenen Körper geschieht. Mein Grund ist konsequentialistisch. Ein Embryo kann nicht leiden, eine Frau sehr wohl.

Abby: Gut, ich stimme zu, dass ein einzelliger Embryo nicht leiden kann, aber in ihm steckt das *Potenzial*, ein vollständiger Mensch zu werden. Die Abtreibung beraubt ihn dieser Möglichkeit. Würdest du das nicht als »Konsequenz« bezeichnen? Vielleicht bin ich auch eine Art Konsequentialistin? Jedenfalls mehr als meine Freundin!

Connie: Ja, ich stimme zu, dass es eine Konsequenz ist, wenn man den Embryo seines zukünftigen Lebens beraubt. Aber die Zelle weiß davon nichts und empfindet weder Schmerzen noch Bedauern; warum soll man sich darum also Sorgen machen? Und auch jedes Mal, wenn du es ablehnst, Sex zu haben, beraubst du potenziell einen zukünftigen Menschen der Gelegenheit, zu leben. Hast du darüber schon einmal nachgedacht?

Abby: Auf den ersten Blick ist das kein schlechtes Argument. Aber bevor die Samenzelle auf die Eizelle trifft, ist es kein bestimmter Mensch. Wenn du den Sex vermeidest, beraubst du keine individuelle Person ihrer Existenz, denn es gibt Millionen von Samenzellen und Millionen potenzielle Individuen. Sobald aber die Samenzelle in der Eizelle ist, ist der Anfang für eine individuelle Person gemacht. Für keine andere Person. Vor diesem Augenblick könnte es Millionen Leben geben, du kannst also nicht sagen, du würdest eine einzelne Person ihrer Existenz berauben.

Connie: Aber wenn du eine befruchtete Eizelle als »bestimmte individuelle Person« bezeichnest, legst du ein unteilbares Gebilde zugrunde. Kennst du eineiige Zwillinge? Die waren anfangs auch eine einzige befruchtete Eizelle.

Erst später hat sie sich aufgeteilt und ist zu zwei Individuen geworden. Wenn du das nächste Mal zwei eineiige Zwillinge triffst, frage sie doch einfach, wer von ihnen die »Person« ist und wer der Zombie.

Abby: Hm, okay, ich verstehe, was du meinst. Das ist ein beunruhigend gutes Argument. Vielleicht sollte ich besser das Thema wechseln. Wenn es dir nur darum geht, wer als Konsequenz deiner Handlungen leidet, warum ist dann Kannibalismus falsch? Ich bin sicher, dass du niemanden töten würdest, um ihn zu essen, aber wie steht es damit, wenn man jemanden isst, der schon tot ist und nicht mehr leiden kann?

Connie: Seinen Freunden und Verwandten würde das nicht gefallen. Das ist eine Konsequenz! Eine wichtige. Die Gefühle von Menschen sind wichtig. Aber nur wer ein Nervensystem hat, hat auch Gefühle. Eine Frau, die auf keinen Fall noch ein Baby möchte, hat Gefühle. Der Embryo in ihr hat keine.

Abby: Bleiben wir noch bei meinem Beispiel mit dem Kannibalismus. Angenommen, der tote Mensch hat weder Freunde noch Angehörige. Niemand würde leiden, wenn du ihn isst.

Connie: Nun gut, damit sind wir bei dem Argument der »schiefen Bahn«, wie wir es nennen. Wenn du oben auf einem steilen Hügel stehst, fühlst du dich noch sicher, aber die Böschung vom Hügel abwärts ist glitschig, und wenn du einen Fuß darauf setzt, bist du plötzlich ganz unten, wo du niemals sein wolltest, und das, bevor du überhaupt weißt, wie dir geschieht. Du hast recht: Niemand würde leiden, wenn ich einen bereits toten Menschen esse, um den sich weder Freunde noch Angehörige kümmern. Das ist das obere Ende der schiefen Bahn. Aber in unserer Gesellschaft gibt es ein tief verwurzeltes, gut eingeführtes Tabu gegen Kannibalismus. Schon bei dem Gedanken dreht sich uns der Magen um. Wenn wir das Tabu brechen, laufen wir Gefahr, die schiefe Bahn hinunterzugleiten. Wer weiß, wo es enden wird? Das Tabu gegen Kannibalismus ist ebenso nützlich wie das Sicherheitsgeländer am oberen Ende eines gefährlich steilen Abhangs.

Abby: Nun, das Argument mit der schiefen Bahn kann ich auch auf die Abtreibung anwenden. Ich stimme zu, dass ein Embryo im Frühstadium weder Schmerzen noch Angst oder Kummer darüber empfindet, dass er abgetrieben wird. Aber auch hier reicht eine schiefe Ebene bis hin zum Augenblick der Geburt und darüber hinaus. Wenn du die Abtreibung erlaubst, besteht dann nicht die Gefahr, die schiefe Bahn bis zum Augenblick der Geburt hinunterzurutschen? Ermorden wir nicht am Ende Einjährige, nur weil sie lästig sind? Und dann Zweijährige? Und so weiter?

Conny: Ja, ich muss sagen, das hört sich auf den ersten Blick nach einem stichhaltigen Argument an. Aber der Augenblick der Geburt ist eine ziemlich gute Schranke – ein ziemlich gutes »Sicherheitsgeländer«, und wir sind gewohnt, es zu respektieren. Das war allerdings nicht immer so. Im alten Griechenland wartete man, bis ein Baby geboren war, warf einen Blick darauf und entschied dann, ob man es behalten wollte. Wenn nicht, ließ man es zum Sterben auf einem kalten Berg zurück. Ich bin sehr froh, dass wir so etwas heute nicht mehr tun müssen. Übrigens: Spätabtreibungen sind sehr selten und werden nur aus dringenden Gründen vorgenommen, meist um das Leben der Mutter zu retten. Die große Mehrzahl aller Abtreibungen findet frühzeitig statt. Und ist dir klar, dass viele befruchtete Eizellen spontan abgestoßen werden, ohne dass die Frau überhaupt wusste, dass sie schwanger war?

Aber auch wenn ich gerade das Argument der schiefen Bahn angeführt habe, muss ich gestehen, dass es mir lieber wäre, Schranken und Grenzen ganz abzuschaffen. Ihr Absolutisten wollt eine harte, feste Grenze zwischen Menschlichem und Nichtmenschlichem ziehen. Wird ein Embryo im Augenblick der Befruchtung, wenn die Samenzelle zum ersten Mal auf die Eizelle trifft, zum Menschen? Oder erst im Augenblick der Geburt? Oder zu irgendeinem Zeitpunkt dazwischen, und wenn ja, wann genau? Ich stelle lieber eine andere Frage. Nicht »Wann wird es zu einem Menschen?«, sondern: »Wann ist es zum ersten Mal in der Lage, Schmerzen und Gefühle zu empfinden?« Und das geschieht nicht in einem plötzlichen Augenblick. Es ist ein allmählicher Prozess.

In den Zeiträumen der Evolution gilt das Gleiche. Wir töten Menschen nicht, um sie zu essen. Aber wir töten Schweine, um sie zu essen. Und doch sind wir Verwandte der Schweine, das heißt, wenn wir unsere Vorfahren und die Vorfahren der Schweine in die Vergangenheit zurückverfolgen, treffen wir irgendwann auf den gemeinsamen Urahnen. Angenommen, wir verfolgen unseren Stammbaum in die Vergangenheit. Auf dem Weg zu den Vorfahren, die wir mit den Schweinen gemeinsam haben, kommen wir an den Affenmenschen vorüber, Kleinaffen-ähnlichen Tieren und so weiter. Nun stellen wir uns einmal vor, diese Affenmenschenart wäre nicht ausgestorben. An welcher Stelle würdest du sagen: »Aha, das ist es, von jetzt an sind sie keine Menschen mehr«? Du bist Absolutistin und willst eine absolute Grenze zwischen Menschen und Tieren ziehen. Aber ich bin Konsequentialistin und ziehe es vor, überhaupt keine Grenzen zu ziehen, wenn es sich vermeiden lässt. In diesem Fall würde meine Frage nicht lauten »Ist dieses Wesen ein Mensch?«, sondern: »Kann dieses Wesen leiden?« Und ich vermute, dass manche Tiere mehr leiden können als andere. Übrigens einschließlich der Schweine.

Abby: Deine moralischen Argumente hören sich logisch an. Aber auch du musst mit irgendeiner absolutistischen Überzeugung anfangen. In diesem Fall fängst du an, indem du einfach sagst: »Leiden zu verursachen ist falsch.« Dafür nennst du keine Rechtfertigung.

Connie: Ja, das gebe ich zu. Aber ich glaube, meine absolutistische Überzeugung, dass es falsch ist, Leiden zu verursachen, ist immer noch sinnvoller als deine absolutistische Überzeugung, »es steht so in meinem heiligen Buch«. Ich glaube, da würdest du mir ziemlich schnell zustimmen, wenn jemand dich foltern wollte.

Du kannst die Diskussion zwischen Abby und Connie auch allein weiterführen. Ich hoffe, ich habe sie so weit wiedergegeben, dass du erkennen kannst, wie Moralphilosophen argumentieren. Wahrscheinlich hast du schon vermutet, dass Absolutisten häufig religiöse Menschen sind, aber das ist keine allgemeingültige Regel. Die Zehn Gebote sind eindeutig absolutistisch. Das Gleiche gilt gewöhnlich für den Gedanken, nach festgelegten Regeln zu leben.

Es ist aber auch für nicht religiöse Philosophen möglich, eine auf Regeln basierende Moral zu entwickeln. Nach Ansicht verschiedener Schulen von Moralphilosophen, den sogenannten Deontologen, kann man Regeln auch mit anderen Begründungen rechtfertigen, anstatt einfach nur Aussagen in einem heiligen Buch nachzulesen. Der große deutsche Philosoph Immanuel Kant formulierte beispielsweise eine Regel, die er als

Kategorischen Imperativ bezeichnete: »Handle nur nach derjenigen Maxime, durch die du zugleich wollen kannst, dass sie ein allgemeines Gesetz werde.« Das entscheidende Wort lautet hier »allgemeines«. Damit ist zum Beispiel eine Regel, die das Stehlen befürworten würde, ausgeschlossen, denn würde man sie allgemein einführen, das heißt, wenn jeder stehlen würde, würde es niemandem nützen: Diebe gedeihen nur in einer Gesellschaft, in der ehrliche Opfer in der Mehrzahl sind. Würde jemand ständig Lügen erzählen, verlöre das Lügen seine Bedeutung, denn es gäbe keine verlässliche Wahrheit mehr, mit der man es vergleichen könnte. Eine moderne deontologische Theorie besagt, wir sollten unsere moralischen Regeln hinter einem »Schleier der Unkenntnis« entwickeln. Tue so, als wüsstest du nicht, ob du reich oder arm bist, begabt oder unbegabt, schön oder hässlich. Diese Fakten liegen verborgen hinter dem imaginären »Schleier der Unkenntnis«. Nun entwickle ein System von Werten, unter dem du gerne leben würdest, da du ja nicht wissen kannst, ob du ganz oben oder ganz unten stehen wirst. Die Deontologie ist interessant, aber ich möchte mich hier in einem Buch über Religion nicht weiter damit beschäftigen.

Die Diskussion darüber, wann im Mutterleib eine »Person« entsteht, ist im Wesentlichen eine religiöse Debatte. Nach vielen religiösen Traditionen tritt die unsterbliche Seele in einem ganz bestimmten Augenblick in den Körper ein. Für Katholiken ist das der Augenblick der Befruchtung. Die katholische Glaubensinstruktion *Donum Vitae* äußert sich in diesem Punkt sehr eindeutig:

> Von dem Augenblick an, in dem die Eizelle befruchtet wird, beginnt ein neues Leben, welches weder das des Vaters noch das der Mutter ist, sondern das eines neuen

> menschlichen Wesens, das sich eigenständig entwickelt. Es würde niemals menschlich werden, wenn es das nicht schon von diesem Augenblick an gewesen wäre ... Mit der Befruchtung beginnt das Abenteuer des menschlichen Lebens.

Wer das auch geschrieben hat, es scheint, als hätte er nie über das Argument der »eineiigen Zwillinge« nachgedacht, das die Konsequentialistin Connie angeführt hat.

Wahrscheinlich hast du schon vermutet, dass meine Sympathie eher bei Connie als bei Abby liegt. Ich muss aber zugeben, dass konsequentialistische Gedankenexperimente manchmal in unangenehme Richtungen führen. Angenommen, ein Bergmann wird unter Tage durch Steinschlag eingeschlossen. Wir könnten ihn retten, aber das würde viel Geld kosten. Was könnten wir mit diesem Geld sonst noch anfangen? Wir könnten viel mehr Menschenleben retten und viel mehr Leiden lindern, wenn wir damit Lebensmittel für hungernde Kinder auf der ganzen Welt kauften. Sollte nicht ein echter Konsequentialist den armen Bergmann seinem Schicksal überlassen, ungeachtet seiner weinenden Ehefrau und der Kinder? Vielleicht, aber ich würde das nicht tun. Ich könnte es nicht ertragen, ihn unter Tage zu lassen. Könntest du es? Allerdings lässt sich die Entscheidung, ihn zu retten, mit einer rein konsequentialistischen Begründung nur schwer rechtfertigen. Es ist nicht unmöglich, aber schwierig.

Kehren wir nun noch einmal zum Hauptthema dieses Kapitels zurück. Brauchen wir Gott, um gute Menschen zu sein? Ich habe mich ziemlich ausführlich mit der Moralphilosophie beschäftigt, aber Moralphilosophie ist nur einer der Wege, auf denen sich moralische Werte wandeln. Wie Journalismus, Gespräche am Esstisch, Diskussionen in Parlamentskammern und Studentengewerkschaften, juristische Urteile und vieles andere, so trägt auch die Moralphilosophie zur Veränderung dessen bei, was »in der Luft liegt«. Deshalb ist die Moral des 21. Jahrhunderts ganz anders als beispielsweise die des 18., nach der Sklaverei etwas Gutes war. Nebenbei bemerkt, scheint es keinen naheliegenden Grund zu geben, warum der Trend zum Stillstand kommen sollte. Wie wird die Moral des 22. Jahrhunderts aussehen?

Ob wir religiös sind oder nicht, unsere moderne Moral unterscheidet sich stark von jener der Bibel. Oder der Moral des Koran. Gott sei Dank. Und die große Überwachungskamera im Himmel ist sicher kein lobenswerter Grund, um ein guter Mensch zu sein. Vielleicht sollten wir alle die Vorstellung, dass wir »Gott brauchen, um gut zu sein«, aufgeben.

Würde das bedeuten, dass wir alle auch den Glauben an Gott aufgeben sollten? Nein. Nicht allein aus diesem Grund. Selbst wenn wir ihn nicht brauchen, um gut zu sein, könnte er immer noch existieren. Ein Gott könnte nach unseren eigenen moralischen Maßstäben schlecht sein wie die Gottesgestalt, die wir in Kapitel vier kennengelernt haben, aber das würde nicht bedeuten, dass es ihn nicht geben kann. Der einzige Grund, an die Existenz von irgendetwas zu glauben, sind Belege. Gibt es irgendwelche Belege, gibt es irgendwo irgendwelche stichhaltigen Belege für irgendeine Form von Gott oder Göttern?

Ich nehme an, du glaubst nicht an nahezu alle der vielen Götter, die ich im ersten Kapitel aufgezählt habe, oder an die vielen Hundert weiteren, die ich nicht erwähnt habe. Vielleicht haben die Kapitel zwei und drei dich überzeugt, dass heilige Bücher wie Bibel und Koran keine guten Gründe liefern, an irgendwelche Götter zu glauben. Die Kapitel vier, fünf und sechs haben dich eventuell von der Vorstellung abgebracht, Religion sei notwendig, damit wir gute Menschen sein können. Aber vielleicht hängst du immer noch an dem Glauben an irgendeine höhere Macht, eine Art kreative Intelligenz, die unsere Welt und das Universum und – vielleicht vor allem – die Lebewesen einschließlich uns selbst erschaffen hat. Ich hatte selbst solche Überzeugungen, bis ich ungefähr fünfzehn war, einfach weil die Schönheit und Komplexität der Lebewesen mich zutiefst beeindruckte. Insbesondere faszinierte mich die Tatsache, dass Lebewesen aussehen, als wären sie »gestaltet« worden. Die Idee, es gebe irgendwelche Götter, gab ich schließlich auf, als ich etwas über Evolution erfuhr und lernte, warum Lebewesen gestaltet aussehen. Diese Begründung – die Begründung von Charles Darwin – ist so schön und erhaben wie die Lebewesen, die sie erklärt. Aber sie darzulegen braucht Zeit. Ich werde den zweiten Teil dieses Buchs größtenteils ihr widmen. Aber selbst das reicht nicht aus, um einem so großen Thema gerecht zu werden. Ich hoffe, ich kann dein Interesse so weit wecken, dass du dich anderen Büchern über die Evolution zuwendest.

Teil 2

Evolution und darüber hinaus

·7·

Muss es nicht einen Gestalter geben?

Stellen wir uns einmal eine Gazelle in der afrikanischen Savanne vor. Sie läuft um ihr Leben, verfolgt von einem rennenden Gepardenweibchen, und stößt einen winselnden Atemzug aus, der durchaus ihr letzter sein könnte. Vielleicht hast du wie ich Mitgefühl mit der Gazelle. Aber das Gepardenweibchen hat hungrige Junge. Wenn sie die Beute nicht fangen kann, werden sie und ihre Kleinen verhungern. Was möglicherweise ein unangenehmerer Tod ist als das schnelle Ende der Gazelle.

Wenn du schon einmal Aufnahmen von einer Gazelle und einem laufenden Geparden gesehen hast – zum Beispiel in einem Dokumentarfilm von David Attenborough –, dann ist dir vielleicht aufgefallen, wie wunderschön, wie elegant *gestaltet* die Tiere zu sein scheinen. Beide muskulöse, spannkräftige Körper scheinen den Begriff »schnell« geradezu zu verkörpern. Ein Gepard kann eine Spitzengeschwindigkeit von rund hundert Stundenkilometern erreichen. Manche Berichte nennen sogar eine Geschwindigkeit von fast hundertzwanzig Stundenkilometern – eine gewaltige Leistung, wenn man keine Räder als Antrieb hat, sondern nur Füße. Und ein Gepard kann von null auf hundert Stundenkilometer in drei Sekunden beschleunigen, ungefähr so schnell wie ein Tesla (im »Insane Mode«) oder ein Ferrari.

Der Gepard kann allerdings nicht lange mithalten. Geparde sind Sprinter, im Gegensatz zu den Wölfen, die lange Strecken laufen können. Deren Höchstgeschwindigkeit ist zwar geringer (ungefähr sechzig bis siebzig Stundenkilometer), aber Wölfe sind ausdauernd und können ihre Beute jagen, bis sie erschöpft ist. Geparde müssen ihrem Opfer auflauern, bis es wirklich so nahe kommt, dass ein letzter kurzer Sprint genügt. Jede längere Strecke erschöpft sie, und dann müssen sie die Jagd aufgeben. Gazellen können nicht so schnell rennen wie Geparde (auch sie schaffen nur ungefähr fünfundsechzig Stundenkilometer), aber sie schlagen Haken (das heißt, sie springen von einer Seite zur anderen), und das macht es einem rennenden Geparden schwer, sie zu fangen – insbesondere weil es schwierig ist, die Richtung zu wechseln, wenn man sehr schnell rennt.

Wie andere Antilopen, so springen auch Gazellen hoch in die Luft, wenn sie verfolgt werden. Das ist erstaunlich, denn dazu müssen sie ihr Tempo verlangsamen, und es verbraucht Energie. Für den Geparden könnte es ein Signal sein: »Mach dir nicht die Mühe, mich zu jagen, ich bin eine starke, sportliche Gazelle und kann hoch in die Luft springen. Das bedeutet vermutlich auch, dass ich schwieriger zu fangen bin als andere Gazellen. Such dir besser ein anderes Tier aus meiner Herde.« Die Gazelle denkt sich solche Argumente nicht aus. Ihr Nervensystem ist einfach auf das Springen programmiert, ohne dass sie verstehen würde, warum. Wenn eine Gazelle hochspringt, entgeht sie unter Umständen dem Gefangenwerden so lange, bis der rennende Gepard müde wird und stehen bleiben muss. Damit ist sie gerettet. Zumindest bis morgen.

Sowohl Geparde als auch Gazellen scheinen hervorragend »gestaltet« zu sein. Die Wirbelsäule des Geparden biegt sich auf und ab, schnellt in die andere Richtung, knickt fast ab und treibt die Beine in einem hektischen Galopp voran. Die Lunge ist für ein Tier dieser Größe ungewöhnlich voluminös, ebenso die Nasenöffnungen und Atemwege – das Tier muss schnell viel Sauerstoff ins Blut aufnehmen können. Auch das Herz ist besonders groß und pumpt das sauerstoffreiche Blut in wilder Anstrengung in die Muskeln. Aber abgesehen von der Größe des Herzens ist schon die Tatsache, dass der Gepard überhaupt ein Herz hat, bemerkenswert – eine komplizierte Pumpe mit vier Kammern, die ständig arbeitet. Die mathematischen Hintergründe der Pumpleistung des Herzens wurden von klugen Köpfen ergründet. Ich werde nicht einmal versuchen, sie zu erklären: Es ist so kompliziert, dass auch ich selbst es nicht verstehe.

Wie ist all diese Komplexität entstanden? Muss sie von einem mathematisch begabten Genie gestaltet worden sein? Die Antwort ist ein vielleicht überraschendes, aber nachdrückliches Nein – warum, werden wir in den nächsten Kapiteln genauer erfahren.

Jetzt denken wir einmal an das Auge des Geparden: Es ist drohend auf die Beute fixiert, während das Raubtier sich abwechselnd niederkauert und heimlich vorwärtsschleicht. Oder an das Auge der Gazelle, das die Umgebung unruhig nach lauernden Raubkatzen absucht. Das Auge der Wirbeltiere ist eine Kamera. Eigentlich eine Digitalkamera, denn auf seiner Rückseite befindet sich kein Film, sondern eine *Netzhaut* mit Millionen winzigen lichtempfindlichen Zellen. Wir können von Fotozellen sprechen. Jede davon ist über eine Reihe von Nervenzellen mit dem Gehirn verbunden. Dort gibt es mehrere »Landkarten« der Netzhaut. Mit »Landkarte« meine ich eine der Netzhaut entsprechende Anordnung: Zellen, die im Gehirn nebeneinanderliegen, sind mit nebeneinanderliegenden Fotozellen in der Netzhaut verknüpft, und zwar in der gleichen säuberlichen Anordnung von rechts nach links und von oben nach unten.

Die Ähnlichkeit mit einer Kamera geht noch weiter. Die Pupille wird von besonderen Muskeln, die an der Iris (dem farbigen Teil des Auges) angeheftet sind, erweitert oder verengt. Dies kannst du erkennen, wenn du deine eigenen Augen im Spiegel betrachtest. Richte einmal eine Taschenlampe auf dein linkes Auge und schalte sie ein, während du im Spiegel das rechte Auge beobachtest. Du wirst sehen, dass die Pupille kleiner wird. Auch in einer automatischen Kamera öffnet oder schließt sich die »Irisblende« (sogar der Name stammt vom Auge) genau so weit, dass die richtige Lichtmenge durchgelassen wird. Wenn die Sonne herauskommt, verkleinert sich die Öffnung; und wenn die Sonne bedeckt ist, erweitert sie sich wieder. Genau wie die Iris im Auge. Die Pupillen müssen übrigens nicht rund sein wie bei uns. Bei der Gazelle sind sie waagerechte Schlitze. Die Pupillen der Katzen sind in hellem Licht senkrechte Schlitze, bei schwacher Beleuchtung erweitern sie sich zu Kreisen. Entscheidend ist, dass die Pupille und die sie umgebenden Muskeln darüber bestimmen, wie viel Licht ins Auge fällt. Nebenbei bemerkt, steht das Bild auf der Netzhaut auf dem Kopf. Merkst du, warum das keine Rolle spielt? Warum es nicht bedeutet, dass die Welt für uns auf dem Kopf zu stehen scheint?

Ebenfalls wie in einer Kamera gibt es im Auge eine Linse, die sich auf nahe und entfernte Objekte scharf stellen kann – und natürlich auch auf jede Entfernung dazwischen. Kameras und Fischaugen bewegen dazu die Linse vorwärts und rückwärts. In den Augen von Geparden, Gazellen, Menschen und anderen Säugetieren geschieht es auf weniger naheliegende Weise. Bei ihnen ändert sich die Form der Linse mithilfe besonderer Muskeln, die daran angebracht sind. Chamäleons, die ihre Augen unabhängig voneinander drehen können, können sie auch unabhängig fokussieren (wobei sie sich nicht der Methode mit der verformbaren Linse bedienen, sondern es machen wie Fische oder eine Kamera); die Entfernung zu einem Ziel, beispielsweise einer Fliege, schätzen sie ab, indem sie messen, wie stark sie fokussieren müssen. Die Fliege weiß dann noch nicht einmal, was ihr widerfahren ist. In Wirklichkeit wurde sie – mit großer Geschwindigkeit – von der Zunge des Chamäleons getroffen, die erstaunlicherweise länger ist als das ganze Tier und explosionsartig aus dem Mund schießt wie eine klebrige Harpune. Anschließend wird die Zungenharpune eingerollt, und mit ihr das zum Untergang verurteilte Insekt, das an der Spitze klebt.

Chamäleons und Geparde haben eine Gemeinsamkeit. Beide schleichen sich langsam und heimlich an ihre Beute an, bis sie nahe genug sind. Nahe genug wofür? Im Fall des Geparden für einen letzten, explosiven Lauf. Auch beim Chamäleon gibt es eine Art letzten Lauf, aber den vollzieht nur die Zunge, während der Körper felsenfest stehen bleibt. Wie gesagt: Der Gepard beschleunigt von null auf hundert Stundenkilometer in drei Sekunden. Die Zunge des Chamäleons schafft die Entsprechung zu einer dreihundertmal größeren Beschleunigung. Aber sie trifft (oder verfehlt) die Fliege, lange bevor sie tatsächlich hundert Stundenkilometer erreicht hat. Immerhin ist die Zunge nur (nur!) geringfügig länger als der ganze Körper des Chamäleons, und deshalb reicht die Zeit selbst bei einer derart phänomenalen Beschleunigung nicht, um auf hundert Stundenkilometer zu kommen.

Auch hier sieht wieder alles so aus, als würde es dazu einen Gestalter brauchen, stimmt's? Und auch hier ist er, wie wir in den nächsten Kapiteln noch erfahren werden, in Wirklichkeit nicht notwendig.

Wie die Zunge des Chamäleons im Einzelnen funktioniert, war lange ein ziemliches Rätsel. Eine erste Vermutung ging davon aus, dass sie durch hydraulischen Druck aufgeblasen wird wie ein erigierter Penis, nur viel schneller. Die hydraulische Methode nutzen auch Springspinnen (liebenswürdige kleine Tiere, die hoch in die Luft springen, nachdem sie sich mit einem Seidenfaden am Boden gesichert haben). Bei ihnen wird das Blut schlagartig in die Beine gepumpt, die sich daraufhin abrupt strecken und die Spinne in die Luft schleudern. Auch die Zungen von Schmetterlingen und Motten funktionieren so. Sie sind im Ruhezustand aufgerollt und entrollen sich durch hydraulischen Druck wie eine »Karnevalströte« – eines jener Spielzeuge, in die man hineinbläst, und dann schießen sie einem anderen ins Gesicht, wobei sie häufig ein tutendes Geräusch machen.

Die hydraulische Theorie war zwar teilweise falsch, in einem aber hatte sie recht: Die Zunge des Chamäleons ist hohl. Allerdings enthält sie nicht nur Flüssigkeit, die unter Druck steht, sondern auch einen langen, steifen, glitschigen Stachel, den sogenannten Zungenbeinfortsatz. Natürlich ist die Zunge viel länger als der Zungenbeinfortsatz. Im Ruhezustand muss sie deshalb in Falten um ihn herum untergebracht werden. Außerdem sind kräftige Muskeln rund um den Fortsatz angeordnet. Diese Tatsache legte die nächste Theorie für die Funktionsweise der Zunge nahe – auch sie war falsch, kam aber der Wahrheit schon näher. Sie besagte, die Muskeln rund um den Zungenbeinfortsatz würden sich zusammenziehen, und dann würde die geschmierte, hohle, wie ein Teleskop zusammengeschobene Zunge ausgefahren. Das wäre, als wenn man auf einen Orangenkern drückt und er dann durch die Gegend schießt. In Wirklichkeit läuft es beinahe so ab. Aber eben nur beinahe.

Was dabei entscheidend ist: Kein Muskel kann sich so schnell zusammenziehen, dass er die »wahnsinnige« Beschleunigung der Chamäleonzunge erzeugen könnte. Damit sie erreicht wird, muss die von den Muskeln gelieferte Energie vorab *gespeichert* und später freigesetzt werden. So funktioniert eine Steinschleuder, eine Armbrust oder ein Langbogen. Die Armmuskeln können einen Pfeil nicht sehr weit werfen, ein gespannter Bogen ist dazu aber in der Lage. Die Armmuskeln ziehen die Bogensehne langsam zurück, und dabei wird die Energie der Muskeln in dem Bogen, der sich biegt, gespeichert. Lassen die Finger dann die Sehne los, wird die gespeicherte Energie plötzlich frei, und der Pfeil schießt viel schneller und tödlicher davon, als wenn er geworfen würde. Ursprünglich stammt die Energie aus den Muskeln, die den Bogen langsam gespannt haben. Die Freisetzung der Energie wird verzögert und erfolgt dann plötzlich – sie ist im Bogen gespeichert. Bei der Steinschleuder wird die Energie der Armmuskeln in einem gedehnten Gummiband gespeichert.

Wie treibt nun die gespeicherte Energie die Zunge des Chamäleons an? Geliefert wird die Energie, die die Zunge herausschießen lässt, tatsächlich von den Muskeln rund um den Zungenbeinfortsatz. Aber wie bei einer Steinschleuder oder einem Bogen wird die zugeführte Energie gespeichert, und zwar in einer elastischen Scheide, die zwischen dem Muskel und dem gut geschmierten Zungenbeinfortsatz liegt. Nicht die Muskeln selbst, sondern diese elastische Hülle »drückt auf den Orangenkern«, wenn der gespannte Mechanismus plötzlich gelöst wird und die Zunge wie eine Harpune herausschießt: Wegen der elastischen Scheide geht das viel schneller, als wenn die Muskeln unmittelbar Druck auf den »Orangenkern« ausüben würden.

Die Zunge ist nicht spitz wie eine Harpune, sondern sie

trägt am Ende eine Art Knopf. Diese Verdickung ist klebrig und hat einen Saugnapf, der an dem armen Insekt haften bleibt, sodass das Chamäleon es anschließend mit einer anderen Muskelgruppe, den sogenannten Retraktormuskeln, in den Mund ziehen kann. Der Knopf ist ein recht schweres Geschoss, die übrige Zunge dagegen ähnelt eher einer hängenden Leine. Der Knopf legt seinen Weg »ballistisch« zurück, das heißt, nachdem er abgeschossen wurde, hat das Chamäleon ihn nicht mehr unter Kontrolle. Wie der Stein aus einer Steinschleuder oder der Pfeil, der vom Bogen geschossen wird. Oder auch wie eine Harpune – ihr ähnelt der Mechanismus noch stärker, denn sie bleibt wie die Zunge des Chamäleons mit der Abschussapparatur verbunden. Eine *ballistische* Interkontinentalrakete heißt so, weil sie, einmal abgeschossen, auf sich selbst gestellt ist. Das Gegenteil ist der *Lenkflugkörper*, dessen Kurs noch unterwegs korrigiert wird, sodass er sein Ziel besser ansteuern kann.

Den gleichen Steinschleudertrick, Energie langsamer Muskeln in elastischem Gewebe zu speichern und dann schnell freizusetzen, verwenden übrigens auch springende Insekten wie Heuschrecken und Flöhe. Ihr »Gummiband« ist eine großartige Substanz namens *Resilin*. Resilin ist, was die Elastizität angeht, sogar noch effizienter als Gummi, das heißt, ein größerer Anteil der gespeicherten Energie steht anschließend bei der Freisetzung zur Verfügung. Der Fachausdruck *effizient* bedeutet, dass nur wenig Energie als Wärme verloren geht. Ein wenig geht nach den unverrückbaren Gesetzen der Thermodynamik immer verloren – aber um mich mit diesen Gesetzen hier auseinanderzusetzen fehlt der Platz. Am spektakulärsten nutzen die Fangschreckenkrebse den »Bogentrick« mit der elastischen Speicherung: Sie können damit auf eine Weise zuschlagen, die für ein nur wenige Zentimeter langes Tier wahrhaft erstaunlich ist. Ihre beiden Vordergliedmaßen haben sich zu Hämmern oder Knüppeln entwickelt, die ein Beutetier mit einer Geschwindigkeit von achtzig Stundenkilometern zerschmettern. Ihre Beschleunigung entspricht dabei der eines Geschosses aus einer Pistole Kaliber .22. Und das alles findet – im Gegensatz zu dem Geschoss – unter Wasser statt! Noch einmal: Die Leistung wird mit elastisch gespeicherter Energie erzielt. Direkte Muskelkraft könnte nicht annähernd eine solche Geschwindigkeit erzeugen.

Auch damit ist die Geschichte über die Zunge des Chamäleons noch nicht ganz zu Ende. So bewegt sich beispielsweise auch der Zungenbeinfortsatz selbst nach vorn und bringt die fliegende Zunge damit auf den richtigen Weg. Es ist, als würdest du mit dem Bogen in der Hand in Richtung deines Ziels laufen und dann im Lauf den Pfeil abschießen. Aber ich habe wahrscheinlich schon genug erzählt, damit du denkst: »Diese ganze erstaunliche Apparatur muss doch jemand konstruiert haben?« Und wieder hättest du damit unrecht. Warum sage ich das immer wieder, und warum sage ich, ich würde es in späteren Kapiteln erklären? Weil dieses Kapitel erst einmal die Frage stellen soll, was eigentlich erklärt werden muss. Und es ist eine große Frage. Ich möchte sie nicht auf die leichte Schulter nehmen, deshalb widme ich dieses ganze Kapitel dem Problem als solchem, bevor wir anfangen, uns um die Lösung zu kümmern. Wie wir noch erfahren werden, ist nur die Evolution durch natürliche Selektion eine ausreichend große Theorie, mit der man ein so großes Problem lösen kann.

Chamäleons haben zwar eine wundersame Zunge und drehbare Augentürmchen, noch berühmter sind sie aber aus einem anderen Grund: wegen ihrer Fähigkeit, ihre Farbe zu verändern und sich so an den Hintergrund anzupassen. Ein

Politiker, der es sich immer wieder anders überlegt, um sich der vorherrschenden Meinung anzupassen, wird manchmal scherzhaft als »politisches Chamäleon« bezeichnet. Was die Fähigkeit zum Farbwechsel angeht, kommen auch manche Plattfische wie beispielsweise die Schollen dem Chamäleon gleich. Beide werden aber von den Tintenfischen und ihren Verwandten bei Weitem in den Schatten gestellt. Chamäleons und Plattfische ändern ihre Farbe langsam in Zeiträumen von einigen Minuten. Kraken, Kalmare und Echte Tintenfische, gemeinsam Kopffüßer genannt, wechseln die Farbe von einer Sekunde zur anderen.

Die Kopffüßer kommen Außerirdischen ungefähr so nahe, wie es irgendeinem Lebewesen auf unserem Planeten möglich ist. Sie haben acht (Kraken) oder zehn (Kalmare und Echte Tintenfische) Arme, die rund um einen Mund mit einem Schnabel angeordnet sind. Die Arme sind zu erstaunlichen Leistungen mit genau kontrollierten, ununterbrochenen Biegebewegungen in der Lage, was vor allem deshalb bemerkenswert ist, weil sie kein Skelett besitzen. Als einzige Tiere verfügen die Kopffüßer über einen echten Düsenantrieb, und damit schwimmen sie rückwärts, insbesondere wenn sie plötzlich fliehen müssen. Außerdem – und das ist der Grund, warum sie in diesem Kapitel auftauchen – können sie ihre Farbe sehr schnell verändern und komplizierte Muster bilden. Was dabei faszinierend ist: Sie tun das auf ganz ähnliche Weise wie ein moderner Farbfernseher.

Schalte einmal deinen Fernseher ein und sieh dir den Bildschirm mit einem starken Vergrößerungsglas genau an. Wenn es kein altmodisches Modell ist (das horizontale Linien hat), wird dir auffallen, dass der ganze Bildschirm mit Millionen winzigen, farbigen Punkten bedeckt ist, den »Pixeln«. Jedes Pixel ist entweder rot, blau oder grün, und jedes Pixel kann von der Elektronik des Geräts ein- oder ausgeschaltet, heller oder dunkler gestellt werden. Die Pixel sind so klein, dass man sie nicht erkennt, wenn man sich zurücklehnt und fernsieht. Aber jede auch noch so raffinierte Farbe, die du von deinem Sofa aus siehst, wird durch eine Mischung unterschiedlich heller Pixel erzeugt. Wenn du mit deinem Vergrößerungsglas einen weißen Teil des Bilds betrachtest, wirst du sehen, dass Pixel in allen drei Farben – Rot, Blau und Grün – hell leuchten. In einem roten Teil des Bilds leuchten – wie nicht anders zu erwarten – nur rote Pixel. Für blaue und grüne Teile des Bilds gilt das Gleiche. Gelb wird erzeugt, indem rote und grüne Pixel gleichzeitig eingeschaltet werden, violett durch eine Mischung von Rot und Blau, Braun durch ein komplizierteres Gemisch. Grau ist das Gleiche wie Weiß: Alle drei Farben sind eingeschaltet, aber nur schwach. Die Elektronik des Fernsehgeräts erzeugt das ganze bewegte Bild, indem sie sehr schnell die Helligkeit jedes einzelnen der Millionen Pixel steuert. Nach dem gleichen Prinzip funktionieren Computermonitore.

Und – wie wir erstaunlicherweise festhalten können – auch die Haut eines Kraken, Kalmars oder Tintenfisches. Seine ganze Haut ist ein lebendiger Fernsehbildschirm. Die Pixel werden aber nicht elektronisch gesteuert, sondern jedes Pixel ist ein winziger Beutel mit Farbpigment. Wie auf dem Fernsehbildschirm gibt es drei Farben, nur sind es hier nicht Rot, Blau und Grün, sondern Rot, Gelb und Braun. Aber wie beim Fernseher werden alle drei Typen unabhängig voneinander gesteuert, sodass sich auf der Hautoberfläche unterschiedliche Farbmuster ergeben.

Die Pixel sind bei den Kopffüßern allerdings viel größer als auf einem Fernseher. Immerhin sind es Pigmentbeutel, und so klein können Beutel nicht werden. Wie werden sie gesteuert?

Jeder davon liegt in einem Organ, das man Chromatophore nennt. Fische besitzen ebenfalls Chromatophoren, aber die funktionieren anders. Bei den Kopffüßern ist die Wand des Beutels elastisch (interessant, dass die Elastizität auch hier wieder eine Rolle spielt). An der Chromatophore sind Muskelzellen befestigt. Die Muskeln sind dabei angeordnet wie die Arme eines Seesterns, nur sind es nicht fünf Arme, sondern ungefähr zwanzig. Wenn die Muskeln sich zusammenziehen, dehnen sie die Wände des Beutels so, dass eine größere Pigmentfläche ausgebreitet ist, und die Chromatophore nimmt die Farbe des Pigments an. Entspannen sich die Muskeln, schrumpft der Beutel wegen seiner elastischen Wände wieder zu einem Punkt zusammen, sodass seine Farbe aus der Entfernung nicht mehr zu sehen ist. Da die Farbveränderung von Muskeln gesteuert wird und die Muskeln ihrerseits der Kontrolle durch Nerven unterliegen, geht es schnell: Der Wechsel dauert ungefähr eine Fünftelsekunde. Damit ist er zwar langsamer als auf einem Fernseher, aber viel schneller als auf der Haut eines Chamäleons, denn dort werden die Chromatophoren von Hormonen gesteuert, Substanzen, die vom Blut transportiert werden und deshalb zwangsläufig langsamer sind.

Die Muskeln, die sich zusammenziehen und an den Chromatophoren zerren, erhalten ihre Befehle von Nerven, und die Nerven werden ihrerseits von Zellen im Gehirn gesteuert. Nerven arbeiten schnell (allerdings nicht so schnell wie die elektronischen Bauteile in einem Fernseher). Könnten wir die Gehirnzellen eines Tintenfisches mit einem Computer verbinden, wäre es theoretisch möglich, auf seiner Haut Charlie-Chaplin-Filme abzuspielen. Das hat noch nie jemand getan, der Tintenfisch selbst kommt dem allerdings recht nahe, wenn hübsche Wellen veränderlicher Farben über seine Haut laufen wie schnell fliegende Wolken über den Himmel. Dr.

Roger Hanlon vom Marine Biological Laboratory in Woods Hole las freundlicherweise erste Entwürfe dieses Kapitels. Als er auf meinen Vorschlag mit Charlie Chaplin stieß, erzählte er mir, was er und seine Kollegen getan hatten: Sie nahmen einen toten Tintenfisch und verbanden einen Nerv in seiner Flosse mit einem iPod. Natürlich konnte die Flosse nicht hören, aber in dem Draht pulsierten elektrische Ströme im Einklang mit dem starken Rhythmus der Musik, und das regte die Muskeln in den Chromatophoren an. Das Ergebnis war ziemlich verrückt: Es ähnelte einer Lightshow in einer Disco. Du kannst einmal in YouTube nach »Insane in the Chromatophores« suchen.

Die Geschichte über die Farben der Kopffüßer wird noch besser. Erstens musst du wissen, dass Dinge auf zweierlei Weise farbig werden können. Einerseits durch ein Pigment (Tinte, Druckerschwärze, Farbe), das einen Teil der Farbe aus dem Sonnenlicht aufnimmt und den Rest reflektiert. Die zweite Möglichkeit ist die »strukturelle Färbung« oder »Irideszenz«. Dabei wird kein Sonnenlicht absorbiert, sondern es wird reflektiert, und dabei entstehen veränderliche Farben, je nachdem, aus welchem Winkel man sie betrachtet und aus welchem Winkel das Licht auf die Oberfläche fällt. Seifenblasen mit ihren hübschen schimmernden Regenbogenfarben (Iris war die griechische Göttin der Regenbögen) irisieren, und das Gleiche hast du vielleicht auch schon gesehen, wenn eine dünne Ölschicht auf Wasser schwimmt. Auch Pfaue erzeugen durch Irideszenz ihre hübschen Farben, ebenso die blau schimmernden tropischen Schmetterlinge, die man Morphofalter nennt.

Nun, die Tintenfische lassen keinen Trick aus, und ein solcher Trick ist auch die Irideszenz. Unter den Chromatophoren liegt eine weitere Schicht mit sogenannten Iridophoren. Diese ändern im Gegensatz zu den Chromatophoren ihre

Farbe nicht, sondern glitzern farbig wie der Flügel eines Morphofalters. Oft sehen sie blau oder grün aus, Farben, welche die roten, gelben oder braunen Chromatophoren nicht erzeugen können. Und manche – allerdings nicht alle – Iridophoren können ebenfalls ihre Farbe ändern, jedoch auf andere Weise als die Chromatophoren.

Die Iridophoren liegen in einer eigenen Schicht unter den Chromatophoren und bilden so einen farbig glitzernden Hintergrund, den die darüber liegenden, blinkenden Chromatophoren mehr oder weniger stark abdecken können. Neben den Chromatophoren und Iridophoren liegen – wiederum in einer eigenen Schicht unter den Iridophoren – die Leucophoren. Sie sind weiß, weil sie wie Schneeflocken das Licht aller Wellenlängen reflektieren, und zwar nicht säuberlich geordnet wie ein Spiegel, sondern in alle Richtungen gestreut.

Wozu brauchen die Kopffüßer ihre wechselnden Hautfarben und Muster? Vor allem zur Tarnung. Sie können ihre Chromatophoren nahezu augenblicklich verändern und so den Hintergrund nachahmen. Den Trick sieht man in einem hübschen Film, den Roger Hanlon bei einem Tauchgang in der Karibik vor der Insel Grand Cayman aufgenommen hat. Zwei Standbilder aus dem Film zeigen die Bilder 4 und 5. Als Dr. Hanlon auf einen braunen Seetangklumpen zuschwamm, nahm der »Seetang« zu seiner Verblüffung und Freude plötzlich eine geisterhafte, bedrohlich weiße Farbe an. Es sah aus, als würde er sich aus dem Hintergrund »herausschälen«; anschließend stieß er eine dunkelbraune Tintenwolke aus, um jedem potenziellen Raubtier die Sicht zu nehmen, und schwamm davon. Es lohnt sich, den Film anzusehen. Suche einfach nach »Roger Hanlon octopus camouflage change«.

Besonders bemerkenswert ist dabei, dass Kopffüßer sich an die Farbe ihres Hintergrunds anpassen können, obwohl ihre Augen farbenblind sind. Wie erkennen sie, welche Farbe der Hintergrund hat? Das weiß niemand genau, aber manche Indizien legen die Vermutung nahe, dass sie überall in der Haut oder zumindest in bestimmten Hautabschnitten eine Art Sehorgan haben. Bei diesen Sehorganen handelt es sich nicht um echte Augen. Sie können keine Bilder erzeugen. Eher sind sie eine Art Netzhaut, die sich über die ganze Haut verteilt. Und mehr als eine Netzhaut brauchen sie nicht, um ein funktionierendes Bild von der Farbe des Hintergrunds zu produzieren.

Die Kopffüßer nutzen ihre erstaunlichen Farbwechselfähigkeiten aber nicht nur zur Tarnung. Manchmal bedrohen sie damit auch Feinde, oder sie machen einer Partnerin den Hof. In einer anderen Filmaufnahme zeigte Roger Hanlon eine Art von Kalmaren, die mit weißer Farbe männliche Konkurrenten bedrohen und mit braunen Streifen um Weibchen werben (siehe Bild 6). In diesem Film gelingt einem männlichen Kalmar die erstaunliche Leistung, seine rechte Seite weiß zu färben und damit andere Männchen abzuschrecken, während die linke Seite braune Streifen zeigt, die das neben ihm schwimmende Weibchen erfreuen. Es anzusehen lohnt. Suche nach »Roger Hanlon Signaling with skin patterns«. Dort kannst du sehen, wie das Männchen von einem Augenblick zum anderen die Farbe wechselt. Ein paar Sekunden später wechselt das Weibchen auf die andere Seite des Männchens, und er tauscht entsprechend die Farben, sodass sie nur das Werbungsmuster zu sehen bekommt. Außerdem können Kopffüßer auch die Oberflächenstruktur ihrer Haut ändern und Leisten, Stacheln oder Auswüchse entstehen lassen.

Wenn du im Web nach »Tarnung von Tieren« oder noch besser nach dem englischen »animal camouflage« suchst, wirst du viele Hundert weitere Beispiele für Lebewesen finden, die sich selbst schützen, indem sie sich auf spektakuläre Weise tarnen: Spinnen, Frösche, Fische, Vögel und vor allem Insekten (ein paar Beispiele zeigt Bild 8). Erstaunlich ist dabei vor allem die Aufmerksamkeit für Details. Jedes einzelne Tier sieht aus wie die Arbeit eines höchst geschickten, schöpferischen Künstlers. Und mit dem Wort »schöpferisch« bin ich wieder beim Hauptthema dieses Kapitels. Alles an einem Tier oder einer Pflanze, jedes Detail jedes einzelnen Exemplars, sieht überwältigend so aus, als hätte es jemand gestaltet und geschaffen. Und das Verdienst daran haben die Menschen im Lauf der Jahrhunderte fälschlich dem einen oder anderen der unzähligen Götter zugeschrieben, die wir in Kapitel eins kennengelernt haben.

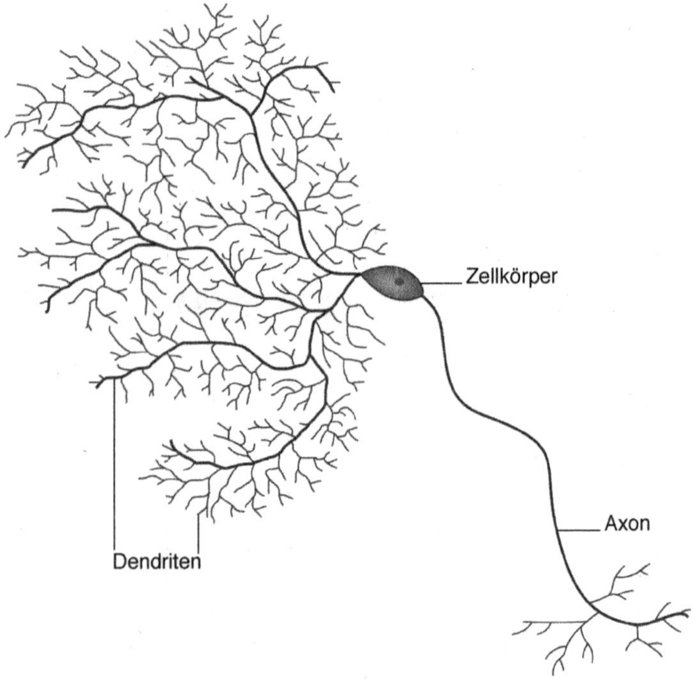

Oder auch keinem einzelnen Gott, sondern einem namenlosen Schöpfer.

Noch eindrucksvoller als die Tarnung ist für mich die schiere Komplexität lebender Organismen. Einen Eindruck davon vermittelt uns das Auge. Noch erstaunlicher ist unser Gehirn. Es enthält ungefähr hundert Milliarden Nervenzellen – weitverzweigte Gebilde, die wie Baumwurzeln aussehen (siehe Abbildung unten) und so miteinander verdrahtet sind, dass wir denken, hören, sehen, lieben, hassen, einen Grillabend planen, uns ein riesiges grünes Flusspferd vorstellen oder von der Zukunft träumen können.

Die Abbildung auf der folgenden Seite zeigt ein Schema der chemischen Reaktionen, die in einer einzigen Zelle deines Körpers ablaufen (insgesamt hast du mehr als dreißig Billionen Zellen).

Die kleinen Punkte sind chemische Verbindungen. Die Linien, die sie verbinden, deuten an, dass zwischen ihnen chemische Reaktionen ablaufen. Mit den einzelnen Bezeichnungen brauchst du dich nicht aufzuhalten. Aber wenn die hier gezeigten chemischen Reaktionen zum Stillstand kämen, würdest du sterben.

Denken wir jetzt einmal nur an eine Substanz in deinem Körper: das Hämoglobin. Seine Moleküle färben dein Blut rot, und es ist von entscheidender Bedeutung, weil es den Sauerstoff aus der Lunge an jeden Ort transportiert, an dem er gebraucht wird, zum Beispiel zu den stampfenden Beinen eines rennenden Geparden oder einer Gazelle. Mehr als sechstausend Millionen Millionen Millionen Hämoglobinmoleküle kreisen in jedem Augenblick in deinem Blut. In einem früheren Buch habe ich eine Berechnung angestellt, deren Ergebnis eine lächerlich hohe Zahl zu sein scheint, aber bisher hat ihr

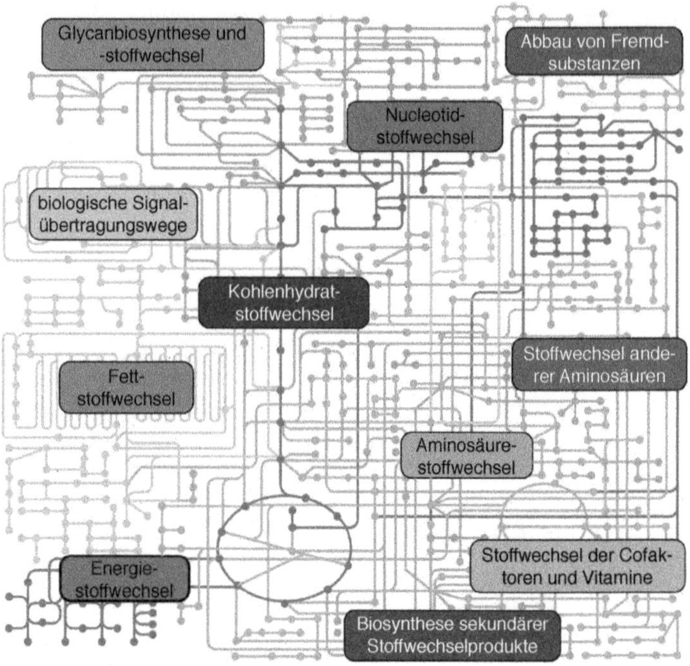

niemand widersprochen: Danach treten im Körper eines Menschen in jeder Sekunde vierhundert Millionen Millionen Hämoglobinmoleküle ins Dasein, und andere werden im gleichen Tempo zerstört.

Eine wirklich erstaunliche Komplexität. Auch hier sieht es so aus, als würde sie einen Meisterkonstrukteur erfordern. Und wieder werden die nächsten Kapitel zeigen, dass es nicht so ist. Das ist ganz schön schwierig; und um es noch einmal zu wiederholen: Dieses Kapitel soll zeigen, wie groß die Schwierigkeit ist. Erst danach werden wir darangehen, sie zu lösen.

Eine ganz ähnliche Problematik wirft auch die Schönheit auf. Die prachtvolle Schönheit eines Pfauenschwanzes – die vorwiegend durch strukturelle, irisierende Färbung erzielt wird – dient dazu, Pfauenweibchen anzulocken. Man könnte sogar sagen: Es ist Schönheit um der Schönheit willen. Aber Schönheit kann auch »funktionell« sein, das heißt, sie ist nützlich. Ich finde Flugzeuge schön, und ihre Schönheit erwächst aus ihrer Stromlinienform. Aus dem gleichen Grund sind auch fliegende Vögel schön. Ebenso ein rennender Gepard – allerdings nehme ich an, dass Gazellen das anders sehen.

Dieses Kapitel hat bei dir vielleicht den Eindruck hinterlassen, lebendige »Konstruktionen« seien vollkommen. Nicht nur schön, sondern auch ideal für ihren Zweck geeignet, ob dieser Zweck nun darin besteht zu sehen, die Farbe zu wechseln, schnell zu laufen und Beute zu fangen, schnell zu laufen, um keine Beute zu werden, wie Baumrinde auszusehen, für Pfauenweibchen unwiderstehlich zu sein oder was auch immer. Wenn es so ist, muss ich dich enttäuschen, allerdings nur ein wenig. Insbesondere wenn man bei den Lebewesen unter die Haut blickt, erkennt man Schwachpunkte, und die sind höchst aufschlussreich. In ihnen zeigt sich die Evolutionsvergangenheit. Sie sind gerade *nicht* das, was man erwarten würde, wenn die Tiere intelligent konstruiert worden wären. In manchen Fällen sind sie sogar genau das Gegenteil.

Verschiedene Fischarten leben auf dem Meeresboden und haben einen flachen Körper. Man kann auf zweierlei Weise flach sein. Naheliegend wäre, auf dem Bauch zu liegen und den Körper von oben her abzuflachen, sodass er sich seitlich verbreitert. So machen es die Rochen. Man kann sie sich als Haie vorstellen, die unter eine Gartenwalze geraten sind. Aber Schollen, Seezungen und Flundern sind anders gebaut. Sie liegen auf einer Seite. Manche auf der linken, manche auf der rechten. Aber auf dem Bauch wie die Rochen liegen sie nie.

Dir ist sicher schon der Gedanke gekommen, dass die Seitenlage für Fische ein Problem aufwirft. Ein Auge liegt auf dem Meeresboden und ist deshalb ziemlich nutzlos. Bei den Rochen stellt sich dieses Problem nicht: Ihre Augen befinden sich oben auf dem flachen Kopf, und beide sind zum Sehen nützlich.

Was also tun die Seezungen und Flundern? Bei ihnen wächst ein verzerrter, verdrehter Schädel heran, dessen beide Augen nach oben blicken; flach auf dem Meeresboden liegt keines davon. Und ich meine wirklich verdreht und verzerrt (siehe Bild 7). Kein vernünftiger Konstrukteur hätte eine solche Anordnung vorgesehen. Aus konstruktiver Sicht ist sie sinnlos, aber überall in dem Picasso-artigen Gesicht steht die Vergangenheit geschrieben. Im Gegensatz zu den haiartigen Vorfahren der Rochen waren die Urahnen dieser Plattfische wie Heringe geformt, das heißt wie ein senkrecht stehendes Messer. Ihr linkes Auge blickte nach links und das rechte Auge nach rechts. Sie waren symmetrisch, wie ein guter Konstrukteur es sich wünschen würde. Als sich ihre Lebensweise änderte und sie sich auf dem Meeresboden ansiedelten, konnten sie nicht ans Zeichenbrett zurückkehren, wie ein Konstrukteur es getan hätte. Stattdessen mussten sie das abwandeln, was schon da war. So kam es zu dem verzerrten Kopf.

Ein anderes berühmtes Beispiel für eine aufschlussreiche Schwäche ist die Netzhaut deines Auges. Sie ist von hinten nach vorn angeordnet, und ebenso ist es bei allen anderen Wirbeltieren. Ich habe die Netzhaut bereits als Schicht von Fotozellen beschrieben. Die Fotozellen sind durch Nervenzellen mit dem Gehirn verknüpft. Sinnvollerweise würde man sie so verbinden wie bei den Tintenfischen und anderen Kopffüßern. Dort gehen die »Verbindungsdrähte« zwischen den Fotozellen und dem Gehirn von der Rückseite der Netzhaut aus, wie man es vermuten würde.

Bei den entsprechenden Drähten in der Netzhaut von Wirbeltieren ist es anders. Hier sind die Fotozellen vom Licht abgewandt und rückwärts verdrahtet. Wie also können die Drähte – die Nervenzellen –, die von den Fotozellen ausgehen, das Gehirn erreichen? Sie laufen über die Oberfläche der Netzhaut, nehmen Informationen von den Fotozellen auf und laufen in einem runden Abschnitt in der Mitte der Netzhaut zusammen; dort durchstoßen sie die Netzhaut und verlaufen dann nach hinten zum Gehirn.

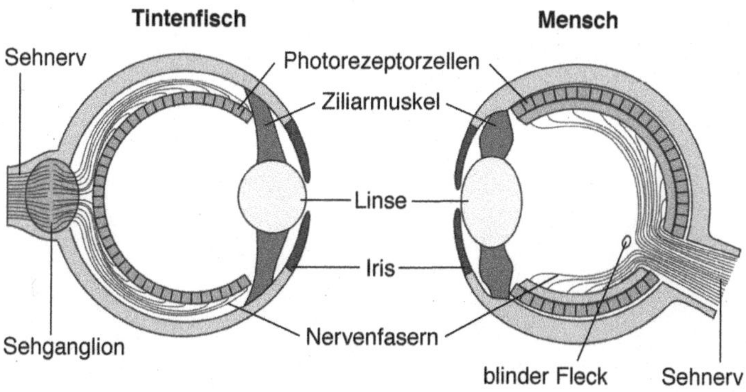

Die Stelle, an der sie die Netzhaut durchqueren, wird »blinder Fleck« genannt, denn wie nicht anders zu erwarten, ist er blind. Was für eine lächerliche Anordnung! Der berühmte deutsche Wissenschaftler Hermann von Helmholtz (der sowohl Arzt als auch ein Pionier der Physik war) sagte einmal, wenn ein Ingenieur ihm das Wirbeltierauge gezeigt hätte, hätte er ihn nach Hause geschickt. Tatsächlich wäre das zwar vollkommen gerechtfertigt gewesen, aber die Anordnung funktioniert ganz gut – schließlich können wir alle sehen! Die Schicht aus Nervenzellen, die über die Netzhautoberfläche verlaufen, ist dünn und so durchsichtig, dass das Licht sie durchdringen kann.

Mein Lieblingsbeispiel für eine schlechte Konstruktion ist der rückläufige Kehlkopfnerv. Der Kehlkopf ist der »Adamsapfel« im Hals. Er wird von zwei Kehlkopfnerven versorgt, die vom Gehirn ausgehen. Einer davon, der obere Kehlkopfnerv, ist sinnvollerweise vom Gehirn her unmittelbar mit dem Kehlkopf verbunden. Der andere jedoch, der rückläufige Kehlkopfnerv, ist etwas Verrücktes. Er verläuft vom Gehirn durch den Hals abwärts, geradewegs am Kehlkopf vorbei (also der Stelle, wo er eigentlich enden sollte) und hinunter bis in den Brustkorb. Dort beschreibt er eine Schleife rund um eine der großen, mit dem Herzen verbundenen Schlagadern und läuft dann wieder durch den Hals aufwärts, bis er schließlich im Kehlkopf endet, wo er schon auf seinem Abwärtsweg hätte ankommen sollen. Bei einer Giraffe ist das ein ganz schöner Umweg. Einen lebhaften Eindruck davon erhielt ich, als ich einmal als Assistent im Rahmen einer Fernsehsendung mitwirkte, in der eine Giraffe, die leider in einem Zoo gestorben war, seziert wurde.

Auch das ist ganz klar eine schlechte Konstruktion, aber sie erscheint vollkommen sinnvoll, wenn man sich die Vergangenheit ansieht. Unsere Vorfahren waren Fische. Fische haben keinen Hals. Die Entsprechung zum rückläufigen Kehlkopfnerv bei Fischen ist nicht rückläufig, sondern sie versorgt eine der Kiemen. Der direkte Weg vom Gehirn zu den Kiemen verläuft hinter der entsprechenden Schlagader. Ein Umweg ist das überhaupt nicht. Später, als der Hals sich im Lauf der Entwicklung verlängerte, musste der Nerv einen kleinen Umweg machen. Der Hals wurde im Lauf der Generationen immer länger. Und mit ihm verlängerte sich auch der Umweg. Selbst als er bei den Vorfahren der Giraffe eine absurde Länge erreicht hatte, wurde er wegen der Funktionsweise des evolutionären Wandels (den wir im nächsten Kapitel genauer kennenlernen werden) einfach weiterhin länger, statt seine Route völlig zu ändern und die Arterie zu überspringen. Ein Konstrukteur hätte einen Blick auf den Nerv geworfen, der wenige Zentimeter am Kehlkopf vorbei durch den langen, langen Hals nach unten läuft, und gesagt: »Moment mal, das ist doch lächerlich.« Auch diese Konstruktion hätte ein Helmholtz abgelehnt. Genauso verhält es sich mit dem Schlauch, der unsere Samenzellen von den Hoden zum Penis befördert. Auch er nimmt nicht den direkten Weg, sondern verläuft aufwärts in die Bauchhöhle und bildet eine Schleife um das Rohr, das den Urin von der Niere zur Blase leitet. Wiederum ist der Umweg nur dann plausibel, wenn man sich die Evolutionsvergangenheit ansieht.

Mir gefällt die Formulierung »überall in unseren Körper ist Geschichte eingeschrieben«. Wenn wir frieren, bekommen wir eine Gänsehaut. Das liegt daran, dass unsere Vorfahren behaart waren. Wenn ihnen kalt wurde, stellte sich jedes einzelne Haar auf, damit die von den Haaren festgehaltene Luftschicht, die uns warm hält, dicker wurde. Es war, als würde man noch einen Pullover anziehen. Heute sind wir nicht mehr am ganzen Körper behaart. Aber die kleinen Muskeln, die früher die Haare aufgerichtet haben, sind noch da. Und sie reagieren immer noch auf Kälte, indem sie nicht vorhandene Haare aufrichten – was vollkommen nutzlos ist. Unsere haarige Vergangenheit ist überall in unsere nackte Haut eingeschrieben. Eingeschrieben in Form von Gänsehaut.

Um dieses Kapitel abzurunden, möchte ich noch einmal auf den Geparden und die Gazelle zurückkommen. Wenn Gott den Geparden gemacht hat, hat er sicher viel Mühe in die Konstruktion eines hervorragenden Mörders gesteckt: Der Gepard ist schnell, wild und scharfsichtig, hat spitze Klauen und Zähne und ist mit einem Gehirn ausgestattet, das darauf ausgerichtet ist, Gazellen erbarmungslos zu töten. Derselbe Gott hat aber ebenso viel Mühe auch in die Konstruktion der Gazelle gesteckt. Zur gleichen Zeit, da er den Geparden konstruierte, damit er Gazellen töten konnte, konstruierte er ebenso eifrig die Gazelle, die hervorragend dazu befähigt ist, vor Geparden zu flüchten. Beide machte er sehr schnell, sodass jeder die Geschwindigkeit des anderen nutzlos machen konnte. Man muss sich einfach fragen: Auf welcher Seite steht Gott eigentlich? Es scheint, als würde er beiden Tieren Qualen auferlegen. Hat er Spaß an Publikumssport? Wäre es nicht ein entsetzlicher Gedanke, dass Gott Spaß daran hat, eine verängstigte Gazelle um ihr Leben laufen zu sehen, nur damit sie am Ende zu Fall gebracht und von einem Geparden erstickt wird, weil dieser ihr die Kehle so heftig zudrückt, dass sie keine Luft mehr bekommt? Oder dass er gern beobachtet, wie ein Gepard bei der Jagd erfolglos ist und zusammen mit seinen mitleiderregend wimmernden Jungen verhungert?

Für einen Atheisten ist das alles natürlich kein Problem, denn wir glauben ohnehin nicht an Götter. Dennoch steht es uns frei, Mitleid mit der verängstigten Gazelle oder dem hungernden Gepardenweibchen und ihren Jungen zu empfinden. Aber es fällt uns nicht schwer, beider Situationen zu erklären. Die darwinistische Evolution durch natürliche Selektion erklärt es – und alles andere im Zusammenhang mit dem Lebendigen – ganz hervorragend. Das werden wir in den nächsten drei Kapiteln genauer erfahren.

·8·

Stufen zum Unwahrscheinlichen

Das vorherige Kapitel war voll von verblüffenden Beispielen für wunderschön gebaute Tiere, die geradezu gespenstisch vollkommene Farbmuster tragen oder scheinbar schlaue Dinge tun, die ihrem Überleben dienen. Nach jeder Geschichte habe ich gefragt: Muss es nicht einen Gestalter gegeben haben, einen Schöpfer, einen weisen Gott, der sich das alles ausgedacht hat und es geschehen ließ? Woran liegt es eigentlich, dass die Menschen bei diesen Beispielen – und ähnliche Geschichten könnte man für jedes Tier und jede Pflanze erzählen, die jemals gelebt haben – glauben, es müsse einen Gestalter gegeben haben? Die Antwort lautet: *Unwahrscheinlichkeit.* Was ich damit meine, möchte ich jetzt erklären.

Wenn wir sagen, etwas sei unwahrscheinlich, meinen wir damit, dass es wahrscheinlich nicht durch Zufall geschieht. Wenn du zehn Münzen schüttelst und auf den Tisch wirfst, wärest du überrascht, wenn bei allen die Zahl oben liegt. Das könnte zwar geschehen, aber es ist sehr unwahrscheinlich. (Wenn du Spaß an Mathematik hast, kannst du gerne ausrechnen, *wie* unwahrscheinlich es ist; ich begnüge mich hier damit, »sehr« zu sagen.) Täte jemand das Gleiche mit hundert Münzen, wäre es eigentlich immer noch möglich, dass bei allen die Zahl oben liegt. Aber das wäre sehr, sehr, sehr unwahrscheinlich; du würdest vermuten, dass ein Trick dahintersteckt, und damit hättest du recht. Ich würde jede Wette eingehen, dass es ein Trick war.

Wenn es um Münzen geht, ist es einfach – nun, zumindest prinzipiell einfach – zu berechnen, welche Wahrscheinlichkeit gegen ein bestimmtes Ergebnis spricht. Wie unwahrscheinlich ein menschliches Auge oder das Herz des Geparden ist, können wir nicht so einfach mathematisch berechnen wie den Münzwurf. Wir können aber sagen, dass die Unwahrscheinlichkeit sehr, sehr groß ist. Dinge wie Augen oder Herzen entstehen nicht einfach durch Zufall. Diese Unwahrscheinlichkeit verleitet die Menschen zu dem Gedanken, die Dinge müssten gestaltet worden sein. In diesem Kapitel und in den nächsten möchte ich zeigen, warum solche Gedanken falsch sind. Es gab keinen Gestalter. Die Unwahrscheinlichkeit bleibt, ob wir über die Unwahrscheinlichkeit eines Auges sprechen oder über die eines Schöpfers, der ein Auge gestalten kann. Für das Problem der unwahrscheinlichen Dinge muss es eine andere Lösung geben. Und diese Lösung lieferte Charles Darwin.

Für ein Lebewesen würde die Entsprechung zum Werfen von Münzen vielleicht darin bestehen, dass man die Einzelteile eines Auges zufällig durcheinanderwürfelt. Dann könnte die Linse nicht vorn im Auge stehen, sondern hinten, und die Netzhaut wäre nicht hinter der Linse, sondern vor der Hornhaut. Die Irisblende könnte sich im Dunkeln schließen und sich bei hellem Licht öffnen statt andersherum, wie es sinnvoll ist. Oder sie öffnet sich, wenn du eine Trompete hörst, und schließt sich, wenn du eine Zwiebel riechst. Die Linse wäre vielleicht nicht klar und transparent, sondern pechschwarz, sodass sie überhaupt kein Licht durchlässt. Und auch eine Netzhaut oder eine Irisblende würde nicht entstehen, wenn du *deren* Einzelteile zufällig durcheinanderwürfelst.

Oder stellen wir uns einmal einen zufällig durcheinandergewürfelten Geparden vor. Er hätte vielleicht alle vier Beine auf einer Seite und würde deshalb immer seitlich umkippen. Die Hinterbeine wären vielleicht verkehrt herum angesetzt, sodass sie in die entgegengesetzte Richtung galoppieren wie die Vorderbeine – dann würde der Gepard sich weder vorwärts noch rückwärts bewegen, sondern versuchen, sich in der Mitte auseinanderzureißen. Das Herz könnte mit der Luftröhre verbunden sein, sodass es nicht Blut pumpt, sondern Luft. Der Gepard hätte die Zähne nicht im Mund, sondern im Hinterteil. Und ein vollkommen durcheinandergewürfelter Gepard hätte überhaupt weder Beine noch ein Herz oder Zähne. Er wäre nur eine formlose Masse, ein pürierter Gepardensmoothie.

So etwas ist einfach verrückt, das ist dir sicher klar. Man kann die Einzelteile eines Geparden auf unendlich viele Arten durcheinanderwürfeln, und nur ein winziger Teil davon könnte laufen. Oder sehen. Oder riechen. Oder Junge bekommen. Oder überhaupt am Leben bleiben. Ebenso gibt es unzählige Arten, wie man die Einzelteile eines Chamäleons durcheinanderwürfeln könnte, und nur ein winziger Teil davon könnte eine Zunge auf ein Insekt abschießen. Es ist also vollkommen klar, dass Tiere und Pflanzen nicht durch Zufall entstehen. Was auch die Erklärung für Geparden und Gazellen ist, für die blitzschnelle Zunge des Chamäleons, für die Chromatophoren und Iridophoren und Leukophoren eines Tintenfisches, der Zufall kann es nicht sein. Was auch die wahre Erklärung für die vielen Millionen Tiere und Pflanzen ist, sie können nicht durch Glück entstanden sein. Darauf können wir uns alle einigen. Was also ist die Alternative?

Leider schlagen viele Menschen an dieser Stelle sofort den falschen Weg ein. Sie glauben, die einzige Alternative zum glücklichen Zufall sei ein Gestalter. Wenn du das auch glaubst, bist du in guter Gesellschaft. Fast alle Menschen waren der gleichen Ansicht, bis Charles Darwin Mitte des 19. Jahrhunderts auf der Bildfläche erschien. Aber diese Ansicht ist falsch, falsch, falsch. Sie ist nicht nur die falsche Alternative. Sie ist überhaupt keine Alternative.

Seinen berühmtesten Ausdruck fand das falsche Argument in dem 1802 erschienenen Buch *Natural Theology* des Geistlichen William Paley. Stell dir vor, so sagte der Erzdiakon Paley, du gehst über eine Wiese und trittst zufällig auf einen Stein. Der Stein beeindruckt dich nicht. Er ist einfach zufällig da, und er hat zufällig seine raue, unregelmäßige knollige Form. Ein Stein ist einfach ein Stein. Er unterscheidet sich nicht von allen anderen Steinen. Aber jetzt, so Paley weiter, stell dir vor, du würdest nicht über einen Stein stolpern, sondern über eine Uhr.

Eine Uhr ist etwas Kompliziertes. Öffne die Rückseite, und du siehst eine Menge Zahnräder, Federn, zarte kleine Schrauben. (Zu Paleys Zeit wäre es natürlich keine moderne Digitalarmbanduhr gewesen, sondern ein mechanischer Zeitmesser, eine Taschenuhr mit einem wunderschönen, handwerklich hergestellten Uhrwerk.) Und all diese winzigen, ineinandergreifenden Teile arbeiten zusammen und tun etwas Nützliches: Sie zeigen die Zeit an. Im Gegensatz zu dem Stein kann die Uhr nicht einfach durch einen glücklichen Zufall *geschehen* sein. Sie muss absichtlich von einem geschickten Uhrmacher gestaltet und zusammengebaut worden sein.

Natürlich erkennst du sofort, worauf Paley damit hinauswollte. Genau wie eine Uhr, zu der es einen Uhrmacher geben muss, so muss es zum Auge einen Augenmacher geben, zum Herz einen Herzmacher und so weiter. Vielleicht bist du jetzt sogar von Paleys Argument noch überzeugter als zuvor. Und vielleicht widerstrebt es dir noch stärker, zu hören, dass es falsch ist und es in Wirklichkeit keinen Bedarf für einen Schöpfergott gibt.

Die Überlegung mit dem Durcheinanderwürfeln zeigt eines ganz deutlich: Welche andere Erklärung es für die wunderschöne Unwahrscheinlichkeit der Lebewesen auch geben mag, ein glücklicher Zufall kann es sicher nicht sein. Genau das ist ja die Bedeutung von »Unwahrscheinlichkeit«. Aber jetzt kommt in der Argumentation ein kleiner Dreh. Er ist vielleicht wirklich nur klein, aber wichtig: der darwinistische Dreh. Angenommen, wir würden nicht alle Teile eines Geparden zufällig durcheinanderwürfeln und ein entsetzliches Chaos anrichten, sondern nur einen kleinen Teil des Tiers verändern, das aber wieder in einer zufälligen Richtung. Entscheidend ist dabei, dass wir es nur um einen sehr kleinen Teil verändern. Angenommen, der Gepard wird mit Klauen geboren, die ein winziges bisschen länger sind als in der vorherigen Generation. Jetzt haben wir kein entsetzliches Chaos eines durcheinandergewürfelten Geparden. Wir haben immer noch einen richtigen, lebenden, atmenden, laufenden Geparden. Er hat sich zufällig verändert, aber nur sehr geringfügig. Nun wird diese winzige Veränderung sehr wahrscheinlich dazu führen, dass der Gepard ein wenig schlechter überleben kann. Vielleicht aber auch ein wenig besser. Vielleicht verschaffen ihm die längeren Klauen einen besseren Griff auf dem Erdboden, sodass er ein wenig schneller laufen kann. Ganz ähnlich wie die Spikes an den Laufschuhen von Sportlern. Also fängt er jetzt eine Gazelle, die ihm ansonsten knapp entkommen wäre. Oder vielleicht verschaffen die Klauen dem Geparden auch einen besseren Griff an dem gefangenen Beutetier, sodass dessen Chance, sich loszureißen, geringer wird.

Und wie kommt der Gepard zu seinen geringfügig längeren

Klauen? Irgendwo in seinem Genom gibt es ein Gen, das Auswirkungen auf die Länge der Klauen hat. Ein Gepardenbaby erbt seine Gene immer von seinen Eltern. Jetzt reden wir aber von einem Jungtier, bei dem ein Gen – und zwar eines, das die Klauen beeinflusst – nicht ganz genauso ist wie bei den Eltern. Es hat sich durch einen Zufall verändert oder ist »mutiert«, wie man sagt. Der Mutationsprozess als solcher ist ein Zufallsereignis – er wird nicht gezielt in Richtung einer Verbesserung gelenkt. Die meisten mutierten Gene machen die Sache tatsächlich schlechter. Manche allerdings führen zufällig zu einer Verbesserung – wie in unserem Beispiel mit den geringfügig längeren Klauen. Und in einem solchen Fall können die Tiere (oder Pflanzen), die ein solches verändertes Gen besitzen, ein wenig besser überleben und ihre Gene einschließlich des mutierten Gens an ihre Nachkommen weitergeben. Das bezeichnete Darwin als natürliche Selektion (das Wort »Mutation« benutzte er allerdings nicht).

Eine zufällige Mutation könnte die Klauen nicht nur schärfer, sondern auch stumpfer machen. Und vielleicht dafür sorgen, dass der Gepard weniger gut laufen oder seine Beute ergreifen kann. Je kleiner die Veränderung, desto näher bei fünfzig Prozent liegt die Wahrscheinlichkeit, dass es sich um eine Verbesserung handelt. Warum das so ist? Stellen wir uns vor, es wäre eine sehr große Veränderung und die Klauen wären plötzlich einen halben Meter lang. So etwas macht den Geparden sicher weniger erfolgreich. Er stolpert über seine gewaltigen Klauen, und sie brechen ab, wenn er damit nach irgendetwas greifen will. Das Gleiche gilt für eine große Veränderung in beide Richtungen. Wären die Beine plötzlich zwei Meter oder nur noch fünfzehn Zentimeter lang, in beiden Fällen wäre der Gepard schnell zum Untergang verdammt. Aber jetzt denken wir einmal an eine sehr kleine Veränderung, und zwar wiederum in beide Richtungen. Wir stellen uns eine Mutation vor, die so klein ist, dass sie auf den Körperbau des Geparden fast überhaupt keine Auswirkungen hat. Eine Veränderung, die entsprechend auch den Erfolg des Tiers kaum beeinflusst. Eine sehr kleine Veränderung, die fast – aber nicht ganz – gleich null ist, wird mit einer Wahrscheinlichkeit von nahezu fünfzig Prozent eine Verbesserung sein. Je größer die Mutation in beliebiger Richtung ausfällt, desto größer ist die Wahrscheinlichkeit, dass sie die Leistung des Tiers schädigt. Große Mutationen sind also schlecht. Kleine Mutationen können mit einer Wahrscheinlichkeit von beinahe fünfzig Prozent gut sein.

Darwin erkannte, dass erfolgreiche Mutationen fast immer klein sind. Aber Mutationen, mit denen Wissenschaftler sich beschäftigen, sind meist groß, und zwar aus dem naheliegenden Grund, dass kleine Mutationen schwer nachzuweisen sind. Und da große Mutationen in jeder Richtung fast immer schlecht sind, zweifeln manche Menschen an der Evolution – sie glauben, alle Mutationen müssten schlecht für das Überleben sein. Zwar mag es stimmen, dass alle Mutationen, die groß genug sind und sich im Labor leicht untersuchen lassen, schlecht für das Überleben sind. Für die Evolution sind aber die kleinen Veränderungen von Bedeutung.

Um seine Leser von der Leistungsfähigkeit der Selektion zu überzeugen, wies Darwin zuerst auf die Domestikation hin. Menschen haben aus Wildpferden Dutzende von verschiedenen Pferderassen gemacht. Manche, darunter Zugpferde und mittelalterliche Schlachtrösser, sind größer als Wildpferde. Andere, beispielsweise Shetlandponys und Falabellas, sind viel kleiner. Wir (das heißt unsere Vorfahren) erzeugten Zugpferde, indem in aufeinanderfolgenden Generationen immer wieder die größten Individuen zur Zucht eingesetzt wurden. Und zur Zucht von Falabellas benutzten wir die kleinsten. Generation für Generation züchteten wir alle Hunderassen aus ihren Vorfahren, den Wölfen. Wir erzeugten Dänische Doggen und Irische Wolfshunde, indem wir Generation für Generation die größten Exemplare auswählten. Und zur Zucht von Chihuahuas oder Yorkshire Terriern verwendeten wir immer wieder die kleinsten. Ausgehend vom wilden Kohl, einer ganz gewöhnlichen, unauffälligen Wildblume, erzeugten wir Rosenkohl, Blumenkohl, Grünkohl, Brokkoli, Kohlrabi und die mathematisch eleganten Romanescos (siehe Bild 9). In all diesen Fällen praktizierten die Menschen künstliche Selektion. Bauern und Gärtner, Hundezüchter und Taubenliebhaber kannten die Leistungsfähigkeit der Selektion schon seit Jahrhunderten.

Darwin hatte nun die brillante Erkenntnis, dass man keinen Menschen braucht, der die Selektion vornimmt. Das Gleiche bewirkt die Natur auch von allein, und das seit Hunderten von Jahrmillionen. Manche mutierten Gene helfen den Tieren zu überleben und sich fortzupflanzen. Diese Gene werden in der Population häufiger. Andere mutierte Gene machen das Überleben und die Fortpflanzung schwieriger, und deshalb nimmt ihre Häufigkeit in der Population ab, bis sie völlig verschwinden. Nur wenige Jahrhunderte sind notwendig, um aus einem Wolf einen Whippet oder Weimaraner zu machen. Stell dir nur vor, welche Veränderung man in einer Million Jahrhunderten erzielen könnte. Seit unsere Vorfahren Fische waren und aus dem Meer krochen, sind drei Millionen Jahrhunderte vergangen. Das ist eine wahrhaft lange Zeit – und die bietet gewaltige Gelegenheiten für Veränderungen, die sich Schritt für Schritt im Lauf der Generationen abspielen. Um noch einmal darauf zurückzukommen: Entscheidend ist, dass erfolgreiche Mutationen zwar selten, aber auch klein sind.

Das mutierte Tier ist keine zufällig durcheinandergewürfelte Masse. Durch jede zufällige Veränderung unterscheidet es sich nur ein ganz klein wenig von der vorherigen Generation.

Kehren wir noch einmal zu unserem Geparden zurück und sehen wir uns an, wie die Natur die Aufgabe eines Bauern, eines Gärtners oder eines Hundezüchters erfüllt. Das Jungtier mit dem mutierten Gen wächst heran, und mit seinen geringfügig längeren Klauen kann es ein klein wenig schneller laufen. Also fängt es mehr Beute, das heißt, seine Jungen werden besser ernährt, überleben mit größerer Wahrscheinlichkeit und haben selbst wiederum Junge. Einige davon – Enkel des mutierten Geparden – erben das mutierte Gen und wachsen ebenfalls mit geringfügig längeren Klauen heran. Auch sie laufen deshalb besonders schnell und haben entsprechend mehr Junge – die Urenkel des ursprünglich mutierten Geparden. Und so weiter. Es ist, als würde ein menschlicher Züchter systematisch die schnellsten Individuen auswählen und zur Zucht verwenden. Aber einen menschlichen Züchter gibt es nicht. Dessen Aufgabe erfüllt das Überleben. Dir ist klar, was passieren wird. Im Lauf der Generationen wird das mutierte Gen in der Population immer häufiger. Irgendwann ist eine Zeit gekommen, da besitzt die gesamte Gepardenpopulation das mutierte Gen. Und alle laufen ein klein wenig schneller als ihre Vorfahren.

Damit geraten nun die Gazellen zusätzlich unter Druck. Nicht alle Gazellen laufen gleich schnell. So schnell wie ein Gepard ist keine, aber manche Gazellen sind ein wenig schneller als andere, und das sind diejenigen, die mit größerer Wahrscheinlichkeit entkommen und nicht gefressen werden. Also überleben sie mit größerer Wahrscheinlichkeit und bekommen Nachwuchs. Und ihre Nachkommen erben die Gene für schnelleres Laufen. Gene für langsameres Laufen enden mit größerer Wahrscheinlichkeit in den Bäuchen der Geparden, Löwen oder Leoparden, und entsprechend gelangen sie seltener in zukünftige Gazellengenerationen. Wenn – wiederum durch zufällige Veränderung eines vorhandenen Gens – ein neues, mutiertes Gen entsteht, das den Gazellen hilft, schneller zu laufen, breitet es sich in der Gazellenpopulation aus. Genau wie die Mutation bei den Geparden. Es könnte sich um eine Veränderung an den Hufen handeln oder am Herzen oder eine versteckte Änderung in der chemischen Zusammensetzung des Bluts. Um die Details brauchen wir uns hier nicht zu kümmern. Wenn irgendein Gen den Gazellen durch ein beliebiges Mittel beim Überleben hilft, wird es an deren Junge weitergegeben. Wie das Gen der Geparden wird es sich ausbreiten, bis es in der Population allgegenwärtig ist. Im Lauf der Generationen sind also sowohl Geparden als auch Gazellen, Jäger und Gejagte, einfach ein klein wenig schneller geworden. Wir sprechen davon, dass es auf beiden Seiten einen *evolutionären Wandel* gegeben hat.

Mir gefällt die Metapher vom *Rüstungswettlauf*. Natürlich laufen ein einzelner Gepard und eine einzelne Gazelle ganz buchstäblich miteinander um die Wette. Aber das ist kein Rüstungswettlauf. Es ist nur ein Wettlauf, und der endet ziemlich schnell mit dem Sieg des Geparden (der etwas zu fressen bekommt) oder der Gazelle (die davonlaufen kann). Ein Rüstungswettlauf spielt sich langsamer ab, nicht im Zeitrahmen des individuellen Geparden und der Gazelle, sondern in evolutionären Zeiträumen. An ihm sind die Gazellenarten und die Gepardenarten beteiligt (und auch Löwenarten, Leopardenarten, Hyänenarten, Wildhundearten). Das Ergebnis des Rüstungswettlaufs ist in dem langsamen Zeitmaßstab der Evolution eine Verbesserung. Eine Verbesserung der *Ausrüstung* zum Überleben: Verbesserung der Laufgeschwindigkeit im Lauf der Generationen; Verbesserung von Beinen, Ausdauer, Jagdfähigkeit oder Sinnesorganen zur Wahrnehmung von Räubern oder Beute; Verbesserungen in der Chemie des Bluts, sodass der Sauerstoff schneller zu den Muskeln gelangt.

Aber wie im Leben der Menschen, so gibt es auch hier nichts umsonst. Verbesserungen haben ihren Preis. Eine höhere Laufgeschwindigkeit erfordert längere Beine mit leichteren Knochen. Der Preis dafür ist eine größere Wahrscheinlichkeit von Beinbrüchen. Menschen haben mit künstlicher Selektion Rennpferde gezüchtet, die schneller laufen, als die natürliche Selektion es jemals bewirkt hat. Aber die langen, schlanken Beine der Rennpferde brechen auch leichter. Stellen wir uns vor, wie es Wildpferden ergangen wäre, wenn sie durch den Rüstungswettlauf mit Säbelzahntigern so schnell wie moderne Rennpferde gelaufen wären. Die schnellsten Individuen wären mit ihren längeren Beinen und leichteren Knochen wahrscheinlich den Tigern davongelaufen. Aber sie hätten sich auch häufiger ein Bein gebrochen, und dann wären sie für das Raubtier eine leichte Mahlzeit gewesen. In der Praxis rechnen wir also damit, dass der Rüstungswettlauf zu einem Kompromiss führt: Wildpferde laufen schnell, aber nicht ganz so schnell wie ein von Menschen gezüchtetes Rennpferd. Tatsächlich ist es so gekommen. Wie nicht anders zu erwarten, brechen sich moderne Rennpferde häufig die Beine. Und dann müssen sie tragischerweise erschossen werden.

Gebrochene Beine und Ähnliches sind nicht das Einzige, was dem Rüstungswettlauf Grenzen setzt. Auch ökonomische Grenzen sind wichtig. Die Erzeugung von Muskeln zum schnellen Laufen ist aufwendig. Man braucht dazu Nahrung, die in Muskelgewebe umgewandelt wird. Diese Nahrung könnte man auch in etwas anderes investieren, beispielsweise in die Produktion von Milch für die Jungen. Auch der Rüstungswettlauf unter Menschen ist wirtschaftlich kostspielig. Je mehr Geld man in Bomber steckt, desto weniger steht für Aufklärungsflugzeuge zur Verfügung. Von weniger Geld für Krankenhäuser und Schulen ganz zu schweigen.

Denken wir einmal daran, welche wirtschaftliche Kalkulation eine Pflanze, beispielsweise eine Kartoffel, anstellen muss. Eine Pflanze ist ein gutes Beispiel, denn wir könnten (fälschlicherweise) versucht sein zu glauben, eine Gazelle, ein Gepard oder ein Pferd würde Berechnungen im Kopf anstellen; dagegen würde niemand ernsthaft annehmen, dass eine Pflanze Zahlen zusammenaddiert. Und genau um bewusste Berechnungen geht es hier *nicht*. Die Entsprechung zu den Berechnungen wird im Lauf der Generationen von der natürlichen Selektion erledigt. Also zurück zur Kartoffelpflanze. Sie hat eine begrenzte Menge von »Geld«, mit dem sie spielen kann. Mit »Geld« meine ich hier die Energieressourcen, die letztlich von der Sonne stammen, in Zucker als Währung umgewandelt und häufig, beispielsweise in der Kartoffelknolle, als Stärke gespeichert werden. Die Pflanze muss ein wenig Geld für die Blätter aufwenden (um das Sonnenlicht aufzunehmen und mehr Geld zu erzeugen). Etwas Geld muss sie auch in die Wurzeln stecken (um Wasser und Mineralstoffe aufzunehmen). Sie muss ein bisschen Geld für die unterirdischen Knollen aufwenden (um Geld für das nächste Jahr zu speichern). Ein wenig Geld fließt in die Blüten (damit Insekten angelockt werden, die andere Kartoffelpflanzen bestäuben und deren Gene verbreiten, darunter auch Gene für die richtigen Entscheidungen über den Geldaufwand). Kartoffelpflanzen, die »falsche Berechnungen« anstellen (und vielleicht nicht genug in die Speicherknollen für das nächste Jahr stecken), geben ihre Gene mit geringerem Erfolg weiter. Im Lauf der Generationen werden also Pflanzen, die bei ihren wirtschaftlichen Berechnungen etwas falsch machen, in der Population weniger zahlreich. Und das bedeutet wiederum, dass auch die Gene zum Anstellen solcher falscher Berechnungen weniger zahlreich werden. Der »Genpool« der Population füllt sich immer mehr mit Genen, die für die richtigen wirtschaftlichen Berechnungen sorgen.

Nachdem wir nun von der Kartoffelpflanze gelernt haben, dass wir hier nicht über bewusste Berechnungen reden, können wir gefahrlos wieder zu den Gazellen zurückkehren und noch einmal der Frage nachgehen, wie sie ihre wirtschaftliche Bilanz ausgleichen. Die Details sind anders als bei der Kartoffel, aber die Prinzipien sind die Gleichen. Gazellen müssen sich vor Geparden und Löwen in Acht nehmen. Sie müssen ängstlich sein. Sie müssen immer ein wachsames Auge offen halten. Und eine wachsame Nase, denn häufig nehmen sie Gefahren mit dem Geruchssinn wahr. Wichtig ist aber auch, dass sie viel Zeit auf das Fressen verwenden müssen. Pflanzliche Nahrung ist pro Gewichtseinheit weniger nahrhaft als Fleisch, und deshalb muss ein Pflanzenfresser, beispielsweise eine Gazelle oder eine Kuh, nahezu ständig fressen. Eine Gazelle, die zu ängstlich wäre, würde beim kleinsten Anzeichen einer Gefahr weglaufen und hätte nicht genug Zeit zur Nahrungsaufnahme. Auf den afrikanischen Ebenen sieht man manchmal, wie Antilopen und Zebras in Sichtweite von Löwen weiden, wobei sie genau wissen, dass die Raubkatzen dort sind. Sie halten ein misstrauisches Auge offen für den Fall, dass die Löwen Anzeichen für eine beginnende Jagd erkennen lassen. Aber sie weiden weiter. Im Lauf der Generationen hat die natürliche Selektion für ein fein ausbalanciertes Gleichgewicht zwischen zu großer Ängstlichkeit (und damit nicht genug Zeit zum Fressen) und zu wenig Ängstlichkeit (und damit Gefressenwerden) gesorgt.

Evolution besteht aus Veränderungen in den Anteilen von Genen in Populationen. Was wir von außen *sehen*, sind Veränderungen im Körperbau oder Verhalten, die sich im Lauf der Generationen abspielen. In Wirklichkeit werden aber manche Gene in der Population zahlreicher und andere weniger zahlreich. Dass Gene in der Population überleben oder nicht überleben, ist die direkte Folge ihrer Wirkungen auf Körperbau und Verhalten, von denen nur manche für uns sichtbar sind. Nicht nur Geparden und Gazellen, Zebras und Löwen, auch Chamäleons und Tintenfische, Kängurus und Kakapos, Büffel und Schmetterlinge, Strandpflanzen und Bakterien, jedes Tier, jede Pflanze, jeder Pilz und jeder Mikroorganismus: Sie alle enthalten die Gene, die dafür gesorgt haben, dass eine ununterbrochene Linie von Vorfahren überlebt hat und diese Gene weitergeben konnte.

Du und ich und der Premierminister, deine Katze und die Vögel, die vor deinem Fenster singen, jeder Einzelne von uns kann auf seine Vorfahren zurückblicken und folgende stolze Behauptung aufstellen: Kein einziger meiner Vorfahren ist jung gestorben. Viele Individuen sind jung gestorben, aber das sind nicht diejenigen, die zu Vorfahren geworden sind. Kein einziger unserer Vorfahren ist jemals über eine Klippe gestürzt, wurde von einem Löwen gefressen oder ist an Krebs gestorben, bevor er so lange gelebt hatte, dass er mindestens ein Kind bekommen konnte. Wenn wir darüber nachdenken, liegt es natürlich auf der Hand. Aber es ist wirklich, wirklich wichtig. Es bedeutet, dass jeder Einzelne von uns, jedes Tier, jede Pflanze, jeder Pilz und jedes Bakterium, jeder der sieben Milliarden Menschen auf der Welt, die richtigen Gene enthält, um gut zu überleben und zu einem Vorfahren werden zu können.

Welche Eigenschaften im Einzelnen dafür sorgen, dass wir gut überleben können, ist von einer biologischen Art zur anderen unterschiedlich. Für Geparden ist es das schnelle Sprinten, für Wölfe der Langstreckenlauf, Gras muss Sonnenlicht gut aufnehmen können, und es darf ihm nicht allzu viel ausmachen, wenn es von Kühen (oder Rasenmähern) gekürzt wird, Kühe können gut Gras verdauen, Falken können gut in der Luft schweben und Beute ausmachen, Maulwürfe und Erdferkel können gut graben. Und alle Lebewesen müssen das richtige ökonomische Gleichgewicht finden. Sie müssen Tausende und Abertausende Tätigkeiten beherrschen, die alle in jeder Ecke und jedem Winkel des Organismus durch jede der Milliarden Zellen zusammenwirken. Die Details sind ungeheuer unterschiedlich, aber alle haben eines gemeinsam. Alle sind Wege, um Gene gut an zukünftige Generationen weitergeben zu können. Gene weitergeben zu können, durch die sie gut darin sind zu überleben und dieselben Gene wiederum zu vererben. Es sind unterschiedliche Wege, um das Gleiche zu tun: zu überleben und Gene weiterzugeben.

Wir waren uns einig, dass ein Auge oder jedes andere komplizierte Organ (wie Paleys Uhr) sehr *unwahrscheinlich* ist und nicht zufällig entstanden sein kann (wie Paleys Stein). Eine ausgezeichnete Sehvorrichtung wie das menschliche Auge kann nicht von selbst plötzlich ins Dasein treten. Das wäre zu unwahrscheinlich, genauso wie es unwahrscheinlich ist, dass man hundert Münzen wirft und hundertmal die Zahl oben liegt. Aber ein hervorragendes Auge kann durch eine zufällige Veränderung aus einem geringfügig weniger hervorragenden Auge entstehen. Und dieses geringfügig weniger gute Auge ist wiederum aus einem noch etwas weniger guten Auge hervorgegangen. Und so weiter bis zurück zu einem wirklich schlechten Auge. Selbst ein sehr, sehr schlechtes Auge ist besser als überhaupt keins. Man erkennt damit den Unterschied zwischen Tag und Nacht und vielleicht auch den drohenden Schatten eines Raubtiers. Und das Gleiche gilt nicht nur für Augen, sondern auch für Beine, Herzen, Zungen, Federn, Blut, Haare und Blätter. Jetzt verstehen wir alle Eigenschaften der Lebewesen, ganz gleich, wie kompliziert und unwahrscheinlich – unwahrscheinlich wie Paleys Uhr – sie auch sind. Was man auch betrachtet, es ist nicht plötzlich ins Dasein getreten. Vielmehr ist es aus etwas entstanden, das sich nur ein klein wenig von etwas Vorherigem unterschieden hat. Die Unwahrscheinlichkeit löst sich in Luft auf, wenn wir erkennen, dass sie *allmählich* erreicht wird, schleichend, Schritt für winzigen Schritt, wobei jeder Schritt nur eine wahrhaft kleine Veränderung erzeugt. Und der erste Schritt hat wahrscheinlich etwas hervorgebracht, was keineswegs sehr gut war.

Unwahrscheinliche Dinge treten nicht plötzlich in die Welt. Wie gesagt: Genau das bedeutet das Wort »unwahrscheinlich«. Mit der Uhr hatte Paley recht. Eine Uhr kann nicht spontan ins Dasein treten. Es muss einen Uhrmacher geben. Auch Uhrmacher treten nicht spontan ins Dasein. Sie werden als komplizierte Babys geboren: als Menschenbabys, die zu Erwachsenen werden, mit den Händen und dem Gehirn eines Menschen sowie mit der Fähigkeit, einen Beruf wie den Uhrenbau zu erlernen. Diese menschlichen Hände und Gehirne entstanden in der Evolution allmählich aus den Händen und Gehirnen von Affen; die Affen entwickelten sich allmählich aus affenähnlichen Vorfahren; die wiederum entwickelten sich in allmählichen, langsamen, schmerzhaft langsamen Schritten aus Vorfahren, die Spitzmäusen ähnelten; davor aus fischähnlichen Vorfahren und so weiter. Alles lief allmählich und langsam ab, niemals plötzlich, niemals unwahrscheinlich wie eine Uhr, die auf einen Schlag plötzlich da war.

Für Gestalter braucht man genau wie für Uhren eine Erklärung. Für Uhrmacher haben wir die Erklärung: Sie wurden von einer Frau zur Welt gebracht, und davor sind sie durch langsame, allmähliche Evolution aus einer sehr langen Kette von Vorfahren hervorgegangen – die gleiche Erklärung gilt auch für alle anderen Lebewesen. Wo bleibt da Gott, der angebliche Gestalter von allem? Wenn man nicht genau nachdenkt, scheint Gott eine gute Erklärung für die Existenz unwahrscheinlicher Dinge wie Chamäleons, Geparden oder Uhrmacher zu sein. Aber wenn wir genauer hinsehen, erkennen wir, dass Gott selbst noch unwahrscheinlicher ist als William Paleys Uhr. Alles, was klug genug – kompliziert genug – ist, um Dinge zu gestalten, kann im Universum erst spät aufgetaucht sein. Alles, was so kompliziert ist wie ein Uhrmacher, muss das Endprodukt eines langen, langsamen Aufstiegs aus früherer Einfachheit sein. Paley glaubte, sein Uhrmacher-Argument würde die Existenz Gottes beweisen. Richtig verstanden, gilt genau das gleiche Argument aber in der umgekehrten Richtung: in die Richtung der Widerlegung von Gottes Existenz. Paley wusste es nicht, aber er schoss sich selbst sehr wortreich und überzeugend ins Bein.

·9·

Kristalle und Puzzlespiele

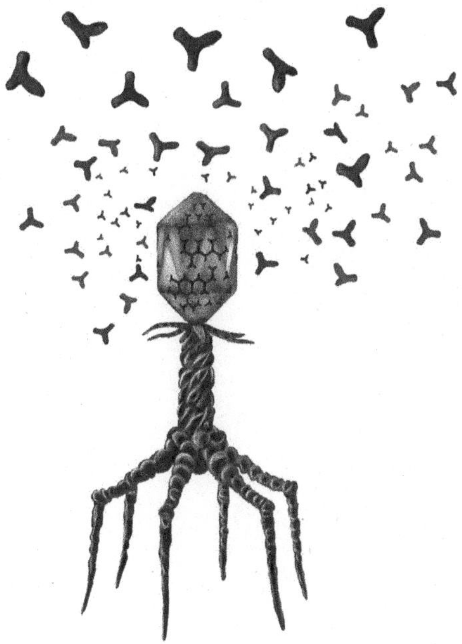

Kehren wir noch einmal zur Uhr des Erzdiakons Paley zurück und sehen uns genauer an, wie sie sich von einem Stein unterscheidet. Beide kann man dem Test mit dem Durcheinanderwürfeln unterziehen. Wenn man einen bestimmten Stein nimmt und seine Einzelteile tausendmal durcheinanderwürfelt, braucht man viel Glück, um noch einmal denselben Stein zu bekommen. Man könnte also sagen: Der Stein ist ebenso unwahrscheinlich wie die Uhr. Aber all diese zufällig zusammengestoppelten Steine sind immer nur Steine, und an keinem von ihnen ist etwas Besonderes. Bei der Uhr ist das anders. Wenn man ihre Teile tausendmal durcheinanderwürfelt, bekommt man tausendmal ein zufälliges Durcheinander. Aber keines davon wird die Zeit anzeigen oder etwas anderes Nützliches tun (es sei denn, man hatte bei dem zufälligen Durcheinanderwürfeln lächerlich großes Glück!). Sie wären noch nicht einmal schön. Das ist der entscheidende Unterschied zwischen Uhr und Stein. Beide sind gleichermaßen unwahrscheinlich, weil sie einzigartige Kombinationen von Einzelteilen sind, die so nicht durch reines Glück »geschehen« würden. Aber die Uhr ist auf eine andere, interessantere Weise einzigartig und unterscheidet sich von allen zufällig durcheinandergewürfelten Kombinationen: Sie tut etwas Nützliches, sie zeigt die Zeit an. Steine besitzen keine solche Einzigartigkeit. Nichts hebt irgendeinen der tausend zufällig zusammengewürfelten Steine von allen anderen ab. Alle sind einfach nur Steine. Unter all den unzähligen Arten, wie die Einzelteile einer Uhr aufeinandertreffen können, ist nur eine einzige eine Uhr. Nur eine einzige zeigt die Zeit an.

Nehmen wir aber nun einmal an, du würdest mit dem Erzdiakon Paley über eine Wiese spazieren und mit dem Zeh an so etwas stoßen:

Würdest du auch jetzt bereitwillig erklären, dies sei »einfach geschehen« wie Paleys Stein? Vermutlich nicht. Ich nehme an, du – und mit Sicherheit Paley – wärst versucht zu denken, dass es sorgfältig von einem Gestalter, einem Künstler hergestellt wurde. Es würde auch in einer schicken Galerie nicht deplatziert wirken, oder? Ein wertvolles Kunstwerk, gestaltet von einem berühmten Bildhauer. Die glänzenden Würfel sehen so vollkommen aus, so geschmackvoll eingesetzt in die Basis aus rauem Stein. Für mich war es eine vollkommen verblüffende Entdeckung, dass niemand diese wunderschönen Gegenstände hergestellt hat. Sie sind einfach geschehen, genau wie Paleys Stein. Genauer gesagt, *sind* sie sogar eine Art Stein.

Es sind Kristalle. Kristalle wachsen einfach von selbst. Und manche wachsen zu geometrischen Formen heran, die überwältigend so aussehen, als habe ein Künstler sie geschaffen. Das hier sind übrigens Kristalle von Eisendisulfid. Es gibt auch viele andere Kristalle, die sich spontan aus den verschiedensten chemischen Verbindungen bilden und ebenfalls sehr schön aussehen. Manche – Diamanten, Rubine, Saphire, Smaragde – sind sogar so prächtig, dass sie sagenhafte Preise erzielen, und Menschen tragen sie um den Hals oder an den Fingern.

Um es noch einmal zu wiederholen: Niemand hat diese wunderschönen Eisendisulfid-»Skulpturen« gemacht. Es ist einfach geschehen. Sie sind einfach gewachsen. Das machen Kristalle nun einmal. Kristalle aus Eisendisulfid bezeichnet man als Pyrit, und manchmal werden sie wegen ihrer glänzenden Farbe auch »Narrengold« genannt. Menschen, die sie ausgegraben haben, dachten fälschlicherweise, sie seien aus echtem Gold, und tanzten vor Freude, bis ihre Hoffnungen schließlich auf grausame Weise zerstoben.

Dass Kristalle so hübsch und geometrisch präzise aussehen, liegt daran, dass ihre Form sich unmittelbar aus der Anordnung ihrer Atome ergibt. Wenn Wasser kalt genug ist, kristallisiert es zu Eis. Die Moleküle im Eis nehmen zueinander geordnete Positionen ein wie Soldaten bei einer Parade, nur mit dem Unterschied, dass selbst in einem kleinen Kristall schon Milliarden und Abermilliarden solcher Soldaten stecken: Eine Reihe nach der anderen erstreckt sich in alle Richtungen bis in die Ferne. Und anders als bei Soldaten ist mit »alle Richtungen« auch die Richtung von oben nach unten gemeint. Die dreidimensionale Molekülparade nennt man auch Kristallgitter. Diamanten und andere Edelsteine sind ebenfalls Kristalle, und jeder hat sein eigenes Gittermuster. Auch Felsen, Steine und Sand bestehen aus Kristallen, aber die sind oft so klein und dicht zusammengepackt, dass man in ihnen nicht ohne Weiteres getrennte Gebilde erkennt.

Kristalle bilden sich auch auf einem anderen Weg, nämlich wenn eine Substanz – meist in Wasser – gelöst ist und das Wasser verdunstet. Das kann man leicht mit ganz gewöhnlichem Kochsalz (Natriumchlorid) ausprobieren. Man kocht eine Tasse Salz mit Wasser auf, damit es sich löst, und lässt die Lösung dann in einer breiten, flachen Schale verdunsten. Im Lauf mehrerer Tage sieht man, wie sich im Wasser neue Salzkristalle bilden. Kristalle aus Kochsalz können Würfel sein wie das Eisenpyrit oder auch größere Strukturen, die aus Würfeln aufgebaut sind und aussehen wie vierseitige »Ziggurat«-Pyramiden. Dabei erkennen sich die Natrium- und Chloratome gegenseitig und verbinden ihre Arme. Der richtige Name für diese »Arme« lautet *Bindungen*. (Genau genommen sind es in diesem Fall keine Atome, sondern *Ionen*, Natrium- und Chloridionen, aber der Unterschied ist hier nicht von Bedeutung.) Kristalle wachsen folgendermaßen: Die Natrium- und Chloridionen, die noch im Wasser herumschwimmen, stoßen zufällig an ein bereits vorhandenes Kristall. Sie erkennen die Chlorid- oder Natriumionen, die am Rand des Kristalls bereits vorhanden sind, und verbinden sich mit deren Armen – so wächst das Kristall heran. Dass Kochsalzkristalle quadratische Seitenflächen haben, liegt daran, dass die »Arme« der Ionen im rechten Winkel zueinander stehen. Das Kristall bezieht seine Form aus den rechten Winkeln zwischen den Reihen der »Soldaten bei der Parade«. Nicht alle Kristalle haben quadratische Seiten, und vermutlich ist jetzt auch schon klar, warum. Ihre »Arme« bilden keine rechten, sondern andere Winkel zueinander, sodass die »Soldaten bei der Parade« sich in diesen anderen Winkeln zueinander aufstellen. Deshalb sind beispielsweise Fluoridkristalle oktaedrisch – sie haben acht Seiten.

Manche Kristalle sind große, einzelne Steine mit einer hübschen geometrischen Form, beispielsweise Würfel oder Oktaeder. In anderen Fällen kleben aber kleine Kristalle auch zusammen und bilden kompliziertere Formen. Das Innere jedes kleinen Bausteins solcher komplizierter Formen verrät jedoch den zugrunde liegenden »Soldaten-Paradeplatz«. Oft sind die »Gebäude« allerdings kompliziert. Ein Beispiel sind Schneeflocken. Vermutlich hast du schon einmal gelesen, dass zwei Schneeflocken niemals genau gleich sind. Wassereis bildet immer sechs »Arme«, deshalb hat jeder winzige Eiskristall von Natur aus eine sechsseitige Form. Eine Schneeflocke ist nicht nur ein solcher winziger Kristall, sondern ein »Bauwerk«: Sie besteht aus vielen winzigen, sechsseitigen »Bausteinen«. Dabei wird dir auffallen, dass die sechsseitige Gestalt sich sowohl in der Form des »Bauwerks« als auch in der Form der einzelnen Bausteine widerspiegelt. Alle Schneeflocken haben eine sechsfache Symmetrie (einige Beispiele zeigt die Abbildung auf Seite 220). Aber jede von ihnen ist anders, und viele sind sehr schön.

Es lohnt sich, darüber nachzudenken, warum jede Schneeflocke einzigartig ist. Das liegt daran, dass jede ihre eigene Geschichte hat. Anders als Salzkristalle, die an ihren Rändern im flüssigen Wasser wachsen, werden Schneeflocken an den Rändern größer, weil winzige Wasserkristalle zu dem »Bauwerk« hinzukommen, wenn sie durch Wolken aus Wasserdampf fallen. Sie können auf zweierlei Weise wachsen. Welche davon vorherrscht, hängt von dem »Mikroklima« in jedem winzigen Wolkenabschnitt ab – das heißt davon, wie kalt und wie feucht es dort ist. Unterschiedliche Mikroklimazonen in der Wolke unterscheiden sich in Temperatur und Feuchtigkeit. Und jede Schneeflocke schwebt in der Wolke abwärts durch viele unterschiedliche Mikroklimazonen und durchquert eine einzigartige, von Augenblick zu Augenblick wechselnde Folge von Feuchtigkeits- und Temperaturveränderungen. Das »Bauwerk« wird also jeweils auf einzigartige Weise zusammengesetzt, und entsprechend hat jede Schneeflocke eine einzigartige Form. Sie ist eine Art Fingerabdruck einer von Augenblick zu Augenblick wechselnden Vergangenheit.[6]

Und warum sind sie so schön? Wie bei dem Bild in einem Kaleidoskop liegt es an der Symmetrie. Alle sechs Seiten, alle

6 Meine Kenntnisse über Schneeflocken verdanke ich dem wunderschönen Buch *Forces of Nature* von Brian Cox (London: Collins 2018).

sechs Ecken, alle sechs Spitzen oder Gruppen von Spitzen sind symmetrisch. Und warum sind sie symmetrisch? Weil sie so klein sind, dass alle Teile des wachsenden »Bauwerks« die gleiche »historische« Verteilung von Feuchtigkeit und Temperatur erleben. Übrigens: Auch wenn jede Schneeflocke einzigartig ist, sind manche schöner als andere. Und nur die schönen werden in Büchern abgebildet.

Wenn wir es nicht besser wüssten, hätten wir vielleicht gedacht: »Ach, sieh mal, Schneeflocken sind so schön, und jede ist einzigartig. Sie müssen von einem begabten Schöpfer gestaltet worden sein, der sich mit einem unendlich fruchtbaren Geist so viele Millionen verschiedene Formen ausgedacht hat.« Aber wie wir gerade erfahren haben, gleichen Schneeflocken und andere schöne Kristalle nicht Paleys Uhr, sondern Paleys Stein. Die Wissenschaft liefert uns eine umfassende, vollständige Erklärung für ihre schöne, komplexe Symmetrie, und ebenso erklärt sie, warum jede Schneeflocke einzigartig ist. Wie Paleys Stein, so sind auch Schneeflocken »einfach geschehen«. Wenn Moleküle oder ganz allgemein irgendwelche Dinge spontan bestimmte Formen wie diese annehmen – wenn sie »einfach geschehen« –, spricht man von einem Prozess der Selbstmontage. Ich glaube, du erkennst jetzt, warum. Selbstmontage ist bei Lebewesen, wie wir in Kürze erfahren werden, sehr wichtig. Dieses Kapitel handelt von der Selbstmontage im Leben.

Mein Lieblingsbeispiel für Selbstmontage im Bereich des Lebendigen ist auf der Titelseite dieses Kapitels abgebildet. Es ist ein Virus, genauer gesagt der Bakteriophage Lambda. Alle Viren sind Parasiten, und dieser hier greift, wie der Name »Bakteriophage« schon vermuten lässt, Bakterien an. Vermutlich wirst du mir zustimmen, dass er wie ein Mondlandegerät aussieht. Und er verhält sich auch so: Er landet auf der

Oberfläche eines Bakteriums und stellt sich dort stabil auf seine »Beine«. Dann stanzt er ein Loch in die Zellwand des Bakteriums und spritzt sein genetisches Material, seine DNA, durch den zentralen »Schwanz« – besser würde man von einer »Kanüle« sprechen – in das Bakterium ein. Der Apparat im Inneren des Bakteriums bemerkt den Unterschied zwischen der eigenen DNA und der des Virus nicht. Er hat keine andere Wahl, als den in der Virus-DNA codierten Anweisungen zu gehorchen, und die befehlen ihm, eine Menge neue Viren zu produzieren, die später aus der Bakterienzelle hervorbrechen, auf weiteren Bakterien landen und sie wiederum infizieren. Für unser Kapitel ist aber interessant, dass der »Körper« sich wie ein Kristall selbst montiert. Oder wie eine Gruppe von Kristallen. Der Kopf sieht eigentlich aus wie ein Kristall, das du um den Hals tragen könntest (nur ist er viel zu klein). Wie alle anderen Teile des Virus montiert er sich selbst wie die Kristalle: Er entsteht aus Molekülen, die im Bakterium herumschwimmen und sich an das bereits wachsende Kristall anlagern.

Zu Beginn meiner Erklärungen über Kristalle habe ich mich der Metaphern von »Soldaten bei der Parade« und der »Verbindung von Armen« bedient. Jetzt brauchen wir einen etwas anderen Vergleich: ein Puzzle. Ein wachsendes Kristall kann man sich wie ein unfertiges Puzzle vorstellen. Dieses könnte von der Mitte nach außen wachsen, weil Stücke an den Rändern hinzukommen, und beim Kristall ist es genauso. Aber im Gegensatz zu dem gewöhnlichen flachen Puzzle, das auf einem Tisch liegt, ist ein Kristall ein dreidimensionales Zusammensetzspiel.

Rund um das unfertige Puzzle schwimmen in der Flüssigkeit Tausende von Puzzlesteinen. Dabei kann es sich beispielsweise um die Natrium- und Chloridionen handeln, die im

Wasser schweben. Jedes Mal, wenn eines dieser schwimmenden Teilchen an das Kristall stößt, findet es dort das richtig geformte »Loch« und fügt sich ein. Das ist ein anderes Bild dafür, wie ein Kristall an seinen Rändern wächst. Jetzt soll mithilfe der Puzzlemetapher davon die Rede sein, was in Lebewesen abläuft. Insbesondere wollen wir uns die *Enzyme* ansehen. Was Enzyme sind, werden wir in Kürze erfahren.

Erinnern wir uns noch einmal an Kapitel sieben und das Bild mit den chemischen Reaktionen, die in einer Zelle ablaufen: ein ungeheuer kompliziertes Spaghettigewirr aus Pfeilen und Punkten. Vielleicht fragst du dich, wie all diese verschiedenen chemischen Reaktionen auf dem gleichen winzigen Raum innerhalb derselben Zelle ablaufen können, ohne sich gegenseitig zu stören und durcheinanderzugeraten. Angenommen, du würdest in ein Chemielabor gehen, alle Flaschen von den Regalen nehmen und ihren Inhalt in ein einziges großes Gefäß schütten. Dann hättest du ein entsetzliches Durcheinander, und vielleicht würdest du schreckliche Reaktionen, ja sogar Explosionen in Gang setzen. In den Zellen eines Lebewesens jedoch schaffen es viele chemische Substanzen irgendwie, voneinander getrennt zu bleiben und sich gegenseitig nicht zu stören. Warum reagieren sie nicht alle miteinander? Es ist, als wäre jede von ihnen in einer eigenen Flasche eingeschlossen. Aber das sind sie nicht. Wie funktioniert das?

Zum Teil lautet die Antwort: Das Innere einer Zelle ist kein einheitliches großes Gefäß. Es gibt darin ein kompliziertes System aus Membranen, und die können wie die Glaswände von Reagenzgläsern wirken. Aber das ist noch nicht alles. In Wirklichkeit läuft etwas viel Interessanteres ab. Und an dieser Stelle kommen die Enzyme ins Spiel. Enzyme sind *Katalysatoren*. Ein Katalysator ist eine Substanz, die eine chemische Reaktion beschleunigt, ohne sich selbst dabei zu verändern. Er ist eine Art schnell arbeitender kleiner Laborassistent. Manchmal sorgen Katalysatoren dafür, dass eine chemische Reaktion millionenfach schneller abläuft, und Enzyme können das besonders gut. Die vielen durcheinandergemischten Substanzen reagieren nicht miteinander, solange kein Katalysator vorhanden ist, und für jede Reaktion muss es ein ganz bestimmter Katalysator sein. Einzelne Reaktionen werden nur dann in Gang gesetzt, wenn sie gebraucht werden, und dazu wird das richtige Enzym zugesetzt. Man kann sich das Enzym wie einen Schalter vorstellen, der fast wie ein elektrischer Schalter ein- oder ausgeschaltet sein kann. Nur wenn ein bestimmtes Enzym in einer Zelle vorhanden ist, wird die zugehörige chemische Reaktion eingeschaltet. Und was noch besser ist: Enzyme können auch andere Enzyme »einschalten«. Man erkennt also, wie elegant Steuerungssysteme aufgebaut sein können, wenn Schalter andere Schalter ein- oder ausschalten.

Zumindest in Umrissen wissen wir, wie Enzyme funktionieren. An dieser Stelle kommt das Bild vom Puzzle ins Spiel. Man kann sich die vielen Hundert Moleküle, die in einer Zelle herumschwirren, als Puzzlesteine vorstellen. Das Molekül X muss das Molekül Y finden, um sich mit ihm zu verbinden und XY zu bilden. Die Verbindung von X und Y ist nur eine von den vielen Hundert lebenswichtigen chemischen Reaktionen in dem »Spaghetti-Diagramm« aus Kapitel sieben. X wird mit einer gewissen Wahrscheinlichkeit auf ein Y stoßen. Geringer ist die Wahrscheinlichkeit, dass beide genau im richtigen Winkel zusammenstoßen, sodass sie zusammenpassen und sich verbinden können. Das geschieht so selten, dass XY sich nur äußerst langsam bildet – so langsam, dass es fast nie geschehen würde, wenn man alles dem Zufall überließe. (Dabei fällt mir mein allererstes Schulzeugnis ein, das ich mit sieben Jahren bekam: »Dawkins hat nur drei Geschwindigkeiten: langsam, sehr langsam und Stillstand.«) Es gibt aber ein Enzym, dessen besondere Aufgabe darin besteht, die Verbindung von X und Y zu beschleunigen. Und bei vielen Enzymen ist das Wort »beschleunigen« noch eine Untertreibung. Auch dieser Prozess funktioniert nach dem Puzzleprinzip.

Ein Enzymmolekül ist ein großer, komplizierter Klumpen mit vielen Vorsprüngen und Ritzen auf seiner Oberfläche. Wenn ich »groß« sage, dann meine ich: groß nach den Maßstäben von Molekülen. Nach den Maßstäben, an die wir in unserem Alltagsleben gewöhnt sind, ist es winzig – mit einem Lichtmikroskop kann man es nicht einmal sehen. Nehmen wir den Einzelfall des Enzyms, das unsere chemische »XY«-Reaktion beschleunigt. Unter den Vertiefungen in seiner Oberfläche ist ein Loch mit der Form von X, und das liegt genau neben einem Loch in der Form von Y. Deshalb ist es ein guter »Laborassistent«, und besonders gut kann es die Verbindung von X und Y beschleunigen. Ein X-Molekül legt sich nach Art eines Puzzlesteins in das x-förmige Loch. Und ein Y-Molekül legt sich nach dem Puzzleprinzip in das y-förmige Loch. Da die beiden Löcher genau auf die richtige Weise nebeneinanderliegen, werden die Moleküle X und Y genau im richtigen Winkel aneinandergedrückt und können sich verbinden. Die so entstandene Kombination XY löst sich und schwimmt in der Zelle davon; zurück bleiben die beiden richtig geformten Löcher, die nun den gleichen Vorgang mit einem weiteren Molekül von X und Y wiederholen können. Man kann in dem Enzymmolekül also nicht nur einen Laborassistenten sehen, sondern eine Art Maschine, die wie in einer Fabrik XY-Moleküle ausstößt, wobei ein stetiger Strom von X- und Y-Molekülen als Ausgangsmaterial dient. Und in dieser Körperzelle wie auch in allen anderen gibt es weitere Enzyme, von denen jedes genau die richtige Form hat – das heißt die richtigen »Spalten« oder »Ritzen« in der Oberfläche –, um andere chemische Reaktionen zu beschleunigen. (Eines muss ich dabei betonen: Ausdrücke wie »Ritze« und »Form« sind eine übermäßige Vereinfachung, aber ich behalte sie bei, weil sie für die Zwecke dieses Kapitels hilfreich sind. Mit Form ist nicht nur die physische Form, sondern beispielsweise auch die chemische Anziehungskraft gemeint.)

Es gibt Hunderte von Enzymen. Jedes davon ist anders geformt, und jedes beschleunigt mit seiner besonderen Form eine andere chemische Reaktion. In den meisten Zellen ist aber nur eines der verfügbaren Enzyme oder einige wenige vorhanden. Enzyme sind die wichtigste (allerdings nicht die einzige) Antwort auf die rätselhafte Frage, warum die chemischen Reaktionen nicht alle gleichzeitig ablaufen und sich nicht alle gegenseitig stören.

Die Geschichte über die Enzymmoleküle hört sich also wie Magie an. Wie die Beine des Geparden, die wunderschön zum schnellen Laufen geformt sind, so sind auch Enzyme wunderschön dazu geformt, ganz bestimmte chemische Reaktionen zu beschleunigen. Und zwar jeweils eine einzige chemische Reaktion pro Enzym. Woher haben sie ihre wunderschöne Form? Wurden sie von einem göttlichen Molekülbildhauer geschnitzt? Nein. Sie sind durch eine kompliziertere Form des Vorgangs entstanden, den auch wachsende Kristalle vollziehen. Auch hier haben wir es mit Selbstmontage zu tun.

Jedes Proteinmolekül ist eine Kette aus kleineren Molekülen, den Aminosäuren. Es gibt viele verschiedene Aminosäuren, aber nur zwanzig von ihnen kommen in Lebewesen vor. Jede von ihnen hat einen Namen, und ich könnte hier die zwanzig Bezeichnungen aufschreiben, aber mit den Einzelheiten wollen wir uns nicht aufhalten. Es sind zwanzig, mehr brauchen wir hier nicht zu wissen. Jedes Proteinmolekül gleicht einer Halskette, deren Perlen die Aminosäuren sind (und die Halskette ist kein geschlossener Ring, sondern ihr Verschluss ist geöffnet). Proteine unterscheiden sich voneinander in der genauen Reihenfolge der Perlen, aus denen sie jeweils bestehen, aber alle Perlen stammen aus dem Repertoire der zwanzig Aminosäuren: Es gibt also zwanzig Arten von Perlen.

Erinnern wir uns noch einmal: Salzkristalle wachsen, wenn schwimmende Teilchen im Wasser nach Art von Puzzlesteinen ihr »Gegenüber« am Rand des Kristalls erkennen und sich dort einklinken. Die Perlen in der Proteinhalskette können wir uns als Sammlung von zwanzig Typen von Puzzlesteinen vorstellen. Und manche davon verbinden sich mit anderen Puzzlesteinen. Eine solche Selbstverbindung von Puzzlesteinen, die sich *an verschiedenen Stellen entlang der Kette* abspielt, hat zur Folge, dass die Kette sich zu einer ganz bestimmten Form faltet wie ein Stück Schnur, das sich von selbst zu einem sehr speziellen Knoten legt.

Ich habe ein Enzymmolekül als komplizierten Klumpen bezeichnet, der Beulen und Ritzen hat. Das hört sich nicht nach einer Kette an, oder? Aber es ist eine Kette. Das Entscheidende dabei: Jede Kette aus Aminosäuren hat die Neigung, sich in eine ganz bestimmte dreidimensionale Form zu falten. Wie ich bereits gesagt habe, ist es ein bisschen so, als würde sie sich zu einem Knoten zusammenlegen. Der »Klumpen mit Vorsprüngen und Ritzen« ist das knotige Gebilde, zu dem die Kette sich zusammengelagert hat. Bindungen in der Kette werden von anderen Bindungen in der Kette angezogen und lagern sich nach Art eines Puzzles an sie an. Und diese Kupplungen tragen dazu bei, dass jede Kette eines bestimmten Typs sich zu der gleichen Form mit den gleichen Vorsprüngen und Ritzen faltet.

Genau genommen stimmt das nicht immer so ganz – und die Ausnahmen sind interessant. Manche Ketten können sich zu zwei verschiedenen Knoten zusammenfinden. Manchmal ist das äußerst wichtig, aber ich möchte es hier beiseitelassen, denn dieses Kapitel ist ohnehin schon kompliziert genug. In unserem Zusammenhang können wir uns jedes Proteinmolekül als Kette aus Puzzlesteinen (Aminosäuren) vorstellen, die sich zu einer ganz besonderen Form zusammenfaltet. Diese Form ist von großer Bedeutung, und sie wird durch die Reihenfolge der Aminosäuren und ihre Neigung, sich nach Art von Puzzlesteinen mit anderen Aminosäuren derselben Kette zusammenzufügen, festgelegt.

Hier kann ich nicht der Versuchung widerstehen, eine kleine Geschichte zu erzählen. Sie mag aus dem Zusammenhang gerissen erscheinen, wirft aber ein interessantes Licht auf die Vorstellung von ineinandergreifenden Puzzlesteinen. Es geht um unseren Geruchssinn. Stellen wir uns einmal den Duft einer Rose vor. Oder den Geruch von Honig. Oder von Zwiebeln. Äpfeln. Erdbeeren. Fisch. Einer Zigarre. Einem stinkenden Sumpf. Jeder Geruch ist anders und unverkennbar: angenehm oder schrecklich, rauchig oder fruchtig, blumig oder faulig. Wie kommt es, dass Moleküle, die in der Luft in unsere Nase schweben, diesen oder jenen Geruch entstehen lassen? Die Antwort liegt wieder im Puzzleprinzip. Unsere Nasenschleimhaut trägt Tausende von unterschiedlich geformten molekularen Ritzen, und jede davon wartet auf ein Molekül, das genau die richtige Form hat und sich einfügt. Ein Molekül von Aceton (Nagellackentferner) passt beispielsweise wie ein Puzzlestein genau in eine Aceton-förmige Ritze. Die Aceton-förmige Ritze schickt daraufhin ein Signal an das

Gehirn und sagt ihm: »Meine Molekülform hat gerade angedockt.« Das Gehirn »weiß«, dass es sich bei dieser Ritze um eine Aceton-förmige Aussparung handelt, und deshalb »denkt« es: Aha, Nagellackentferner. Der Duft einer Rose oder eines kostbaren alten Weins besteht nicht nur aus einem Molekültyp wie das Aceton, sondern aus einer komplizierten Mischung von Puzzlemolekülen. Das Prinzip bleibt aber das Gleiche: Hier sind molekulare Puzzlesteine am Werk.

Aber zurück zu unserer eigentlichen Geschichte. Wie wir erfahren haben, ist die Reihenfolge oder Sequenz der Aminosäuren in der »Halskette« durch »Selbstmontage nach dem Puzzleprinzip« für die Klumpenform des »Proteinknotens« mit seinen Ritzen verantwortlich. Wie ich außerdem erläutert habe, sorgen die Ritzen ihrerseits dafür, dass das Protein eine ganz bestimmte Rolle als Enzym spielen kann und eine ganz bestimmte chemische Reaktion beschleunigt – in der Regel so stark, dass es einem Einschalten gleichkommt. In einer Zelle könnten jederzeit viele chemische Reaktionen ablaufen: Alle Zutaten sind vorhanden und stehen bereit. Notwendig ist nur noch jeweils das richtige Enzym. Und es könnten auch viele Enzyme vorhanden sein, aber nur eines ist da. Oder nur wenige. *Welche* Enzyme vorhanden sind, ist also äußerst wichtig. Sie bestimmen darüber, was die Zelle tut. Und sogar, was die Zelle *ist*.

Nun wirst du dich als Nächstes fragen: Wer oder was bestimmt über die Reihenfolge der Aminosäuren in der Halskette eines bestimmten Enzyms und damit über die Klumpenform, zu der die Kette sich zusammenfaltet? Das ist natürlich eine ungeheuer wichtige Frage, denn von ihr hängt vieles ab.

Die Antwort lautet: das genetische Molekül, die DNA. Wie wichtig diese Antwort ist, kann man unmöglich übertreiben. Deshalb widme ich ihr einen eigenen Absatz.

Wie ein Proteinmolekül, so ist auch die DNA eine Kette, ein Halsband aus Puzzlesteinen. Bei den Perlen handelt es sich hier aber nicht um Aminosäuren, sondern um chemische Bausteine, die man Nucleotidbasen nennt. Und von denen gibt es nicht zwanzig verschiedene Typen, sondern nur vier. Ihre Namen werden mit den Buchstaben A, T, C und G abgekürzt. Der Puzzlestein T dockt immer an A an (und A ausschließlich an T). C verbindet sich immer nur mit G (und G nur mit C). Ein DNA-Molekül ist eine ungeheuer lange Kette, viel länger als ein Proteinmolekül. Und im Gegensatz zum Protein lagert sich die DNA-Kette nicht zu einem »Knoten« zusammen. Sie bleibt vielmehr eine lange Kette – oder eigentlich zwei Ketten, die wie eine elegante Wendeltreppe nach dem Puzzleprinzip verknüpft sind. Jede »Stufe« der Treppe ist ein zusammengelagertes Basenpaar, und es gibt nur vier Arten solcher Stufen:

A-T
T-A
C-G
G-C

Die Abfolge der Basen trägt Information auf ganz ähnliche (eigentlich sogar fast genau die gleiche) Weise wie eine Computerfestplatte. Und die Information wird auf zwei ganz unterschiedlichen Wegen genutzt: auf dem genetischen und dem embryologischen Weg.

Der genetische Weg ist schlichtes Kopieren. In einer recht komplizierten Form des Puzzlespiels wird die gesamte Wendeltreppe kopiert. Das geschieht, wenn eine Zelle sich teilt. Erstaunlich ist aber der embryologische Weg. Die Buchstaben des Codes werden in Dreiergruppen oder Tripletts abgelesen. Die vier Buchstaben können 64 Tripletts bilden (4 × 4 × 4 =

64), und jedes davon wird entweder als Satzzeichen »interpretiert« oder als eine der zwanzig Aminosäuren, die in die Produktion von Proteinketten einfließen. Wenn ich von »lesen« rede, ist natürlich niemand da, der liest. Auch hier läuft alles automatisch nach dem Puzzleprinzip ab. Ich würde sehr gern in die Einzelheiten gehen, aber davon handelt dieses Buch nicht. Entscheidend ist in unserem Zusammenhang, dass die Sequenz der vier Basentypen in einem DNA-Abschnitt in Dreiergruppen abgelesen wird und dann die Reihenfolge der zwanzig Aminosäuretypen in einer Proteinkette festlegt. Die Sequenz der Aminosäuren im Protein bestimmt ihrerseits darüber, wie die Proteinkette sich zu einem »Knoten« zusammenfaltet. Die Form des »Knotens« (seine »Ritzen« und andere Dinge) bestimmt darüber, wie das Protein als Enzym funktioniert und welche chemische Reaktion es demnach in einer Zelle einschaltet. Die chemischen Reaktionen einer Zelle bestimmen darüber, was es für eine Zelle ist und wie sie sich verhält. Und schließlich – das ist vielleicht das Großartigste von allem – bestimmt das Verhalten der in einem Embryo zusammenwirkenden Zellen darüber, wie der Embryo sich entwickelt und zu einem Baby wird. Letztlich hat also unsere DNA festgelegt, wie jeder von uns sich von einer einzigen Zelle in ein Baby verwandelt hat und wie wir dann zu unserem heutigen Zustand herangewachsen sind. Davon handelt das nächste Kapitel.

· 10 ·

Von unten nach oben oder von oben nach unten?

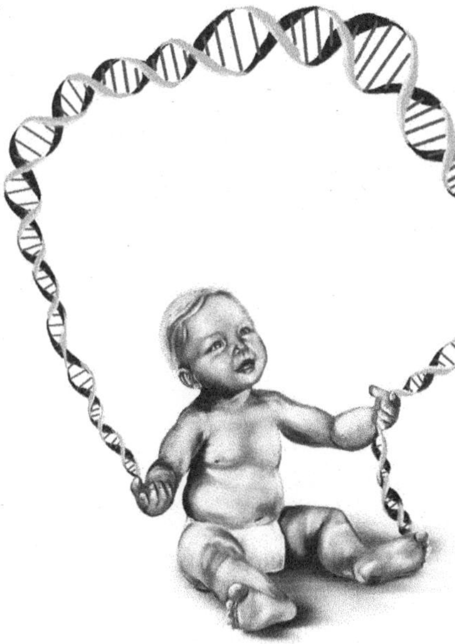

J. B. S. Haldane war ein großer Wissenschaftler des 20. Jahrhunderts und eine legendäre Persönlichkeit. Nachdem er einmal einen öffentlichen Vortrag gehalten hatte, stand eine Dame auf und sagte sinngemäß Folgendes:

> »Professor Haldane, selbst wenn Sie recht haben und für die Evolution mehrere Jahrmilliarden zur Verfügung standen, kann ich einfach nicht glauben, dass man von einer einzigen Zelle zu einem komplizierten menschlichen Organismus gelangen kann, mit Billionen Zellen, die zu Knochen und Muskeln und Nerven organisiert sind, mit einem Herzen, das jahrzehntelang unaufhörlich pumpt, mit vielen Meilen an Blutgefäßen und Nierenkanälchen, und mit einem Gehirn, das denken und sprechen und fühlen kann.«

Darauf gab Haldane eine großartige Antwort: »Aber Madame, das haben Sie doch selbst geschafft. Und es hat nur neun Monate gedauert.«

Darauf hätte die Dame erwidern können: »Ja schon, aber die neun Monate, in denen ich mich als Baby entwickelt habe, wurden von der DNA koordiniert, die meine Eltern mir mitgegeben hatten. Ich musste nicht bei null anfangen.« Damit hätte sie natürlich recht gehabt. Und ihre Eltern haben die

DNA wiederum von ihren Eltern bekommen, die sie von ihren Eltern bekommen haben, und so weiter rückwärts durch die Generationen. Während der ganzen Jahrmilliarden der Evolution wurden die Anweisungen in der DNA für die Herstellung von Babys nach und nach aufgebaut. Aufgebaut, verfeinert und verbessert durch die natürliche Selektion. Gene, die gut Babys erzeugen konnten, wurden auf Kosten der Gene, die es nicht konnten, weitergegeben. Und was für Babys erzeugt wurden, änderte sich ebenfalls allmählich und langsam über Millionen von Generationen hinweg.

Ein ziemlich bezauberndes Kirchenlied trägt den Titel »All Things Bright and Beautiful«. Vielleicht kennst du es. Es lobt Gott für die detailreiche Schönheit seiner Schöpfungen und insbesondere der Lebewesen:

Er machte die leuchtenden Farben
Er machte die winzigen Flügel

Aber selbst wenn du glaubst, dass Gott etwas mit der Schöpfung der Tiere zu tun hatte, wird dir klar sein, dass er nicht *direkt* leuchtende Farben gemacht hat. Oder Flügel, ob winzig oder nicht. Flügel, leuchtende Farben und alle anderen Teile eines Lebewesens entwickeln sich durch die Vorgänge der Embryonalentwicklung aus einer einzigen Zelle. Und die Embryonalentwicklung wird von der DNA auf dem Weg über Enzyme gelenkt, die so entstehen, wie wir es im vorangegangenen Kapitel erfahren haben. Wenn Gott leuchtende Farben gemacht oder winzige Flügel gestaltet hätte, hätte er dazu in die Entwicklung eines Embryos eingegriffen. Und das heißt, wie wir heute wissen, dass man in die DNA eingreifen muss (die dann in die Proteine eingreift und so weiter – den Weg habe ich im neunten Kapitel skizziert). Und wenn es – was wirklich stimmt – die natürliche Selektion ist, die (indirekt) die leuchtenden Farben malt und die winzigen Flügel gestaltet, tut sie es ebenfalls auf dem Weg über die DNA. DNA lenkt die Entwicklung des Körpers, und die DNA wird ihrerseits über viele Generationen hinweg von der natürlichen Selektion »gelenkt«. Indirekt »lenkt« die natürliche Selektion also die Entwicklung des Körpers.

Vielleicht hast du schon einmal gehört, die DNA sei ein »Bauplan« für den Körper, aber das ist zutiefst falsch. Baupläne gibt es für Häuser und Autos, aber nicht für Babys. Der Unterschied hat aber nichts mit der Tatsache zu tun, dass Autos und Häuser gestaltet werden, Babys aber nicht. Hier geht die Sache tiefer. Ein Bauplan ist eine Eins-zu-eins-»Landkarte«, auf der jedes Stückchen einem Stückchen des Hauses (oder Autos) entspricht. Benachbarte Stückchen des Hauses entsprechen benachbarten Stückchen auf dem Bauplan. Wenn der Bauplan eines Hauses verloren gegangen ist, kannst du ihn einfach neu zeichnen, indem du an dem Haus genaue Messungen vornimmst und eine verkleinerte Version auf Papier malst. Genau das habe ich kürzlich in meinem Haus veranlasst. Ein Mann kam mit einem Lasermessgerät, vermaß jeden Raum und brauchte dann nur ein paar Stunden, um einen vollständigen Plan zu zeichnen, der so gut war, dass man mein Haus genau hätte nachbauen können.

Mit einem Baby kann man so etwas nicht machen. Es gibt keine Eins-zu-eins-Beziehung zwischen Punkten auf einem DNA-»Bauplan« und Punkten auf einem Baby. Theoretisch hätte es so sein können – vollkommen verrückt ist die Idee nicht. Die Pläne meines Hauses, die durch sorgfältige Vermessung aller Zimmer rekonstruiert wurden, könnte man in einem Computer digitalisieren. Ein modernes genetisches Labor ist in der Lage, jede Computerinformation in DNA-Code umzuwandeln, und dabei könnte es sich auch um die digitalisierten Pläne meines Hauses handeln. Eine solche DNA könnte man in ein Reagenzglas stecken und in ein anderes genetisches Labor, beispielsweise in Japan schicken, und dort könnte man die DNA auslesen und eine genaue Kopie der Zeichnungen ausdrucken. Anschließend könnte man in Japan einen genauen Nachbau meines Hauses errichten. Vielleicht geschieht auf irgendeinem anderen Planeten etwas Ähnliches, wenn Eltern ihre genetische Information an die Kinder weitergeben: Dann würde der Körper der Eltern »gescannt« und in einen Bauplan umgesetzt, der anschließend in der DNA (oder der Entsprechung zur DNA auf jenem Planeten) digitalisiert würde. Anhand des digitalisierten Scans wird dann ein Körper der nächsten Generation aufgebaut. Hier bei uns auf der Erde geschieht aber nichts, was damit nur entfernte Ähnlichkeit hätte. Und ganz unter uns: Nach meiner Vermutung würde es auch nicht funktionieren, und zwar auf keinem Planeten. Das liegt unter anderem (neben anderen Gründen) daran, dass ein Scan des elterlichen Körpers zwangsläufig auch Dinge wie Narben und gebrochene Beine reproduzieren würde. In jeder Generation würden sich damit die Narben und die gebrochenen Gliedmaßen aller Vorfahren anhäufen.

Ja, DNA ist wie der Code eines Computers digital. Und ja, DNA übermittelt digitale Information von den Eltern und so weiter, über unzählige Generationen hinweg. Und doch ist die übertragene Information *kein* Bauplan. Sie ist nicht einmal im weitesten Sinne eine Landkarte eines Babys. Sie ist kein Scan des elterlichen Körpers. Ein genetisches Labor kann den Code zwar auslesen, aber es kann danach kein Baby ausdrucken. Es gibt nur einen Weg, um die DNA-Information eines Menschen zu einem Baby zu machen: Man muss die DNA in eine Frau bringen!

Wenn die DNA kein Bauplan für das Baby ist, was ist sie dann? Die Antwort: Sie ist *eine Serie von Anweisungen zum Aufbau eines Babys*. Das ist etwas ganz anderes. Es ähnelt eher dem Rezept zur Herstellung eines Kuchens. Oder einem Computerprogramm, dessen Anweisungen nacheinander befolgt werden: Tue zuerst dies, dann jenes, und wenn dieses soundso ist, tue ... Ansonsten tue ... und so weiter, in Tausenden von Anweisungen. Ein Computerprogramm gleicht einem sehr langen Rezept, das durch Verzweigungspunkte komplizierter wird. Ein Rezept ist ein sehr kurzes Programm mit nur vielleicht einem Dutzend Anweisungen. Und ein Rezept ist im Gegensatz zum Bau eines Autos oder Hauses nicht umkehrbar. Man kann nicht einen Kuchen nehmen, Messungen anstellen und dann das Rezept rekonstruieren. Ebenso kann man ein Computerprogramm nicht rekonstruieren, indem man beobachtet, was es tut.

Häuser werden »von oben nach unten« oder »top-down« gebaut. »Oben« bedeutet dabei, dass der Plan des Architekten an der Spitze steht. Der Architekt zeichnet eine ganze Reihe detaillierter Pläne, darunter beispielsweise einen mit den genauen Abmessungen der einzelnen Räume und exakten Anweisungen über die Bauausführung der Wände, ihre Oberflächen, die Lage von Wasser- und Elektroleitungen, die genaue Lage von Türen und Fenstern, jeden Kamin, jeden Schornstein und jeden Stützbalken. Solche Pläne werden an die Maurer, Zimmerleute und Installateure weitergegeben, und die führen sie genauestens aus. Das ist Bauen von oben nach unten: Der Architekt – oder eigentlich seine Pläne – bestimmen von oben nach unten über den gesamten Ablauf. Man »baut nach Bauplan«.

Ein Bau von unten nach oben (»bottom-up«) läuft ganz anders ab. Das beste Beispiel, das ich kenne, ist ein Termitenhügel. Sieh dir Bild 10 an und staune. Daniel Dennett hat mit einem faszinierenden Vergleich deutlich gemacht, welcher Unterschied zwischen der Konstruktion von unten nach oben und dem Bau von oben nach unten besteht – und er hat gezeigt, welche potenzielle Ähnlichkeit und Komplexität die Ergebnisse aufweisen. Auf der rechten Seite des Bildpaars sieht man die Sagrada Família, eine wunderschöne Kirche in Barcelona. Links daneben steht ein Termitenhügel, fotografiert von Fiona Stewart im Iron-Range-Nationalpark in Australien. Es ist ein Nest aus Schlamm, das von einer Termitenkolonie erbaut wurde. Eigentlich befindet sich das Nest zum größten Teil unter der Erde. Die »Kirche«, die über die Oberfläche ragt, ist ein raffiniertes System von Schornsteinen, die der Belüftung und Klimatisierung des unterirdischen Nests dienen.

Es ist eine fast gespenstische Ähnlichkeit. Aber die Kirche in Barcelona wurde bis ins letzte Detail mithilfe von Bauplänen *gestaltet*. Ihr Gestalter war der berühmte katalanische Architekt Antoni Gaudí (1852–1926). Der Termitenhügel wurde von niemandem und nichts gestaltet, nicht einmal von DNA. Die einzelnen Termitenarbeiter haben ihn nach einfachen Regeln erbaut. Keine Termite hat auch nur die leiseste Ahnung, wie ein Termitenhügel aussehen sollte. Keine hat so etwas wie ein Bild oder einen Plan einer Kirche aus Schlamm im Gehirn oder in ihrer DNA. Niemals gab es irgendwo ein Bild oder einen Bauplan oder eine Vorlage für einen Termitenhügel. Jede einzelne Termite befolgt einfach ganz für sich eine Reihe einfacher Regeln, ohne eine Ahnung davon zu haben, was die anderen Termiten tun oder wie das fertige Gebäude aussehen soll.

Wie diese Regeln im Einzelnen aussehen, weiß ich nicht genau, aber mit einer einfachen Regel meine ich beispielsweise

Folgendes: »Wenn du auf einen spitzen Lehmkegel stößt, klebe ein weiteres Klümpchen Lehm daran.« Soziale Insekten nutzen Chemikalien – codierte Gerüche, die man Pheromone nennt – als wichtiges Kommunikationssystem. Welchen Regeln einzelne Termitenarbeiter beim Bau eines Turms folgen, könnte also davon abhängen, ob ein bestimmtes Stück des Bauwerks wie »dieses Pheromon« oder »jenes Pheromon« riecht. Wenn es nirgendwo einen Gesamtplan gibt und »Gestaltung« ausschließlich aus der Anwendung einfacher Regeln erwächst, spricht man von einer Gestaltung »von unten nach oben« im Gegensatz zu »von oben nach unten«.

Ein weiteres schönes Beispiel für eine »Gestaltung« von unten nach oben zeigt Bild 11: Stare, die im Winter riesige Schwärme bilden. »Gestaltet« wurde in diesem Fall kein Bauwerk, sondern eine Verhaltensweise, eine Art Luftballett. Deshalb sage ich hier nicht »es gibt keinen Architekten«, sondern »es gibt keinen Choreografen«. Warum die Vögel sich so verhalten, weiß niemand genau, aber wenn es Abend wird, versammeln sie sich zu Tausenden in gewaltigen Schwärmen. Sie fliegen gemeinsam, und das so schnell und mit so genauer Koordination, dass sie nicht zusammenstoßen. Sie kreisen und drehen sich, als würden sie den Anweisungen eines Obervogels folgen. Ein Starenschwarm bewegt sich wie ein einziges Tier. Dieses »Tier« hat sogar einen genau abgegrenzten Rand. Du solltest dir wirklich einige atemberaubende Filme dieses Naturwunders ansehen. Suche bei YouTube nach »Schwarm Stare«.

Wenn man zusieht, wie solche Schwärme kreisen und steigen und herabstoßen, als wäre die riesige Ansammlung von Vögeln ein einziges gewaltiges Tier, kann man sich des Eindrucks nicht erwehren, dass es einen obersten Flugkoordinator geben muss, vielleicht einen einzelnen Vogelhäuptling, der mit den anderen durch Telepathie in Verbindung steht: »Jetzt Linkskurve, aufwärts und kreisen, jetzt ein Schwung nach rechts ...« Es sieht aus, als würde alles von oben nach unten ablaufen, aber das stimmt nicht. Es gibt keinen Regisseur, keinen Dirigenten, keinen Architekten, keinen Vogelhäuptling. Wie es funktioniert, verstehen wir erst jetzt allmählich: Jeder einzelne Vogel befolgt von unten nach oben organisierte Regeln, und insgesamt ergibt sich daraus ein Effekt, der wie von oben nach unten organisiert aussieht. Wiederum wie die Termiten, nur in einem schnelleren zeitlichen Ablauf. Und ihr Produkt ist keine Kirche aus Lehm, sondern ein großartiges Luftballett – ohne jeden Choreografen.

Wie leistungsfähig eine solche von unten nach oben organisierte Nichtchoreografie ist, wurde sehr schön von Craig Reynolds nachgewiesen, einem schlauen Computerprogrammierer. Er schrieb ein Programm namens Boids, das einen solchen Vogelschwarm nachahmte. Man könnte glauben, Reynolds habe das gesamte Bewegungsmuster des ganzen Schwarms einprogrammiert. Das wäre eine Programmierung von oben nach unten, aber die verwendete er nicht. Sein Programm funktionierte vielmehr von unten nach oben, und zwar folgendermaßen: Er wandte große Mühe auf, um nur einen einzigen Vogel zu programmieren, und formulierte dazu Regeln wie: »Behalte deine Nachbarvögel im Blick. Wenn ein Nachbar dieses oder jenes tut, musst du jenes oder dieses tun.« Nachdem er seine Regeln für diesen einen Vogel vervollkommnet hatte, »klonte« er ihn: Er stellte Dutzende von Kopien des einen Vogels her und ließ sie dann alle im Computer »frei«. Anschließend sah er zu, wie sich der ganze Schwarm verhielt. Die Boids taten sich ganz ähnlich zum Schwarm zusammen wie echte Vögel. Eine noch schönere Computersimulation zeigt Bild 12. Sie basiert auf Reynolds' ursprünglichem Programm und wurde von Jill Fantauzza für das San Francisco Exploratorium programmiert.

Wichtig ist dabei, dass Reynolds nichts auf der Ebene des Schwarms programmierte. Sein Programm betraf ausschließlich die Ebene des einzelnen Vogels. In der Folge *ergab* sich daraus das Verhalten des Schwarms. Einer solchen Programmierung »von unten nach oben« entsprechend funktioniert auch die Embryonalentwicklung; dabei spielen die einzelnen Zellen in einem Embryo die Rolle der einzelnen Vögel in einem Schwarm. Im Rahmen der Embryonalentwicklung führen die Zellen viele *Bewegungen* aus: Membranen und Gewebeschichten falten sich dynamisch und stülpen sich ein. Wie bei den fliegenden Staren sprechen wir hier also nicht nur über »keinen Architekten«, sondern auch über »keinen Choreografen«.

In der Entwicklungsbiologie geht man der Frage nach, wie die DNA ein Baby entstehen lässt. Mittlerweile weiß man darüber schon eine ganze Menge, aber ich werde es hier nicht im Detail erörtern. Dazu wäre ein eigenes Buch notwendig. In unserem Zusammenhang müssen wir nur wissen, dass die Embryonalentwicklung, der Prozess, durch den ein Körper entsteht, von unten nach oben abläuft. Das Prinzip ist das Gleiche, als wenn Termiten einen Hügel bauen oder ein Starenschwarm koordiniert wird. Es gibt keinen Bauplan. Vielmehr folgt jede Zelle in dem entstehenden Embryo ihren eigenen kleinen, lokalen Regeln wie eine einzelne Termite, die eine Lehmkathedrale baut, oder ein einzelner Star in einem kreisenden Schwarm.

Um zu zeigen, wie solche von unten nach oben gerichteten Regeln wirken, möchte ich noch einen kleinen Schritt weiter gehen und das Frühstadium im Leben des Embryos betrachten. Wie du weißt, ist das befruchtete Ei eine einzige Zelle.

Eine große Zelle. Sie teilt sich zu zwei Zellen. Diese teilen sich wieder, sodass es nun vier Zellen sind. Aus denen werden durch erneute Teilungen acht Zellen und so weiter. Das gesamte Gebilde ist nach jeder Teilung noch ebenso groß wie die ursprüngliche befruchtete Eizelle. Das gleiche Material teilt sich also auf zwei, vier, acht, sechzehn Zellen und so weiter auf, sodass eine feste Kugel entsteht. Wenn die Zahl der Zellen ungefähr bei hundert angelangt ist, haben sie (nachdem sie lokalen, von unten nach oben gerichteten Regeln gefolgt sind) eine Hohlkugel gebildet, die Blastula. Auch diese ist noch ungefähr ebenso groß wie die ursprüngliche befruchtete Eizelle, und jede einzelne Zelle ist jetzt sehr klein. Die Außenseite der Kugel ist eine Wand aus Zellen.

Immer wieder teilen sich die Zellen, sodass ihre Zahl weiter wächst. Dennoch wird die Kugel nicht größer. Stattdessen befolgt wiederum jede Zelle lokale Regeln, und ein Teil der Wand stülpt sich in Richtung der Mitte der Kugel ein. Am Ende ist die Einstülpung so weit fortgeschritten, dass die Kugel nicht mehr nur aus einer Zellschicht besteht, sondern aus zwei. Eine solche doppelwandige Kugel nennt man Gastrula, und der Prozess ihrer Entstehung heißt Gastrulation.

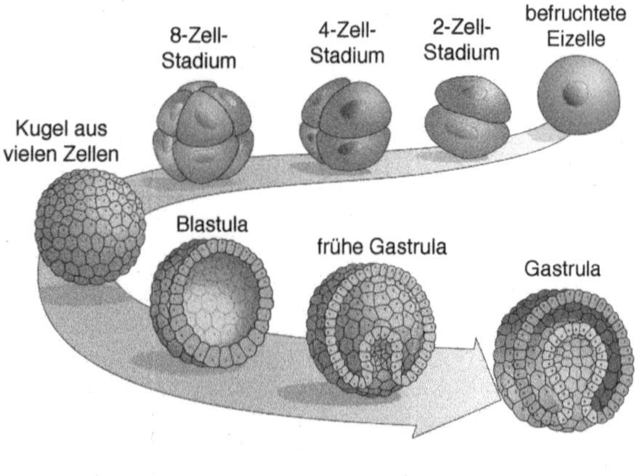

Zugegeben: Eine Gastrula ist nicht sehr kompliziert und sieht durchaus nicht wie ein Baby aus! Aber ich glaube, du erkennst jetzt, wie die einzelnen Zellen von unten nach oben die Regeln befolgen und so die Gastrula bilden – weil sie dafür sorgen, dass die Wand der Blastula sich ausdehnt und einstülpt, sodass die doppelwandige Gastrula entsteht. Und solche von unten nach oben gerichteten Regeln wirken weiter lokal im gesamten Embryo und verändern seine Form so, dass er nach und nach immer mehr einem Baby ähnelt.

Nach der Gastrulation spielt sich ein weiterer, entfernt ähnlicher Einstülpungsprozess ab, die »Neurulation«. Am Ende dieses Vorgangs wird ein hohles Rohr abgeschnürt, das später zum Hauptnervenstrang wird (dieser verläuft in jedem von uns im Inneren der Wirbelsäule den Rücken hinunter). Auch bei der Neurulation befolgen die einzelnen Zellen von unten nach oben lokale Regeln.

Das folgende Bild zeigt, wie das Nervenrohr entsteht: Zuerst stülpt sich das Gewebe ein, dann wird der eingestülpte Teil »abgeklemmt«. Die Details sind anders als bei der Gastrulation. Das Prinzip der von unten nach oben wirkenden Regel ist aber das Gleiche.

Erinnern wir uns noch einmal daran, wie Craig Reynolds eine Computersimulation eines Schwarms aus Vögeln – »Boids« – schrieb: Er programmierte nur das Verhalten eines einzigen »Boid«. Von diesem stellte er dann viele Kopien her und sah zu, wie sie sich gemeinsam verhielten. Genau wie echte Vögel bildeten sie einen fliegenden, kreisenden Schwarm. Das Schwarmverhalten programmierte Reynolds nie. Es *ergab* sich von unten nach oben als Folge, weil einzelne Boids lokale Regeln befolgten. Das Gleiche tat George Oster, ein Biophysiker, mit Zellen eines Embryos anstelle der Boids. Er simu-

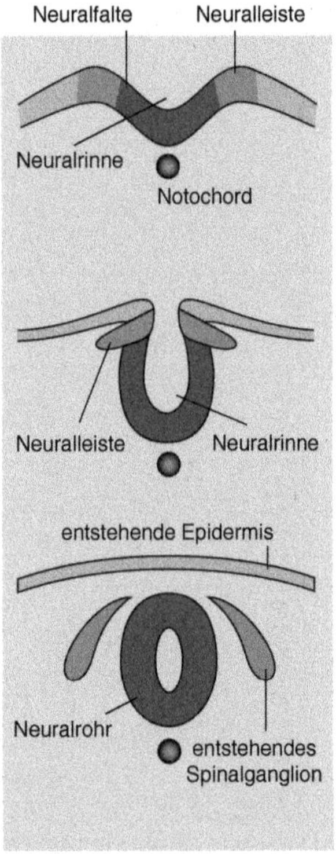

lierte mit einem Computerprogramm das Verhalten einer einzigen Zelle. Dazu bediente er sich vieler Details, die man über solche einzelnen Zellen bereits wusste. Es sind komplizierte Details, denn Zellen sind komplizierte Gebilde. Was dabei aber wichtig ist: Wie bei den Boids programmierte Oster keinen Embryo, sondern nur eine einzige Zelle einschließlich ihrer Fähigkeit, sich zu teilen, denn das ist eine der wichtigen Tätigkeiten von Zellen. Aber Zellen tun auch andere Dinge, und auch die programmierte Oster ihnen ein. Dann sah er zu, wie sich seine Zelle auf dem Computerbildschirm teilte und was weiter geschah.

Als sich die Zelle teilte, erbte jede Kopie die gleichen Eigenschaften und Verhaltensweisen von der Ausgangszelle. Es war das Gleiche, als wenn Craig Reynolds zahlreiche Kopien seines einzelnen Boid klonte und dann beobachtete, wie sie sich im Schwarm verhielten. Und genau wie Reynolds' Boids, die wie Stare einen Schwarm bildeten, so bildeten auch Osters Zellen … Nun ja, sieh dir einfach folgendes Bild an.

Und vergleiche es mit dem Bild einer echten Neurulation auf Seite 246. Natürlich sind beide Vorgänge nicht genau gleich. Auch die Boids in Reynolds' Schwarm glichen nicht genau echten Staren. In beiden Fällen möchte ich nur zeigen, wie leistungsfähig eine »Gestaltung« von unten nach oben sein kann, wenn es keinen Architekten/Choreografen gibt, sondern nur lokale Regeln auf einer unteren Ebene.

Die späteren Stadien der Embryonalentwicklung sind so kompliziert, dass ich mich hier nicht damit befassen kann. Die verschiedenen Gewebe – Muskeln, Knochen, Nerven, Haut, Leber, Nieren – wachsen durch Zellteilung heran. Ihre Zellen sehen unterschiedlich aus, aber alle enthalten die gleiche DNA. Dass sie sich unterscheiden, liegt daran, dass unterschiedliche DNA-Abschnitte – unterschiedliche Gene – eingeschaltet werden. In jedem Gewebe ist nur eine kleine Minderheit der zigtausend Gene aktiv. Das heißt, die Proteine – die unentbehrlichen »Laborassistenten« oder Enzyme –, die in den Zellen eines einzelnen Gewebes produziert werden, sind nur ein Bruchteil der Enzyme, die produziert werden könnten – und in anderen Geweben auch tatsächlich entstehen. Das führt dazu, dass die Zellen in den einzelnen Geweben unterschiedlich wachsen. Jedes Gewebe wächst durch Zellteilung nach lokalen Regeln von unten nach oben. Und jedes Gewebe stellt das Wachstum ein, wenn es die richtige Größe erreicht hat – auch das aufgrund von Regeln, die von unten nach oben wirken. Manchmal geht etwas schief, und ein Gewebe wächst immer weiter – seine Zellen gehorchen den Regeln nicht mehr, die ihm von unten nach oben sagen, dass es die Zellteilung einstellen soll. In einem solchen Fall bekommen wir einen Tumor – Krebs. Aber meistens geschieht das nicht.

Verknüpfen wir jetzt einmal die Vorstellung von der von

unten nach oben verlaufenden Embryonalentwicklung mit den Kristallen aus Kapitel neun. Kristalle – ob Pyrit, Diamant oder Schneeflocken – wachsen durch von unten nach oben gerichtete Regeln zu ihren hübschen Formen heran. Dabei handelt es sich in diesen Fällen um die Regeln der chemischen Bindungen. Die Moleküle, die nach diesen Regeln organisiert sind, haben wir mit Soldaten bei einer Parade verglichen. Wichtig ist dabei, dass niemand die Form des Kristalls gestaltet hat. Die Gestalt hat sich vielmehr ergeben, weil lokale Regeln befolgt wurden.

Dann haben wir erfahren, wie die Regeln der chemischen Bindungen – durch einen Prozess, der ineinandergreifenden Puzzlesteinen ähnelt – nicht nur gewöhnliche Kristalle, sondern auch etwas Raffinierteres entstehen lassen: die Proteinmoleküle. Das gleiche Puzzleprinzip hat anschließend dafür gesorgt, dass die Proteinketten sich zu »Knoten« zusammengefunden haben. Und wegen der »Spalten« in den »Knoten« konnten sie als Enzyme wirken, das heißt als Katalysatoren, die ihrerseits ganz bestimmte chemische Reaktionen in den Zellen einschalten. Wie ich bereits erwähnt habe, ist der Ausdruck »Spalten« eine starke Übervereinfachung. Manche dieser knotenförmigen Moleküle sind winzige Maschinen, kleine »Pumpen« oder auch »Wanderer«, die auf zwei Beinen durch die Zelle gehen und eifrig chemische Besorgungen erledigen. Wenn du auf YouTube nach »Your body's molecular machines« suchst, wirst du staunen!

Es gibt Enzyme, die andere Enzyme einschalten, die dann ihrerseits bestimmte chemische Reaktionen katalysieren. Und wegen der chemischen Reaktionen in ihrem Inneren arbeiten die Zellen zusammen: Sie befolgen lokale Regeln wie in George Osters Simulation und lassen einen Embryo entstehen. Dann ein Baby. Und jeder Schritt des Wegs wird von der DNA gesteuert, wobei wiederum die gleichen Puzzleregeln angewandt werden. Auf dem ganzen Weg sind es eigentlich immer Kristalle, allerdings sehr raffinierte Kristalle eines ganz besonderen Typs.

Der ganze Prozess ist auch mit der Geburt noch nicht zu Ende. Er läuft weiter, wenn das Baby zum Kind und dann zum Erwachsenen heranwächst und wenn der Erwachsene älter wird. Und natürlich sorgen Unterschiede in der DNA der einzelnen Individuen – Abweichungen, die letztlich durch zufällige Mutationen verursacht wurden – für Unterschiede in den Proteinen, die unter dem Einfluss der DNA »kristallisieren« oder »Knoten bilden«. Die Auswirkungen solcher Differenzen zeigen sich ganz am Ende des Wegs in den Unterschieden der erwachsenen Körper. Der ausgewachsene Gepard läuft jetzt vielleicht ein wenig schneller. Oder langsamer. Vielleicht schießt die Zunge des Chamäleons ein klein wenig weiter heraus. Vielleicht kann das Kamel in der Wüste ein paar Kilometer länger durchhalten, bevor es verdurstet. Vielleicht ist die Dorne der Rose ein klein wenig spitzer. Vielleicht ist das Gift der Kobra ein klein wenig stärker. Jede Mutation in der DNA kann am Ende der langen, langen Kette zwischengeschalteter Einflüsse auf Proteine, Zellchemie und Wachstumsmuster des Embryos ihre Wirkung haben. Und das kann dazu führen, dass das Tier sich mit größerer oder geringerer Wahrscheinlichkeit fortpflanzt. Damit wird die für die Veränderung verantwortliche DNA sich häufiger oder seltener in der nächsten Generation wiederfinden. Wenn also die Generationen im Lauf von Tausenden und Millionen von Jahren vorübergehen, sind diejenigen Gene, die in der Population überleben, die »guten« Gene. Sie sind gut darin, einen Körper aufzubauen, der schnell laufen kann. Oder eine lange Zunge hat. Oder mehr Kilometer ohne Wasser auskommt.

Das ist in Kurzform die darwinistische natürliche Selektion, und die ist der Grund, warum alle Tiere und Pflanzen das, was sie tun, so gut können. Was sie im Einzelnen gut können, ist bei jeder Spezies unterschiedlich. Letztlich geht es aber immer darum, eines gut zu können: so lange zu überleben, dass die DNA, die für die jeweilige gute Fähigkeit sorgt, weitergegeben wird. Nach Tausenden von Generationen einer solchen natürlichen Selektion stellen wir fest (oder würden es feststellen, wenn wir lange genug leben würden), dass die durchschnittliche Form der Tiere in der Population sich verändert hat. Evolution hat stattgefunden. Nach Hunderten von Jahrmillionen hat so viel Evolution stattgefunden, dass ein Vorfahre, der wie ein Fisch aussah, einen Nachkommen hervorgebracht hat, der einer Spitzmaus ähnelt. Und nach Milliarden Jahren ist so viel Evolution abgelaufen, dass ein bakterienähnlicher Vorfahre einen Nachkommen hervorgebracht hat, der aussieht wie du oder ich.

Alle Eigenschaften eines Lebewesens sind so und nicht anders, weil seine Vorfahren sich über viele Generationen so entwickelt haben. Dazu gehören auch die Menschen einschließlich ihres Gehirns. Die Neigung, religiös zu sein, ist ebenso eine Eigenschaft des menschlichen Gehirns wie die Neigung, Musik und Sex zu mögen. Deshalb ist es eine plausible Vermutung, dass es für die Neigung zu religiösem Glauben ebenso eine evolutionäre Erklärung gibt wie für alles andere an uns. Und das Gleiche gilt auch für Neigungen wie die, moralisch oder nett zu sein. Wie könnte eine solche evolutionäre Erklärung aussehen? Mit diesem Thema beschäftigt sich das nächste Kapitel.

·11·

Hat die Evolution uns religiös gemacht? Hat sie uns nett werden lassen?

Bis vor recht kurzer Zeit glaubten praktisch alle Menschen an irgendeinen Gott. Außerhalb Westeuropas, wo heutzutage nur noch eine Minderheit religiös ist, glauben die meisten Menschen auf der ganzen Welt einschließlich der Vereinigten Staaten immer noch an einen Gott oder auch mehrere, insbesondere wenn sie keine gute naturwissenschaftliche Bildung haben. Sollte es nicht auch für den Glauben an Götter eine darwinistische Erklärung geben? Hat religiöser Glaube, der Glaube an irgendeine Form von Gott oder Göttern, unseren Vorfahren dabei geholfen zu überleben und Gene für religiösen Glauben weiterzugeben?

Ich vermute, die Antwort lautet Ja. Nun, eine gewisse Art von Ja. Natürlich heißt das nicht, dass es die Götter, an die Menschen glauben – was für Götter das auch sein mögen –, wirklich gibt. Das ist eine vollkommen andere Frage. An etwas zu glauben, was in Wirklichkeit nicht da ist, kann einem manchmal das Leben retten. Das kann auf verschiedene Weise geschehen.

Erinnerst du dich noch daran, wie Gazellen und Zebras eine genaue Balance zwischen zu viel und zu wenig Ängstlichkeit finden müssen? Nun stell dir vor, du wärst ein Frühmensch und würdest vor langer Zeit in unserer Vorgeschichte in den afrikanischen Savannen leben. Wie eine Gazelle musst du das richtige Gleichgewicht finden: Du musst ausreichend Angst vor Löwen und Leoparden haben, aber die Angst darf nicht so groß sein, dass du nie mit deinen Alltagstätigkeiten weiterkommst. Im Fall der Menschen könnten diese Tätigkeiten darin bestehen, dass du Yamswurzeln ausgräbst oder einem Partner den Hof machst. Du bist gerade beim Ausgraben einer Wurzel, da hörst du ein Geräusch und blickst auf. Du siehst eine Bewegung im Gras – das könnte ein Löwe sein. Es könnte aber auch der Wind sein. Du kommst mit dem Ausgraben einer wirklich großen Knolle gerade gut voran und willst nicht aufhören. Aber bei dem Geräusch könnte es sich wirklich um einen Löwen handeln.

Wenn du glaubst, es sei ein Löwe, und es ist wirklich ein Löwe, kann dieser richtige Glaube dir das Leben retten. Das ist leicht zu verstehen. Der nächste Teil wird schwieriger. Auch wenn es gerade dieses Mal *kein* Löwe ist, kann dir die allgemeine *Strategie*, zu glauben, dass rätselhafte Bewegungen oder Geräusche eine Gefahr ankündigen, das Leben retten. Denn manchmal wird es wirklich ein Löwe sein. Wenn du es aber zu weit treibst und bei jedem Rascheln im Gras ängstlich davonläufst, verpasst du die fetten Wurzeln und andere lebenswichtige Dinge. Wer aber das richtige Gleichgewicht findet, wird zwar immer noch in manchen Fällen glauben, es sei ein Löwe, wenn in Wirklichkeit kein Löwe da ist. Und diese Neigung, etwas zu glauben, was sich später eventuell als falsch erweist, wird dir manchmal das Leben retten. Das ist eine Möglichkeit, wie der Glaube an Dinge, die nicht vorhanden sind, dir das Leben retten kann.

Man kann die gleiche Aussage auch ein wenig wissenschaftlicher formulieren. Menschen neigen dazu, an *Akteure* zu glauben. Was ist ein Akteur? Nun, ein Akteur ist jemand oder etwas, das etwas gezielt zu einem bestimmten Zweck tut. Wenn der Wind das lange Gras rascheln lässt, gibt es keinen Akteur. Wind ist kein Akteur, ein Löwe schon: Er hat die Absicht, dich zu fressen. Das verändert sein Verhalten auf komplizierte Weise, damit er dich fangen kann, und er arbeitet energisch und flexibel darauf hin, deine Fluchtversuche zu vereiteln. Vor einem Akteur Angst zu haben lohnt sich. Es kann aber auch vergeudete Zeit und Mühe sein, denn bei dem mutmaßlichen Akteur kann es sich auch um etwas wie den Wind handeln. Je gefährlicher das Leben im Durchschnitt ist, desto weiter sollte sich das Gleichgewicht so verschieben, dass man überall Akteure sieht und deshalb manchmal auch etwas Falsches glaubt.

Heutzutage haben wir in der Regel keine Angst mehr vor Löwen oder Säbelzahntigern. Aber selbst manche modernen Menschen fürchten sich vor der Dunkelheit. Kinder haben Angst vor Unholden. Erwachsene haben Angst vor Straßenräubern und Einbrechern. Du liegst nachts allein im Bett und hörst ein Geräusch. Es könnte der Wind sein. Es könnten die Balken des alten Hauses sein, die knarren und sich bewegen. Es könnte aber auch ein bewaffneter Einbrecher sein. Vielleicht auch nichts so Bestimmtes wie ein Einbrecher. Was dich betrifft, so fürchtest du dich vor einem namenlosen Akteur im Gegensatz zu einem Nichtakteur wie dem Wind oder einem knarrenden Balken. Die Angst vor Akteuren, selbst wenn sie in der jeweiligen Situation irrational oder sogar unangemessen ist, dürfte in uns aus der Zeit unserer Vorfahren erhalten geblieben sein. Mein Kollege Dr. Andy Thomson formulierte es in seinem Buch *Why We Believe in God(s)* [dt. *Warum wir (an Gott) glauben*] ungefähr so: Wir halten einen Schatten leicht für einen Einbrecher; aber dass wir einen Einbrecher für einen Schatten halten, ist unwahrscheinlich. Wir neigen einseitig dazu, Akteure zu sehen, auch wenn sie gar nicht da sind. Und Religion besteht darin, überall um uns herum Akteure zu erkennen.

Unsere Vorfahren hatten »animistische« Religionen: Sie sahen überall Akteure, wenn sie sich umblickten, und bezeichneten sie häufig als Götter. Dass es so anfangs auch mit den griechischen Göttern war, zeigte Stephen Fry in seinem liebenswürdigen Buch *Mythos*. Auf der ganzen Welt gab es Flussgötter und Donnergötter, Meeresgötter und Mondgötter, Feuergötter und Sonnengötter, Götter – oder vielleicht Dämonen – des dunklen Waldes. Die Sonne war ein Gott, ein Akteur, den man umwerben und mit Gebeten oder Opfern besänftigen musste, weil er sich sonst entschließen könnte, morgen früh nicht aufzugehen. Das Feuer war ein Gott, der gefüttert werden musste, sonst verschwand er. Der Donner war ein Gott – was außer einem Gott könnte einen solch entsetzlichen Lärm machen? Das Wetter war so unberechenbar und doch für das Leben so wichtig, dass der Glaube, hinter seinen wechselnden Launen würden Akteure stehen, nur natürlich war. Es musste doch einen Weg geben, um die entsetzliche Dürre zu beenden? Ein wirklich großes Opfer an den Regengott könnte diese Wirkung haben. Ein entsetzliches Unwetter hat gerade dein Haus zerstört. Vielleicht haben wir die Sturmgötter nicht ausreichend gelobt, und deshalb waren sie böse.

Jahwe entwickelte sich in den Köpfen der Menschen, bis er zum einzigen Gott der Juden und später auch der Christen und Muslime wurde. Davor war er ein »Sturmgott«, einer von vielen Göttern des Volkes der Kanaaniter, aus dem die Juden hervorgingen. Andere bronzezeitliche Götter der Kanaaniter, die zusammen mit Jahwe verehrt wurden, waren der Fruchtbarkeitsgott Baal, der Götterhäuptling El und seine Frau, die Göttin Aschera. Nach Ansicht mancher Experten für Religionsgeschichte verschmolz Jahwe später in der Vorstellung der Menschen mit El und Aschera, bis er schließlich der eine und einzige Gott der Juden war. Der Animismus der Bronzezeit wurde also in abgespeckter Form zum Monotheismus der Eisenzeit. Später übernahmen Christentum und Islam den Gott der Juden. Und noch später entwickelte sich der Sturmgott der Kanaaniter immer raffinierter weiter und wurde zum Helden theologischer Bücher von gelehrten Professoren in Oxford und Harvard.

Ich habe die Vermutung angestellt, dass die Menschen den Wettergöttern opferten, weil sie hofften, damit eine Dürre zu beenden. Aber warum meinten sie, dass es helfen könnte? Das Gehirn der Menschen sucht nach Gesetzmäßigkeiten. Die natürliche Selektion hat in unser Gehirn die Neigung eingebaut, beispielsweise Reihenfolgen als Gesetzmäßigkeiten wahrzunehmen: Dieses folgt auf jenes. Wir stellen fest, dass der Donner auf den Blitz folgt, der Regen folgt, nachdem sich graue Wolken zusammengeballt haben, Getreide wächst nicht, wenn es nicht regnet. Aber »dieses folgt auf jenes« ist kompliziert. »Dieses folgt auf jenes« bedeutet nicht »dieses folgt *immer* auf jenes«, sondern »dieses folgt *manchmal* auf jenes«. Auf Geschlechtsverkehr folgt eine Schwangerschaft, aber nur manchmal.

Oft glauben wir, wir hätten eine Gesetzmäßigkeit bemerkt, wo es in Wirklichkeit keine gibt. Und oft bemerken wir auch eine Gesetzmäßigkeit nicht, obwohl sie vorhanden ist. Mathematiker, die sich mit Statistik beschäftigen, unterscheiden zwischen zwei Wegen des Missverständnisses, wenn wir solche Gesetzmäßigkeiten erkennen wollen. Sie sprechen von *falsch-positiv* und *falsch-negativ*. Falsch-positiv ist der Gedanke, wir würden eine Gesetzmäßigkeit sehen, wo keine vorhanden ist. Eine häufige Form eines falsch-positiven Irrtums ist der Aberglaube. Falsch-negativ bedeutet, dass uns eine Gesetzmäßigkeit, die wirklich vorhanden ist, nicht auffällt. Zwischen dem Stich einer Mücke und einer Malariaerkrankung besteht ein echter Zusammenhang. Die Malaria folgt aber nicht immer, und die Gesetzmäßigkeit begriff Sir Ronald Ross erstmals im Jahr 1897. Zwischen einer schwarzen Katze, die uns über den Weg läuft, und einem nachfolgenden Missgeschick besteht kein echter Zusammenhang. Aber viele abergläubische Menschen haben diese falsch-positive Vorstellung geglaubt.

> Letztes Jahr haben wir zu den Regengöttern gebetet, und dann hat es geregnet. Muss dieser Zusammenhang nicht etwas zu bedeuten haben?

Nein, er hatte nichts zu bedeuten. Ein falsch-positiver Zusammenhang. Es hätte ohnehin geregnet. Aber den Aberglauben abzuschütteln fällt schwer.

> Das Kind hatte Fieber. Wir haben den Göttern eine Ziege geopfert, und dann ging es dem Kind besser. Also opfern wir besser auch beim nächsten Mal, wenn jemand hohes Fieber hat, wieder eine Ziege.

Das Immunsystem befreit die Menschen ohnehin oft von Malaria. Aber erzähle das einmal einem abergläubischen Menschen, der überzeugt ist, dass es an dem Ziegenopfer lag.

Selbst wenn uns ein gleichbleibendes, wiederholtes Muster auffällt – wenn etwas jedes Mal zuverlässig auf etwas anderes folgt –, ist damit nicht bewiesen, dass das erste Ereignis das zweite verursacht hätte. Die Kirchturmuhr in dem Dorf Hintertupfingen schlägt die volle Stunde immer kurz vor der

Uhr im Nachbardorf Vordertupfingen. Aber ist die Uhr von Hintertupfingen die *Ursache* dafür, dass die Uhr von Vordertupfingen schlägt? Diese Frage lässt sich allein durch Beobachtung nicht klären. Nicht einmal durch wiederholte Beobachtung. Der einzig sichere Weg zum Nachweis einer Ursache ist ein *Experiment*. Man muss in die Situation *eingreifen*. Also klettern wir auf den Turm von Hintertupfingen und halten die Uhr an. Schlägt die Uhr von Vordertupfingen jetzt nicht mehr? Dann stellen wir die Uhr von Hintertupfingen zehn Minuten vor. Schlägt die Uhr von Vordertupfingen immer noch nach ihr? Natürlich muss man das Experiment eine angemessene Zahl von Malen wiederholen, um den Zufall auszuschließen.

Um mit richtigen Experimenten zu überprüfen, ob eine scheinbare Gesetzmäßigkeit tatsächlich vorhanden ist, braucht man einen hoch entwickelten und vielleicht ein wenig sonderbaren Geist. Wer sich die Mühe macht, das Experiment mit den Kirchenuhren anzustellen, muss schon wirklich sonderbar sein. Und wenn sich die Frage stellt, ob ein Geräusch tatsächlich von einem Löwen verursacht wurde, kann die experimentelle Methode tödlich enden. Da ist es kein Wunder, dass unsere Vorfahren stattdessen auf Aberglauben zurückgriffen.

B. F. Skinner, ein berühmter experimenteller Psychologe, wies den Aberglauben bei Tauben nach. Seine Vögel »bemerkten« Gesetzmäßigkeiten, die es in Wirklichkeit nicht gab – falsch-positive Zusammenhänge. Acht Tauben wurden einzeln in getrennte Kisten gesetzt, die sogenannten Skinner-Boxen. Jede Kiste war mit einem elektrisch betriebenen Fütterungsapparat ausgestattet, der die hungrigen Tauben mit Nahrung versorgen konnte. Normalerweise sind Skinner-Boxen so verdrahtet, dass sie nur dann Futter ausgeben, wenn der Vogel etwas tut, beispielsweise wenn er mit dem Schnabel einen

Schalter in der Wand der Kiste betätigt. In diesem Experiment machte Skinner es aber anders. Er unterbrach die Verbindung zwischen dem Fütterungsapparat und dem Verhalten der Vögel. Was die Vögel auch taten, nichts wirkte sich darauf aus, ob sie gefüttert wurden. Stattdessen wurde hin und wieder Futter in die Box ausgegeben, ganz gleich, was die Vögel taten. Oder auch wenn sie nichts taten.

Das Ergebnis war faszinierend. Sechs der acht Vögel entwickelten unterschiedliche abergläubische Gewohnheiten. Einer wanderte immer wieder gegen den Uhrzeigersinn im Kreis herum und legte zwischen zwei Belohnungen zwei oder drei Runden zurück. Wir könnten sagen: Er war abergläubisch davon überzeugt, dass die Wanderung gegen den Uhrzeigersinn das Futter kommen ließ. Ein anderer Vogel stieß mit dem Kopf immer wieder in eine der oberen Ecken der Box. Er »dachte«, dies werde den Fütterungsapparat zur Lieferung veranlassen. Zwei andere Vögel entwickelten die Gewohnheit, mit dem Kopf zu »pendeln«: Sie warfen den Kopf schnell nach links oder rechts und bewegten ihn langsamer wieder zurück. Bei einem anderen Vogel bestand die abergläubische Gewohnheit darin, den Kopf ruckartig nach oben zu bewegen, als wollte er einen nicht vorhandenen Gegenstand in die Luft werfen. Und der sechste Vogel richtete Pickbewegungen in Richtung des Bodens, ohne ihn aber jemals zu berühren.

Skinner bezeichnete dies als abergläubisches Verhalten, und ich glaube, damit hatte er recht. Folgendes muss geschehen sein: Ein Vogel machte zufällig eine bestimmte Bewegung – beispielsweise stieß er den Kopf nach oben in die Ecke –, unmittelbar bevor der Fütterungsapparat in Aktion trat. Der Vogel »dachte« (nicht zwangsläufig bewusst), seine Kopfbewegung sei die Ursache gewesen, dass das Futter geliefert wurde. Also tat er es noch einmal, und zufällig war es wiederum genau der richtige Zeitpunkt für die nächste Futterportion. Jeder Vogel lernte ein anderes abergläubisches Verhalten, weil er immer das wiederholte, was er gerade getan hatte, bevor das Futter zufällig eintraf. Auf die gleiche Weise entwickelte sich wahrscheinlich auch bei unseren Vorfahren die Gewohnheit, beispielsweise zu beten oder eine Ziege zu opfern, um damit ein Kind vom Fieber zu heilen. Zwischen Skinners Tauben und Menschen besteht noch eine weitere Ähnlichkeit: In verschiedenen Regionen der Welt entwickelten die Einheimischen unterschiedliche abergläubische Überzeugungen, genau wie die sechs Tauben in ihren »regionalen« Skinner-Boxen.

Auch Glücksspieler, ob am Rouletterad oder am einarmigen Banditen, gewinnen nach dem Zufallsprinzip und unabhängig davon, was sie tun. Ein Spieler glaubt zu bemerken, dass er mehr Glück hat, wenn er sein »Glückshemd« trägt. Oder er betet um Glück und gewinnt prompt den Jackpot. Genau wie Skinners Tauben tut er es noch einmal. Zwar gewinnt er nie wieder den Jackpot, aber er kann sich von der Gewohnheit des Betens nicht mehr befreien. Die Wahrscheinlichkeit, dass ein Spielautomat den Jackpot auszahlt, kann man nicht beeinflussen. Ebenso wenig wird die Kugel im Roulettekessel da landen, wo sie landen soll. Und doch sind die Spieler von Monte Carlo bis Las Vegas von abergläubischen Überzeugungen durchsetzt, wonach es möglich ist.

Vor langer Zeit, bevor Computer einen Bildschirm hatten, druckten sie die Dinge stattdessen auf einem Fernschreiber aus. Einmal arbeitete ich im Computerraum meiner Universität und sah zu, wie ein Student voller Ungeduld darauf wartete, dass der Computer reagierte. Immer wieder klopfte er mit den Fingerknöcheln auf den Fernschreiber, obwohl er gewusst haben muss, dass er den Computer nicht dazu veranlassen konnte, sich zu beeilen. Vielleicht hatte es einmal geklappt, kurz bevor der Computer zufällig gerade seine Ergebnisse ausspuckte, und nun wurde er den Aberglauben nicht mehr los. Genau wie Skinners Tauben.

Nehmen wir einmal an, unsere Vorfahren hätten es sich in einer Zeit der Dürre in den Kopf gesetzt, dem Regengott zu opfern. Jeden Tag. Und schließlich kam der Regen. Vielleicht waren eine Menge Opfer nötig, bevor der Regengott – wie sie glaubten – überzeugt war. Die abergläubischen Menschen stellten nie das Experiment an, dem Regengott *nicht* zu opfern und abzuwarten, ob der Regen ohnehin käme. So würde ein Wissenschaftler es machen. Aber unsere Vorfahren waren keine Wissenschaftler. Und sie wagten es nicht, das Risiko einzugehen und auf das Opfer für den Regengott zu verzichten.

Natürlich spekuliere ich. Ich halte es aber für plausibel. Genau solche Dinge tun viele Angehörige traditioneller Völker noch heute. Und Skinners Experimente waren keine Spekulation. Sie haben tatsächlich stattgefunden. Ebenso ist es keine Spekulation, dass menschliche Glücksspieler sich auf Glückszahlen, Glückszauber und Gebete verlassen. Menschen neigen dazu, zu beten oder abergläubische Gewohnheiten zu entwickeln, sobald Unsicherheit darüber besteht, was geschehen wird (wir sprechen von »Zufall« oder »Glück«), und sie sich ein bestimmtes Ergebnis wünschen. Der Aberglaube selbst half unseren Vorfahren wahrscheinlich nicht zu überleben. Aber die allgemeine Neigung, in der Welt nach Gesetzmäßigkeiten zu suchen – sich die Mühe zu machen und es zu bemerken, wenn auf ein Ereignis häufig ein wichtiges anderes Ereignis folgte –, half ihnen vermutlich schon. Der Aberglaube war dann ein Nebenprodukt. Wie die Zebras, die das Risiko, gefressen zu werden, gegen das Risiko abwägen müssen, nicht genug zu fressen, so mussten auch die Menschen, die nach Gesetzmäßigkeiten suchten, das Gleichgewicht zwischen zwei Risiken finden: dem Risiko, eine Gesetzmäßigkeit zu bemerken, wo keine vorhanden ist (abergläubische falsch-positive Wahrnehmung), und dem Risiko, eine vorhandene Gesetzmäßigkeit nicht zu bemerken (falsch-negative Wahrnehmung). Die Neigung, Gesetzmäßigkeiten zu bemerken, wurde von der natürlichen Selektion begünstigt. Und ein Nebenprodukt dieser Neigung waren Aberglaube und religiöser Glaube.

Damit bin ich bei einem weiteren Gedankengang. Unsere ältesten menschlichen Vorfahren lebten in einer gefährlichen Gegend: der afrikanischen Savanne. Dort gab es Giftschlangen, Skorpione, Spinnen und Hundertfüßer, auf die man treten konnte. In den Bäumen lauerten Pythons und Leoparden, Löwen standen hinter den Büschen, Krokodile lagen im Fluss. Erwachsene kannten die Gefahren, aber Kindern musste man es erst beibringen. Eltern warnten mit Sicherheit ihre Kinder genau wie die Eltern in modernen Städten, die ihren Kindern sagen, sie sollten nach links und rechts blicken, bevor sie eine Straße überqueren. Die natürliche Selektion begünstigte Eltern, die ihre Kinder warnten. Und die natürliche Selektion begünstigte die Gene, die in das Gehirn von Kindern eine Neigung einpflanzen, ihren Eltern zu glauben.

Bis hierher ist es leicht zu verstehen. Jetzt kommt der schwierige Teil. Wenn Erwachsene ihren Kindern irgendwann einmal neben den guten auch schlechte Ratschläge gaben, hatte das kindliche Gehirn keine Möglichkeit, beides voneinander zu unterscheiden. Wäre das Kindergehirn zu dieser Unterscheidung in der Lage gewesen, hätte es den Ratschlag der Erwachsenen ohnehin nicht gebraucht. Dann hätte das Kind beispielsweise einfach *gewusst*, dass Schlangen gefährlich sind. Gerade darum geht es: Was Kinder bereits wussten, brauchten die Eltern ihnen nicht zu sagen. Wenn also Vater oder Mutter einem Kind aus irgendeinem Grund einen nutzlosen Rat gab und beispielsweise sagte: »Du musst fünfmal am Tag beten«, konnte das Kind schlicht und einfach nicht wissen, dass es ein nutzloser Ratschlag war. Die natürliche Selektion baut in das kindliche Gehirn die Regel »Glaube alles, was deine Eltern dir sagen« ein. Und diese Regel tritt selbst dann in Kraft, wenn »was deine Eltern dir sagen« in Wirklichkeit töricht oder unwahr ist. Oder wenn es einfach auf taubenartigem Aberglauben beruht.

Aber, so fragst du nun vermutlich, warum sollte ein Elternteil einem Kind etwas Törichtes oder Falsches sagen? Nun, die Eltern waren auch selbst einmal Kinder. Auch sie haben irgendwann von ihren Eltern Ratschläge bekommen. Auch sie hatten keine Möglichkeit zu beurteilen, welcher Ratschlag gut war und welcher nutzlos oder schlecht. Ratschläge, ob gut oder schlecht, werden an die nächste Generation weitergegeben. Und was die Frage angeht, wie das Ganze überhaupt angefangen hat, war taubenartiger Aberglaube sicher ein Teil der Geschichte. Im Lauf der Generationen wurde der nutzlose oder abergläubische Ratschlag durch den gleichen Stille-Post-Effekt, der uns schon in den Kapiteln zwei und drei begegnet ist, abgewandelt und verstärkt. In verschiedenen Regionen der Erde würden unterschiedliche Ratschläge weitergegeben worden sein. Und wenn wir uns in der Welt umsehen, stellen wir fest, dass genau das tatsächlich geschehen ist.

Natürlich sehen sich manche intelligenten Kinder die Belege an, wenn sie erwachsen werden, und dann gelingt es ihnen, sich von schlechten oder nutzlosen Ratschlägen früherer Generationen zu befreien – sie wachsen heraus. Aber das geschieht nicht immer, und nach meiner Überzeugung haben wir damit teilweise eine Erklärung dafür, wie Religionen ihren Anfang nahmen und warum es sie immer noch gibt. Es ist eine Art »Nebenprodukt-Theorie«. Nutzlose oder abergläubische Überzeugungen wie die, man müsse fünfmal am Tag beten oder eine Ziege opfern, um Malaria zu heilen, werden als Nebenprodukte sinnvoller Überzeugungen weitergegeben – oder vielmehr als Nebenprodukte eines kindlichen Gehirns, das von der natürlichen Selektion so gestaltet wurde, dass es Eltern, Lehrern, Priestern und anderen älteren Menschen glaubt. Und von der natürlichen Selektion wird es begünstigt, weil vieles von dem, was die Älteren den Kindern sagen, sinnvoll ist.

Die Nebenprodukt-Theorie ist eine echte darwinistische Erklärung für religiösen Glauben. Echte darwinistische Erklärungen handeln immer von Genen, die in einer Population zahlreicher werden. Viele andere Erklärungen sehen ein wenig aus, als wären sie darwinistisch, sind es aber eigentlich nicht. So überleben beispielsweise vielleicht ganze Gruppen oder Völker wegen ihrer Religion besser. Das bedeutet, dass auch die Religion selbst überlebt. Angenommen, zwei Nationen haben unterschiedliche Religionen. Die eine betet einen Kriegsgott wie Jahwe/Allah an. Oder auch einen der kriegslüsternen Götter der Wikinger. Die Priester solcher Götter predigen die Vorzüge des Mutes in der Schlacht. Vielleicht lehren sie, ein Krieger, der den Märtyrertod stirbt, werde geradewegs in einen besonderen Märtyrerhimmel aufsteigen. Oder geradewegs nach Walhalla. Vielleicht versprechen sie sogar den Männern, die im Kampf für den Stammesgott sterben, im Himmel wunderschöne Jungfrauen (tut es dir dabei wie mir für die armen Jungfrauen leid?). Die andere Nation hat einen friedlichen Gott oder auch mehrere. Ihre Priester befürworten den Krieg nicht. Sie predigen nicht den himmlischen Segen für diejenigen, die im Kampf sterben. Vielleicht kommt in ihrer Predigt sogar überhaupt kein Himmel vor. Welche Nation wird unter sonst gleichen Voraussetzungen die tapfersten Krieger haben? Welche Nation wird wahrscheinlich die andere besiegen? Und welche der beiden Religionen wird sich demnach mit der größten Wahrscheinlichkeit ausbreiten? Die Frage beantwortet sich von selbst. Dass die Ausbreitung des Islam von Arabien über den Nahen Osten und den indischen Subkontinent auf militärische Eroberungen zurückzuführen war, ist eine historische Tatsache. Das Gleiche gilt auch für die Ausbreitung des Christentums durch die spanischen Eroberer in Süd- und Mittelamerika.

Außer bei der Kriegsführung könnten Religionen den Stämmen oder Nationen auch in anderer Hinsicht helfen. So wurde die – nach meiner Überzeugung ziemlich plausible – Vermutung geäußert, dass eine gemeinsame Religion, aber auch gemeinsame Mythen, Rituale und Traditionen den Zusammenhalt von Gesellschaften förderten und sie so besser zusammenarbeiten konnten, was all ihren Mitgliedern nutzte. Um Regen zu beten mag albern erscheinen, denn die moderne Wissenschaft weiß, dass man mit Gebeten um Regen das Wetter nicht beeinflussen kann. Aber wie steht es, wenn ein gemeinschaftlicher, rhythmischer Regentanz die Solidarität und Kooperation im Stamm voranbringt? Sich darüber Gedanken zu machen lohnt sich, und angesehene Kollegen haben es auch getan.[7]

Ein anderer nicht darwinistischer Grund für das Aufblühen der Religion könnte darin liegen, dass Könige und Pries-

---

7 Beispielsweise Jonathan Haidt in *The Righteous Mind* (London: Penguin 2012) und Yuval Noah Harari in *Sapiens* (London: Vintage 2014).

ter den Glauben der Menschen ausnutzten und mit diesem Mittel ihre Gesellschaften beherrschten. Und noch ein anderer (eigentlich sogar beinahe echt darwinistischer Grund) ist die Theorie, dass Ideen *selbst* – ich nenne sie »Meme«, um sie von Genen zu unterscheiden – auch religiöse Gedanken beinhalten, die nach Art der Gene mit anderen Memen konkurrieren und in den Köpfen zahlreicher werden. Hier ist kein Platz, um diese verschiedenen Theorien genauer zu erörtern; ich erwähne sie nur, um dir eine Vorstellung davon zu vermitteln, was für Diskussionen derzeit geführt werden. Aber jetzt muss ich weitermachen.

Im sechsten Kapitel habe ich versprochen, auf die Frage zurückzukommen, warum die natürliche Selektion die Nettigkeit begünstigt – zumindest eine eingeschränkte Form von Nettigkeit, die als eine Art evolutionäre Grundlage für die Moral dienen könnte, für ein Gefühl, was gut ist, und für das Bestreben, Gutes zu tun. Zuerst muss ich aber festhalten, dass die Veränderungen in der Moral, von denen ich in Kapitel sechs gesprochen habe, nach meiner Auffassung wichtiger sind. Die natürliche Selektion könnte in unser Gehirn die Grundlagen für ein begrenztes Ausmaß von Nettigkeit gelegt haben. Aber dann baute sie auch die Grundlage für Bosheit ein. Wie so oft, so besteht auch hier ein Gleichgewicht. Allerdings hat sich dieses Gleichgewicht im Lauf der Geschichte verschoben. Und zwar, wie wir in Kapitel sechs erfahren haben, in die nettere Richtung.

Was ist also die evolutionäre Grundlage der Nettigkeit? Wie wir im achten Kapitel erfahren haben, geht es in der Evolution darum, dass erfolgreiche Gene im Genpool häufiger werden (genau das ist mit »erfolgreich« gemeint). Gene, die das einzelne Lebewesen in die Lage versetzen, schneller zu laufen (aber nicht so schnell, dass die Beine wie bei einem

Rennpferd leicht brechen), werden zahlreicher. Gene, die dafür sorgen, dass Motten, Echsen oder Frösche vor einer Baumrinde schlechter zu erkennen sind, werden zahlreicher. Gene, die bewirken, dass Eltern für ihre Kinder sorgen, werden zahlreicher, weil Kopien derselben Gene im Körper der versorgten Kinder überleben. Dass man zu den eigenen Kindern nett ist, versteht sich also aus Sicht der natürlichen Selektion von selbst.

Unsere Kinder sind aber nicht die Einzigen, die Kopien unserer Gene besitzen. Das Gleiche gilt auch für Enkel, Nichten, Neffen, Schwestern und Brüder. Je entfernter die Verwandtschaft, desto geringer ist die Wahrscheinlichkeit, dass ein Gen beiden gemeinsam ist. Ein Gen, das dich veranlasst, das Leben deines Kindes oder deiner Schwester zu retten, ist mit einer Wahrscheinlichkeit von fünfzig Prozent auch in dem Kind oder der Schwester vorhanden. Bei einem Gen für die Lebensrettung eines Neffen besteht eine Wahrscheinlichkeit von fünfundzwanzig Prozent, dass es auch im Körper des geretteten Neffen vorhanden ist. Und bei einem Gen für die Rettung eines Cousins ersten Grades liegt die Wahrscheinlichkeit bei zwölfeinhalb Prozent.[8]

Die natürliche Selektion begünstigt also Individuen, die geringfügige Risiken eingehen, um das Leben eines Cousins ersten Grades zu retten oder ihm auf andere Weise zu helfen. Sie begünstigt aber ein größeres Risiko, das Leben einer

8 Diese Zahlen muss man richtig verstehen. Das ist ein wenig kompliziert. Du hast vielleicht gelesen, dass wir die meisten unserer Gene ohnehin mit allen Menschen gemeinsam haben. Das stimmt, und ebenso haben wir die Mehrzahl unserer Gene auch mit Schimpansen und vielen anderen Tieren gemeinsam. Die Zahlen, die ich hier für Cousins und andere Verwandte angegeben habe, bezeichnen die Wahrscheinlichkeit eines gemeinsamen Gens *oberhalb* einer Art »Grundwahrscheinlichkeit«, dass es allen in der Population gemeinsam ist.

Nichte zu retten. Und ein noch größeres Risiko, das Leben einer Schwester oder eines Sohnes zu retten. Und ihnen nicht nur das Leben unmittelbar zu retten, sondern sie auch auf andere Weise zu unterstützen, beispielsweise indem man sie ernährt, sie vor Raubtieren schützt oder ihnen Unterschlupf vor dem Wetter gewährt.

Theoretisch begünstigt die natürliche Selektion die Ernährung eines Bruders ebenso stark wie eines Sohnes. In der Praxis sind aber die Gelegenheiten, einen Sohn oder eine Tochter auf nützliche Weise mit Nahrung zu versorgen, größer als bei einem Bruder oder einer Schwester. Das ist der Grund, warum elterliche Fürsorge häufiger ist als geschwisterliche Fürsorge. Die Versorgung von Geschwistern kommt vor allem bei sozialen Insekten zur Geltung, so bei Ameisen, Bienen, Wespen und Termiten. Auch bestimmte Vögel wie die amerikanischen Eichelspechte und Säugetiere wie die Nacktmulle in Afrika versorgen ihre Geschwister.

Wir können nicht damit rechnen, dass Tiere »wissen«, wer ihre engsten Verwandten sind. Die natürliche Selektion von Genen baut in das Gehirn der Vögel keine Regeln wie »füttere deine Kinder« ein. Die Regel im Gehirn lautet eher ungefähr »füttere alles, was in deinem Nest den Schnabel aufsperrt und piepst«. Deshalb kommen Kuckucke damit davon, ihre Eier in den Nestern anderer Vögel abzulegen. Der kleine Kuckuck schlüpft in der Regel als Erster und wirft dann die Eier, die von der Ersatzmutter gelegt wurden, aus dem Nest. Die Ersatzeltern befolgen die Regel, die ihnen von den Genen ins Gehirn eingepflanzt wurde: »Füttere alles, was in deinem Nest den Schnabel aufsperrt und piepst.« Der kleine Kuckuck sperrt den Schnabel auf und piepst – und wird gefüttert.

Unsere wilden Vorfahren lebten vermutlich ähnlich wie Paviane in kleinen, umherstreifenden Horden. Später wohnten sie in kleinen Dörfern. Beide waren eine Entsprechung zur Großfamilie. Fast jeder im Dorf oder in der Horde war Onkel, Cousin oder Nichte. Eine Regel im Gehirn wie »sei nett zu allen« war dann also gleichbedeutend mit »sei nett zu deinen genetischen Verwandten«. Heute leben die meisten von uns nicht mehr in kleinen Dörfern. Entsprechend stimmt es auch nicht mehr, dass jeder, den wir kennen, ein Cousin, eine Nichte oder ein anderer Verwandter ist. Aber die Regel »sei nett zu allen« ist immer noch in unserem Gehirn vorhanden. Das könnte ein Teil der darwinistischen Begründung dafür sein, dass wir dazu neigen, andere freundlich zu behandeln.

Leider hat die Medaille auch eine Kehrseite. Im Gehirn unserer Vorfahren in ihren kleinen Horden oder Dörfern war die Regel »sei feindselig gegenüber jedem, der dir nie zuvor begegnet ist«, gleichbedeutend mit »sei feindselig gegenüber jedem, der kein Verwandter ist«. Oder »sei feindselig gegenüber jedem, der ganz anders aussieht als du und die Menschen, die du kennst«. Solche Regeln im Gehirn könnten der biologische Ursprung von Rassenvorurteilen sein. Oder von Feindseligkeiten gegenüber jedem, der als »anders« wahrgenommen wird, wie in letzter Zeit die Einwanderer.

Aber das Gehirn des Menschen hat nicht nur unbewusste Faustregeln zu bieten. Im Gegensatz zu Ameisen und Eichelspechten verfügen die Menschen – insbesondere mithilfe der Sprache – über so viel Gehirnleistung, dass sie wissen können, wer wirklich mit wem verwandt ist. Die Regel »sei nett zu jedem« könnte von einer gezielteren Regel verdrängt werden: »Sei nett zu Personen, von denen du wirklich weißt, dass sie deine Verwandten sind.«

Unter allen heutigen Völkern stehen die !Kung in der Wüste Kalahari, soweit wir wissen, unseren Vorfahren am nächsten. Mit ihrer hellbraunen Haut lebten sie schon in Südafrika, lange bevor dunkelhäutige Eindringlinge aus dem Norden hinzukamen. Die !Kung sind Jäger und Sammler, und sie leben in Familiengruppen. Jede Gruppe beansprucht für sich ein bestimmtes Jagdrevier. Verirrt sich ein Mann in das Revier einer Konkurrenzgruppe, ist er in Gefahr, es sei denn, er kann die Bewohner davon überzeugen, dass er mit jemandem aus ihrer Gruppe verwandt ist. Einmal wurde ein Mann namens Gao in einem Gebiet namens Khadum außerhalb seines Heimatreviers gefangen genommen. Die Bewohner von Khadum waren ihm feindlich gesinnt. Aber Gao konnte sie überzeugen, dass irgendjemand in Khadum den gleichen Namen trug wie Gaos Vater. Und es stellte sich heraus, dass jemand anderes in Khadum ebenfalls Gao hieß. Das ließ darauf schließen, dass man gemeinsame Verwandte hatte. Daraufhin nahmen die Menschen in Khadum Gao auf und gaben ihm etwas zu essen.

Das Bergland in der Mitte Neuguineas war jahrtausendelang von der übrigen Welt abgeschnitten. In den 1930er-Jahren stellten australische und amerikanische Entdecker zu ihrer Überraschung fest, dass die Hochlandbewohner von Neuguinea, ungefähr eine Million Menschen, noch nie jemanden aus der Außenwelt gesehen hatten. Die ersten Begegnungen waren für beide Seiten recht beängstigend. Archäologischen Befunden zufolge lebten die Hochlandbewohner dort schon seit etwa fünfzigtausend Jahren. Manche Stämme waren immer noch Jäger und Sammler wie die !Kung. Andere waren vor rund neuntausend Jahren dazu übergegangen, Nutzpflanzen anzubauen – kurz nach der Zeit, als die Landwirtschaft unabhängig voneinander auch im Nahen Osten, in Indien, China und Mittelamerika ihren Anfang nahm. Die Hochlandbewohner Neuguineas gliedern sich in Hunderte von Stämmen mit gegenseitig unverständlichen Sprachen. Und sie sind Mitgliedern anderer Stämme gegenüber feindselig. Wie bei den !Kung schließt das auch Feindseligkeit gegenüber Nachbarhorden ein, die zu demselben Stamm, aber zu einer unterschiedlichen Verwandtschaftsgruppe gehören. In manchen Regionen laufen Männer, die in das Territorium einer anderen Verwandtschaftsgruppe vordringen, Gefahr, getötet zu werden. Sie können sich aber durch ein Gespräch retten, indem sie der Frage nachgehen, ob es gemeinsame Cousins oder andere Verwandte gibt. Können sie einen gemeinsamen Angehörigen ausfindig machen, verabschieden sie sich unter Umständen freundschaftlich. Wenn nicht, kommt es wahrscheinlich zum Kampf, möglicherweise mit Todesfolge.

Neben der Verwandtschaft gibt es noch einen anderen Weg, auf dem die natürliche Selektion freundliches Verhalten begünstigen kann, und dieser Weg ist möglicherweise wichtiger. Die betreffende Theorie wird gegenseitiger Altruismus genannt. Wenn ich dir heute einen Gefallen tue, wirst du mir wahrscheinlich morgen einen Gefallen tun. Und umgekehrt. Das ist die »Gegenseitigkeit«. Und »Altruismus« ist ein anderes Wort für Nettigkeit. »Gegenseitiger Altruismus« bedeutet also, dass ich nett zu jemandem bin, der nett zu mir ist.

Gegenseitiger Altruismus setzt keine bewusste Wahrnehmung voraus. Die natürliche Selektion kann auch Gene begünstigen, die zur Gegenseitigkeit fähige Gehirne aufbauen, auch wenn diesen das nicht klar ist. Eine hübsche Studie an Vampirfledermäusen unternahm der Wissenschaftler Gerald Wilkinson. Diese Fledermäuse ernähren sich vom Blut größerer Tiere, beispielsweise Kühe. Sie nisten tagsüber in Höhlen und kommen nachts zur Nahrungssuche heraus. Opfer sind nicht leicht zu finden, aber wenn eine Fledermaus ein solches Tier ausfindig gemacht hat, steht ihr eine Menge Blut zur Verfügung. Es ist so viel, dass die Vampirfledermaus sich vollstopft und mit einem Überschuss im Magen in die Höhle zurückfliegt, in der sie den Tag verbringt. Findet eine Fledermaus aber kein Opfer, läuft sie Gefahr, zu verhungern. Kleine Fledermäuse leben viel näher an der Schwelle zum Verhungern als wir, und das konnte Wilkinson überzeugend nachweisen.

Wenn die Fledermäuse nach der nächtlichen Jagd in ihre Höhle zurückkehren, haben manche von ihnen Hunger. Andere besitzen einen Überfluss. Die hungernden Fledermäuse betteln nun ihre vollgefressenen Artgenossen an, und die würgen einen Teil des Bluts aus dem Magen hoch, um die Hungernden zu füttern. Am nächsten Tag sind die Rollen vielleicht vertauscht. Jetzt hungern diejenigen, die in der vorigen Nacht Glück hatten, und umgekehrt. Theoretisch kann also jede einzelne Fledermaus davon profitieren, wenn sie nach einer erfolgreichen nächtlichen Jagd großzügig ist, denn sie kann damit rechnen, dass es ihr nach einer schlechten Nacht zurückgezahlt wird.

Wilkinson stellte ein schlaues Experiment an. Er arbeitete mit gefangenen Fledermäusen, die aus zwei verschiedenen Höhlen stammten. Fledermäuse aus derselben Höhle kannten einander, aber die aus der anderen Höhle kannten sie nicht. Wilkinson ließ jeweils eine Fledermaus im Experiment hungern. Dann brachte er sie zu den anderen Fledermäusen und beobachtete, ob sie gefüttert wurde. Manchmal setzte er sie zu den »Freunden«, die sie kannte, ein anderes Mal zu »Fremden« aus einer anderen Höhle. Das Ergebnis war durchgehend mehr oder weniger das Gleiche: Wenn die Fledermäuse ihren hungernden Artgenossen bereits kannten, fütterten sie ihn; kannten sie ihn nicht – weil er aus der »falschen« Höhle stammte –, unterließen sie es. Natürlich war es möglich, dass die Fledermäuse aus derselben Höhle auch genetisch verwandt waren. Später konnten Wilkinson und ein Kollege aber nachweisen, dass die Gegenseitigkeit – das Zurückzahlen guter Taten – in diesem Fall wichtiger ist als die Verwandtschaft.

Wilkinsons Befund erscheint dir wahrscheinlich vollkommen plausibel. Schließlich bist du ein Mensch, und Menschen verhalten sich häufig so. Wir haben ein starkes Gespür dafür, wer uns etwas Gutes getan hat, und wir wissen auch, wem wir einen Gefallen getan haben. Wir rechnen damit, dass er zurückgegeben wird. Wir spüren eine Art Schulden, die zurückgezahlt werden müssen, und fühlen uns schuldig, wenn wir es nicht tun. Ebenso sind wir enttäuscht und fühlen uns im Stich gelassen, wenn jemand, dem wir einen Gefallen getan haben, sich umgekehrt nicht genauso verhält.

Denken wir jetzt einmal an unsere Vorfahren in der entfernten Vergangenheit. Versetzen wir uns in die Lage eines Menschen, der in einem dieser kleinen Dörfer oder in einer Horde lebt. Wir würden nicht nur jeden kennen und uns an alle Schulden und Verpflichtungen zwischen den einzelnen Personen erinnern. Wir wüssten auch, dass wir voraussichtlich während unseres ganzen weiteren Lebens in demselben Dorf zu Hause sein werden. Jeder im Dorf kann uns potenziell in Zukunft noch lange Zeit etwas Gutes tun. Die Regel »sei nett zu jedem, zumindest am Anfang oder so lange, bis du einen guten Grund hast, ihm nicht zu trauen«, könnte von der natürlichen Selektion durchaus in unser Gehirn eingebaut worden sein. Wir wissen nie, wann wir es brauchen können, dass uns ein Gefallen zurückgezahlt wird. Und es ist durchaus plausibel, dass unser heutiges Gehirn die gleiche Regel von unseren Vorfahren geerbt hat. Selbst wenn wir heute in der Großstadt leben, wo wir ständig Menschen treffen, denen wir nie wieder begegnen werden, besagt die Regel in unserem Gehirn immer noch, dass wir zu jedem nett sein sollen, es sei denn, ein stichhaltiger Grund spricht dagegen.

Der Gedanke der Gegenseitigkeit, des Austauschs von Gefälligkeiten, ist die Wurzel des gesamten Handels. Heutzutage bauen nur die wenigsten Menschen ihre eigenen Lebensmittel an, weben ihre eigene Kleidung oder bewegen sich ausschließlich mit eigener Muskelkraft von Ort zu Ort. Unsere Lebensmittel stammen von Bauernhöfen, die vielleicht auf der anderen Seite der Erde liegen. Wir kaufen die Kleidung, die wir tragen, fahren mit dem Auto oder auf einem Fahrrad, wobei wir nicht die leiseste Ahnung haben, wie man so etwas herstellt. Wir steigen in einen Zug oder ein Flugzeug, dessen Teile in einer Fabrik von Hunderten anderen Menschen gebaut wurden, und von denen wusste wahrscheinlich keiner, wie man das ganze Ding zusammensetzt. Im Austausch für all diese Dinge geben wir Geld. Und dieses Geld haben wir verdient, indem wir das tun, was wir *können*: Ich zum Beispiel schreibe Bücher und halte Vorträge, ein Arzt heilt Menschen von Krankheiten, ein Anwalt diskutiert, und ein Automechaniker repariert Autos.

Die meisten von uns würden kaum überleben, wenn sie hunderttausend Jahre in die Vergangenheit und in die Welt unserer Vorfahren versetzt würden. Damals bauten die meisten Menschen ihre Nahrung selbst an, oder sie fanden sie, gruben sie aus oder gingen auf die Jagd. In der Steinzeit stellte möglicherweise jedermann seinen eigenen Speer her. Aber auch damals gab es Experten im Abschlagen von Steinen, die besonders scharfe Speerspitzen herstellen konnten. Gleichzeitig gab es vielleicht auch fachkundige Jäger, die einen Speer besonders kräftig und präzise schleudern konnten, andererseits aber nicht sehr geschickt darin waren, Speere herzustellen. Was wäre da natürlicher, als sich gegenseitig einen Gefallen zu tun? Du machst mir einen guten, spitzen Speer, und ich gebe dir ein wenig von dem Fleisch, das ich damit erlegt habe.

Später, in der Bronze- und dann in der Eisenzeit, boten spezialisierte Schmiede metallene Speere im Austausch für Fleisch an. Spezialisierte Bauern versorgten die Schmiede mit Getreide im Austausch für die Ackergeräte, die sie brauchten, um es anzubauen. Noch später wurde es ein indirekter Austausch. Statt »ich gebe dir Lebensmittel, wenn du mir die Werkzeuge gibst, um sie zu erzeugen«, gaben die Menschen Geld oder eine Entsprechung, beispielsweise einen schriftlichen Schuldschein, als Zeichen für das Versprechen, die Schuld in Zukunft zurückzuzahlen.

Heute kommt der direkte Tauschhandel ohne Geld nur noch selten vor. Vielerorts ist er sogar verboten, weil man darauf keine Steuern erheben kann. Aber unser ganzes Leben wird durch unsere Abhängigkeit von anderen Menschen mit unterschiedlichen Fähigkeiten beherrscht. Und in unserem Gehirn ist immer noch die Regel »sei im Zweifelsfall nett« gegenwärtig. Daneben gibt es andere, ebenso alte Regeln wie »stelle dich darauf ein, misstrauisch zu sein, es sei denn, du hast eine Vertrauensbeziehung aufgebaut«.

Anscheinend gibt es aber tatsächlich einen gewissen darwinistischen Druck, sich nett zu verhalten, und der könnte ursprünglich die Grundlage unseres Gefühls für Richtig und Falsch gewesen sein. Ich glaube allerdings, dass er später durch erlernte Moral, wie wir sie in Kapitel sechs erörtert haben, in den Hintergrund gedrängt wurde. Und nichts in diesem Kapitel hat die Schlussfolgerung aus dem fünften Kapitel geändert: Um gute Menschen zu sein, brauchen wir keinen Gott.

·12·

Mut fassen mithilfe der Wissenschaft

Bevor Darwin auf der Bildfläche erschien, kam der Gedanke, die Welt des Lebendigen mit ihrer Schönheit und Komplexität könne ohne einen Gestalter entstanden sein, nahezu allen Menschen absurd vor. Auch nur über diese Möglichkeit nachzudenken erforderte Mut. Diesen Mut hatte Darwin, und heute wissen wir, dass er recht hatte. Es gibt in der Wissenschaft immer noch ungelöste Probleme, Lücken in unseren Kenntnissen. Und manche Menschen sind versucht, über das Leben auch heute das Gleiche zu sagen, was man vor Darwin sagte. »Wir verstehen noch nicht, wie der Evolutionsprozess am Anfang in Gang kam, also muss Gott ihn in Gang gesetzt haben.« »Wie das Universum begann, weiß niemand, also muss Gott es gemacht haben.« »Wir wissen nicht, woher die Gesetze der Physik kommen, also muss Gott sie eingerichtet haben.« Immer wenn unser Wissen irgendwo eine Lücke hat, versuchen manche Leute, sie mit Gott zu schließen. Das Dumme an Lücken ist jedoch, dass die Wissenschaft die lästige Gewohnheit hat, eine nach der anderen zu schließen. Die größte Lücke von allen füllte Darwin aus. Und wir sollten den Mut haben, damit zu rechnen, dass die Wissenschaft irgendwann auch die noch verbliebenen Lücken füllt. Das ist das Thema dieses letzten Kapitels.

Früher sagte einfach der gesunde Menschenverstand, Lebewesen müssten von Gott erschaffen worden sein. Diesen besonderen Teil des gesunden Menschenverstands brachte Darwin zum Einsturz. Mit dem nun folgenden Kapitel möchte ich unser Vertrauen in den gesunden Menschenverstand erschüttern. Ich beginne mit einer Reihe relativ einfacher Beispiele und nenne im weiteren Verlauf solche, die wichtiger sind. Jedes Beispiel schließt mit dem Satz: »Das meinst du doch nicht ernst!« (Ursprünglich stammt das denkwürdige Zitat von dem großen Tennisspieler John McEnroe, der damit häufig zweifelhafte Entscheidungen der Linienrichter infrage stellte.) Anschließend kehren wir zu dem größeren Beispiel zurück: zu dem scheinbar gesunden Menschenverstand, der besagt, es müsse einen Gott geben, wenn wir nur dann den Ursprung des Universums und andere bisher ungelöste Probleme erklären können.

Im Jahr 2014 wurde ein Teenager in Amerika von einer Überwachungskamera dabei gefilmt, wie er in ein Trinkwasserreservoir urinierte. Daraufhin traf der örtliche Wasserversorger die Entscheidung, das Reservoir trockenzulegen und zu reinigen – geschätzte Kosten: 36.000 Dollar. Dabei wurden rund hundertvierzig Millionen Liter Wasser abgelassen. Das Volumen des Urins betrug vielleicht ein Zehntel eines Liters. Das Verhältnis von Urin zu Wasser in dem Reservoir lag also bei weniger als einem Teil auf eine Milliarde. In dem Reservoir lagen auch tote Vögel und Abfälle, und vermutlich hatten auch viele Tiere in das Wasser uriniert, ohne dass es jemand bemerkt hätte. Aber so war nun einmal die »Igitt«-Reaktion vieler Menschen: Man *wusste*, dass ein einziger Mensch in das Reservoir gepinkelt hatte, und das reichte aus, damit man es trockenlegte und säuberte. Ist das sinnvoll? Was hättest du getan, wenn du für das Reservoir verantwortlich gewesen wärst?

Jedes Mal, wenn du ein Glas Wasser trinkst, besteht eine hohe Wahrscheinlichkeit, dass sich darin ein Molekül befindet, das früher einmal durch die Blase von Julius Caesar gegangen ist.

Das meinst du doch nicht ernst! Doch, es stimmt.

Dahinter steht folgende Überlegung: Das gesamte Wasser auf der Welt wird durch Verdunstung, Regen, Flüsse und so weiter immer wieder in den Kreislauf eingespeist. Zu jedem Zeitpunkt befindet sich der größte Teil im Meer, und das übrige Wasser fließt im Lauf der Jahrzehnte ebenfalls durchs Meer. In einem Glas befinden sich ungefähr zehn Billionen Billionen Wassermoleküle. Das Wasser auf unserem Planeten hat insgesamt ein Volumen von ungefähr 1,4 Milliarden Kubikkilometern, das entspricht nur ungefähr vier Billionen Gläsern. Ich sage »nur«, weil im Vergleich zu den zehn Billionen Billionen Molekülen in einem Glas vier Billionen eine winzige Zahl ist. In jedem Glas sind also billionenmal mehr Moleküle, als es Gläserfüllungen gibt.

Deshalb können wir gefahrlos sagen, wir hätten etwas von Julius Caesars Pipi getrunken. Natürlich ist ein Julius Caesar nichts Besonderes. Das Gleiche könnten wir auch über seine Freundin Cleopatra sagen. Oder über Jesus. Oder über jeden anderen, vorausgesetzt, seither ist genügend Zeit vergangen, damit der Kreislauf ablaufen konnte. Und was für ein Glas voll Wasser gilt, gilt um ein Vielfaches auch für ein Reservoir. Dieses amerikanische Reservoir enthielt nicht nur den Urin des Teenagers, der beim Hineinpinkeln erwischt wurde. Es enthielt den Urin von Millionen Menschen, darunter Attila der Hunne und Wilhelm der Eroberer und höchstwahrscheinlich auch du.

Luft wird auf ganz ähnliche Weise umgesetzt wie Wasser, nur geht es viel schneller; die gleiche Berechnung können wir auch hier anstellen. Die Zahl der Luftmoleküle in einer Lunge ist um ein Vielfaches größer als die Zahl der Lungen in der Welt. Mit ziemlicher Sicherheit hast du schon Atome eingeatmet, die von Adolf Hitler ausgeatmet wurden. Und Hitlers Sekretärin berichtete, er habe Mundgeruch gehabt.

Wissenschaft kann sehr überraschend sein. Wir reden hier davon, wie viel Mut du brauchst, um mit den Überraschungen zurechtzukommen. Diesen Mut sollten wir auch im Zusammenhang mit den bisher ungelösten Rätseln aufbringen.

T. H. Huxley (Darwins Freund, der uns in Kapitel eins begegnet ist) sagte einmal: »Wissenschaft ist nichts anderes als ausgebildeter und organisierter gesunder Menschenverstand.« Ich bin mir aber nicht sicher, ob er damit recht hatte. Die Geschichten, die ich in diesem Kapitel erzähle, scheinen den gesunden Menschenverstand Lügen zu strafen. Galilei strafte den gesunden Menschenverstand Lügen, als er nachwies, dass man nur den Luftwiderstand beseitigen muss (man muss das Experiment im Vakuum durchführen), damit eine Kanonenkugel und eine Feder, die man aus größerer Höhe fallen lässt, im gleichen Augenblick auf dem Boden aufschlagen.

Das meinst du doch nicht ernst, Galilei! Doch, es stimmt.

Warum hatte Galilei recht? Wie wir von Isaac Newton wissen, wird jedes Objekt im Universum von jedem anderen Objekt durch Gravitation angezogen. Die Anziehungskraft ist dabei proportional zur Masse der beiden Objekte (wir können uns unter Masse zunächst einmal etwas Ähnliches wie das Gewicht vorstellen – es gibt einen Unterschied, aber darauf werden wir in Kürze zurückkommen), die man miteinander multipliziert. Die Kanonenkugel ist viel massereicher als die Feder, deshalb übt die Gravitation auf sie eine stärkere Kraft aus. Aber es ist auch mehr Kraft erforderlich, um die Kanonenkugel auf die gleiche Geschwindigkeit zu beschleunigen wie die Feder. Beide Effekte heben sich genau auf, und die Folge ist, dass Feder und Kanonenkugel gleichzeitig am Boden aufschlagen.

Ich habe angekündigt, ich würde klarstellen, warum Masse nicht das Gleiche ist wie Gewicht. Auf der Erde ist die Masse eines Objekts, beispielsweise eines Menschen, ebenso groß wie sein Gewicht, zum Beispiel fünfundsiebzig Kilogramm. In der Raumstation ist der Mensch gewichtslos. Sein Gewicht ist null, seine Masse beträgt aber nach wie vor fünfundsiebzig Kilogramm. Eine Kanonenkugel würde in der Raumstation schweben wie ein Ballon. Dass sie dennoch viel Masse hat, merkst du, wenn du versuchst, sie durch die Kabine zu werfen. Dazu brauchst du viel Kraft. Und wenn du sie schiebst und dabei selbst nicht von einer Wand gestützt wirst, schiebst du dich selbst zur gleichen Zeit in die entgegengesetzte Richtung. Das ist nicht wie mit einem Ballon. Und wenn die Kanonenkugel auf der anderen Seite der Kabine die Wand träfe, würde sie »massiv« und lautstark aufschlagen und möglicherweise etwas zerstören. Würde sie jemanden am Kopf treffen, würde es wehtun (wiederum nicht wie bei einem Ballon), und das, obwohl die Kanonenkugel wie auch der Kopf kein Gewicht haben. Das Gewicht der Kanonenkugel ist ein Maß dafür, wie stark sie von der Gravitation in Richtung der Erde gezogen wird. Die Masse ist ein Maß für die Gesamtmenge der in ihr enthaltenen Materie. Wollte man die Kanonenkugel in der Raumstation wiegen, würden Waage und Kugel ungehindert herumschweben, das heißt, die Kanonenkugel würde auf die Waage keinerlei Druck ausüben. Sie hätte das Gewicht null.

Genauso wäre es, wenn du auf einer Waage sitzen und aus einem Flugzeug springen würdest. Sowohl du als auch die Waage würden mit der gleichen Geschwindigkeit abwärtsfallen. Auch hier würdest du also nicht auf die Waage drücken, und sie würde dein Gewicht mit null anzeigen. Dein Gewicht ist null, während du fällst. Aber deine Masse bleibt in vollem Umfang erhalten.

Das ist ein Hinweis darauf, warum Kanonenkugeln (und Menschen und Waagen) in der Raumstation gewichtslos schweben. Viele Menschen glauben, es liege daran, dass sie wegen ihrer weiten Entfernung von der Erde nicht von der Erdschwerkraft angezogen werden. Aber das ist völlig falsch. Es ist ein sehr verbreiteter Fehler. In Wirklichkeit ist die Gravitation der Erde in der Raumstation fast ebenso stark wie auf Meereshöhe, denn sehr weit ist die Raumstation nicht entfernt. Dass Gegenstände in der Raumstation gewichtslos sind, hat einen anderen Grund: Wie der Mensch, der aus dem Flugzeug springt und dabei auf einer Waage sitzt, so *fallen* sie ständig. Sie fallen rund um die Erde. Auch der Mond fällt ständig rund um die Erde. Der Mond ist gewichtslos, hat aber eine Masse von 10.000 Milliarden Milliarden Kilo.

»Der Mond ist gewichtslos und fällt ständig rund um die Erde?«

Das meinst du doch nicht ernst! Doch, es stimmt.

Wir stellen uns unsere Erde als zerklüfteten, zerknitterten Planeten vor, der mit Tälern und Gebirgen übersät ist. Schließlich ist der Mount Everest fast neun Kilometer hoch, und die beiden ersten Männer, die ihn bestiegen, wurden wegen dieser Leistung als Helden gefeiert. Würden wir aber die Erde auf die Größe eines Tischtennisballs schrumpfen lassen, würde sich ihre Oberfläche überall glatt anfühlen. Selbst der Mount Everest wäre bei der Berührung nicht spürbar: Er wäre so klein wie ein Sandkorn des feinsten Sandpapiers.

Das meinst du doch nicht ernst! Doch, es stimmt.

Du kannst es selbst ausrechnen. Vermiss einen Tischtennisball; die Höhe des Mount Everest kennst du; sieh nach, welchen Durchmesser die Erde hat, und rechne.

Warum sind Planeten rund? Die Gravitation zieht sie aus allen Richtungen nach innen. Selbst fester Boden verhält sich wie eine Flüssigkeit, wenn genügend Zeit zur Verfügung steht. Kleinere Objekte wie die Kometen sind nicht rund, sondern buckelig und unregelmäßig geformt. Ihre Gravitation ist so schwach, dass sie keine Kugelform erzeugen kann. Der Pluto ist groß genug und deshalb eine Kugel. Andererseits ist er aber kleiner als mehrere bekannte »Planetesimale«, und deshalb wurde ihm die Stellung als Planet entzogen. Viele Menschen haben sich darüber geärgert, aber es ist nur eine Frage der Definition oder »Semantik«. Der Mars ist kleiner als die Erde, hat eine schwächere Gravitation und zieht deshalb seine Gebirge mit geringerer Kraft nach innen. Das ist der Grund, warum es auf dem Mars höhere Berge als den Mount Everest geben kann (und tatsächlich gibt). Als Tischtennisball würde sich der Mars ein ganz klein wenig rauer anfühlen als die Erde. Seine winzigen Monde Phobos und Deimos sind dagegen im Vergleich eindeutig buckelig. Sie sehen aus wie Kartoffeln.

Früher erschien es dem gesunden Menschenverstand offensichtlich, dass die Welt stillsteht und Sonne, Mond und Sterne um sie kreisen. Was könnte natürlicher sein? Der Boden, auf dem du stehst, fühlt sich felsenfest an. Die Sonne bewegt sich jeden Tag von Osten nach Westen über den Himmel, und das Gleiche tun auch die Sterne, wenn du die Geduld hast, ihre wechselnden Positionen zu beobachten. Der Erste, der erkannte, dass die Erde um die Sonne kreist, war anscheinend der griechische Mathematiker Aristarchus (ca. 310–230 v. Chr). Dass es aussieht, als würde die Sonne über den Himmel wandern, liegt an der Rotation der Erde. Diese gewagte Erkenntnis war jahrhundertelang vergessen, bis Nikolaus Kopernikus (1473–1543) sie in Polen wiederentdeckte. Sie widersprach so krass dem gesunden Menschenverstand, dass man Galilei mit Folter drohte, wenn er sie vertrat.

Das kann doch nicht dein Ernst sein, Galilei! Wenn du nicht widerrufst, foltern wir dich.

Wenn du dir eine Weltkarte ansiehst, wird dir auffallen, dass die Westküste Afrikas und die Ostküste Südamerikas aussehen, als würden sie wie Puzzlesteine zusammenpassen. Der deutsche Wissenschaftler Alfred Wegener hatte 1912 den Mut, diese Beobachtung ernst zu nehmen und zu überlegen, wohin sie führte. Er äußerte die Vermutung, dass die Weltkarte sich verändert, und zwar in großem Umfang. Afrika und Südamerika, so seine Annahme, waren früher einmal verbunden. Zu seinen Lebzeiten wurde er ausgelacht. Wie kann ein so massives Gebilde wie ein Kontinent sich in der Mitte aufspalten, und wie können die beiden Hälften – Südamerika und Afrika – sich Tausende von Kilometern voneinander entfernen? Und doch ist genau das geschehen.

Das meinst du doch nicht ernst! Doch, es stimmt.

Wegener hatte recht. Jedenfalls gewissermaßen. Bis vor etwa hundertdreißig Millionen Jahren waren Afrika und Südamerika tatsächlich verbunden. Dann aber rissen sie langsam auseinander. Es gab eine Zeit, da konnte man über die schmale Lücke hinüberspringen. Ein wenig später konnte man hinüberschwimmen. Heute dauert die Reise selbst mit einem schnellen Flugzeug mehrere Stunden. In den Einzelheiten hatte Wegener nicht ganz recht. Heute sprechen aber überwältigende Belege dafür, dass die gesamte Erdoberfläche aus ineinandergreifenden und sich überlappenden »Platten« besteht wie eine Ritterrüstung. Diese sogenannten tektonischen Platten bewegen sich, allerdings so langsam, dass wir es in unserer kurzen Lebenszeit nicht bemerken. Ihre Bewegung wurde mit der Wachstumsgeschwindigkeit von Fingernägeln verglichen. Aber anders als das Wachstum von Fingernägeln ist es keine gleichmäßige Bewegung. Sie verläuft ruckartig: Eine Zeit lang ist keine Bewegung wahrzunehmen, dann folgt eine plötzliche Verschiebung, und oftmals entsteht dabei ein Erdbeben.

Tektonische Platten bestehen nicht nur aus Landflächen. Große Teile der einzelnen Platten befinden sich unter dem Meer. Die Kontinente sind nur das Hochland, das oben auf den Platten liegt. Was sich bewegt, sind die Platten, und sie tragen die Kontinente auf ihrer Oberseite. Zwischen den Platten gibt es keine Lücken. Wenn sie gegeneinander drücken, können verschiedene Dinge geschehen, einschließlich Erdbeben. Zwei Platten können aneinander vorbeigleiten (das geschieht an dem berühmten, von Erdbeben heimgesuchten San-Andreas-Graben im Westen Nordamerikas). Oder eine Platte schiebt sich unter die andere.

Durch eine solche »Subduktion« kann ein großes Gebirge wie die Anden in die Höhe gedrückt werden. Oder auch der

Himalaya, er stieg hoch, als die Platte, die Indien trug – das damals eine riesige, nach Norden wandernde Insel war –, sich unter die asiatische Platte schob. Die Belege für die Plattentektonik sind faszinierend und vollkommen überzeugend. Ich möchte aber hier nicht näher darauf eingehen, denn das habe ich bereits in meinem Buch *Der Zauber der Wirklichkeit* getan. Ich möchte nur darauf hinweisen, dass sie höchst überraschend sind und dem gesunden Menschenverstand krass widersprechen.

Nun zu einer anderen Überraschung, und die ist wirklich beängstigend. Zumindest finde ich das. Du und der Stuhl, auf dem du sitzt (und auch der Tisch, von dem du isst, der harte Stein, an dem du dir den großen Zeh angestoßen hast), besteht fast vollständig aus leerem Raum.

Das meinst du doch nicht ernst! Doch, es stimmt.

Alle Materie ist aus Atomen zusammengesetzt, und jedes Atom besteht seinerseits aus einem winzigen Atomkern, um den eine Wolke aus noch weitaus kleineren Elektronen kreist (das Bild ist ein wenig irreführend, aber ein besseres Wort gibt es dafür nicht). Und dazwischen – nichts als leerer Raum.

Diamanten sind sprichwörtlich hart. Wie wir in Kapitel neun erfahren haben, ist ein Diamant nichts anderes als ein Kristallgitter aus präzise angeordneten Kohlenstoffatomen. Wenn du dir vorstellst, ein Kohlenstoffatomkern würde auf die Größe eines Tennisballs anschwellen, wäre der nächste benachbarte Tennisball im Diamantenkristallgitter zwei Kilometer entfernt. Und der Raum dazwischen wäre leer, denn die Elektronen sind so klein, dass sie keine Rolle spielen. Und wenn du selbst auf eine Größe schrumpfen würdest, in der du einen dieser Bälle mit einem winzigen Tennisschläger schlagen könntest, wären die nächsten Tennisbälle in dem Gitter so weit entfernt, dass du sie nicht sehen könntest.

Mein Kollege Steve Grand hat in seinem Buch *Creation* geschrieben:

> Denke an ein Erlebnis aus deiner Kindheit. An etwas, woran du dich deutlich erinnern kannst, etwas, das du sehen, fühlen und vielleicht sogar riechen kannst, als wärst du tatsächlich dort. Schließlich warst du damals tatsächlich dort, nicht wahr? Wie solltest du dich sonst daran erinnern können? Aber jetzt kommt der Knaller: Du warst nicht dort. Kein einziges Atom, das heute in deinem Körper vorhanden ist, war dort, als dieses Ereignis stattgefunden hat …

Das meinst du doch nicht ernst! Doch, es stimmt.

> Materie fließt von Ort zu Ort. Vorübergehend trifft sie zusammen und bildet dich. Was du also auch bist, du bist nicht der Stoff, aus dem du gemacht bist. Wenn dir das nicht die Haare zu Berge stehen lässt, lies es noch einmal, bis das passiert, denn es ist wichtig.

Heißt das, dass jemand, der gerade wegen eines Verbrechens verurteilt wurde, das er vor dreißig Jahren begangen hat, nicht mehr schuldig sein kann, weil er nicht mehr derselbe Mensch ist? Was würdest du sagen, wenn du Geschworener bei Gericht wärst, und der Verteidiger würde ein solches Argument vorbringen?

Auch etwas anderes ist ziemlich beunruhigend. Es ergibt sich aus Albert Einsteins Spezieller Relativitätstheorie. Wenn du dich in einem Raumschiff mit nahezu Lichtgeschwindigkeit auf den Weg machst und zurückkehrst, nachdem dein Bordkalender dir gesagt hat, dass du zwölf Monate unterwegs warst, bist du nur um ein Jahr gealtert, all deine Freunde auf der Erde dagegen sind längst im hohen Alter gestorben. Die Welt ist dann Jahrhunderte älter, dein Alter ist aber nur um ein Jahr gestiegen. Die Zeit selbst im Raumschiff, inklusive aller Uhren und Kalender, und alle Alterungsprozesse verlangsamen sich aus Sicht der Menschen auf der Erde, aber nicht aus Sicht der Menschen im Raumschiff. Dort erscheint alles völlig normal. Wenn du dann auf die Erde zurückkehrst, könnte dein Ururenkel älter sein als du und einen langen weißen Bart tragen.

Das meinst du doch nicht ernst! Doch, es stimmt.

Die Hauptaussage dieses Kapitels lautet: Wissenschaft bringt den gesunden Menschenverstand regelmäßig durcheinander. Sie wartet mit Überraschungen auf, die verblüffend oder sogar schockierend sein können; wir brauchen einen gewissen Mut, um der Vernunft zu folgen, wohin sie uns auch führt, selbst wenn sie für uns echte Überraschungen bereithält. Manchmal ist die Wahrheit nicht nur überraschend, sondern sogar beängstigend. Ich selbst finde die Quantentheorie mit ihrer schieren Seltsamkeit wahrlich beängstigend. Und doch muss sie in einem gewissen Sinn wahr sein, denn Experimente haben ihre mathematischen Vorhersagen mit einer derart großen Genauigkeit bestätigt, als würde man die Breite Nordamerikas auf die Breite eines Haars genau vorhersagen.

Von was für einer »Seltsamkeit« spreche ich? Hier ist nicht der Ort, um auf alle erschütternd seltsamen experimentellen Ergebnisse einzugehen. Ich möchte nur die sogenannte Kopenhagener Deutung einiger dieser eigenartigen Befunde erwähnen. Nach der Kopenhagener Deutung sind manche Ereignisse – Quantenereignisse – nicht geschehen, bis jemand nachsieht, ob sie geschehen sind. Das hört sich krass an, und der Gedanke wurde von dem österreichischen Physiker Erwin Schrödinger, einem der Gründerväter der Quantentheorie, satirisch aufs Korn genommen. Schrödinger stellte sich vor, eine Katze sei in einer Kiste eingeschlossen, in der ein Tötungsmechanismus durch ein sogenanntes Quantenereignis ausgelöst wird. Bis wir die Kiste öffnen, wissen wir nicht, ob die Katze tot ist. Aber sie muss doch sicher *entweder* lebendig *oder* tot sein? Ist es nicht so? Nach der Kopenhagener Deutung ist das nicht der Fall. Nach dieser Deutung, die von Schrödinger parodiert wurde, ist die Katze weder lebendig noch tot, bis wir die Kiste öffnen und nachsehen. Das ist offensichtlich absurd, und genau darum ging es Schrödinger. Aber so absurd es auch sein mag, es ergibt sich aus der Kopenhagener Deutung. Und die Kopenhagener Deutung wird von vielen angesehenen Physikern bevorzugt. Jemand schickte mir eine hübsche Karikatur. Darauf sieht man das Wartezimmer einer Tierarztpraxis, wo Haustierbesitzer geduldig warten. Die Helferin kommt und spricht einen der Herren an: »Was Ihre Katze betrifft, Mr Schrödinger, habe ich eine gute und eine schlechte Nachricht.« Nun, das ist witzig.

Die offenkundige Absurdität der Kopenhagener Deutung war für viele Physiker ein Anlass, eine andere Interpretation zu bevorzugen: Die Viele-Welten-Interpretation der Quantentheorie (die man nicht – was oft geschieht – mit der Multiversum-Theorie verwechseln sollte, auf die ich in Kürze noch zu sprechen kommen werde). Nach der Viele-Welten-Interpretation teilt sich die Welt ständig in Billionen verschiedene Welten auf. In einer dieser Welten ist die Katze bereits tot, in anderen ist sie am Leben. In manchen Welten bin ich bereits tot, in anderen (darunter zwangsläufig diejenige, in der ich diese Worte schreibe) bin ich noch lebendig. Und in wieder anderen Welten (allerdings nicht vielen) habe ich einen grünen Schnauzbart. Die Viele-Welten-Interpretation erscheint in einer Hinsicht weniger absurd als die Kopenhagener Deutung, in einer anderen dafür umso mehr. Mach dir keine Sorgen, wenn dieser Absatz und der vorherige dich in völlige Verwirrung stürzen. Mir geht es genauso. Genau das will ich damit sagen. Wissenschaftliche Wahrheit ist beängstigend, und wir brauchen Mut, um uns mit ihr auseinanderzusetzen.

In einem früheren Jahrhundert fürchteten sich Galileis Verfolger vor dem ketzerischen Gedanken, die Erde könne sich um die Sonne drehen. Jeder könnte verängstigt sein, wenn er zum ersten Mal erfährt, dass er selbst und die feste Erde, auf der er steht, nahezu vollständig leerer Raum sind. Aber das heißt nicht, dass es nicht wahr wäre. Und weitaus häufiger ist wissenschaftliche Wahrheit nicht verwirrend oder beängstigend, sondern großartig und wunderschön. Um den beängstigenden, verwirrenden Schlussfolgerungen der Wissenschaft ins Auge zu sehen, brauchst du Mut; und der Mut verschafft dir die Gelegenheit, all das Wunderbare und Schöne zu erleben. Der Mut, dich von tröstlichen, langweiligen scheinbaren Sicherheiten zu lösen und die wilde Wahrheit anzunehmen. So machte es auch meine Freundin Julia, als sie ihren christlichen Glauben verlor.

Julia Sweeney ist eine amerikanische Comedian und Schauspielerin. Sie schrieb eine bezaubernd komische Bühnenshow mit dem Titel *Letting Go of God* (»Gott loslassen«) und führte sie auf. Julia war ein braves katholisches Mädchen. Als sie älter wurde, fing sie an, ihren Glauben infrage zu stellen. Sie dachte angestrengt und lange darüber nach. Vieles erschien ihr nicht sinnvoll. Viele Aspekte ihrer Religion kamen ihr nicht gut vor, wie man es ihr beigebracht hatte, sondern schlecht. Sie las Bücher über Wissenschaft und Bücher über Atheismus. Eines Tages, als ihre Gewohnheit, alles infrage zu stellen, bereits ein fortgeschrittenes Stadium erreicht hatte, hörte sie in ihrem Kopf eine kleine Stimme. Anfangs war es nicht mehr als ein Flüstern: »Es gibt keinen Gott.« Dann wurde es lauter: »Es gibt keinen Gott.« Und schließlich war es der Schrei eines verängstigten Herzens: »Mein Gott, es gibt keinen Gott!«

> Ich setzte mich hin und dachte: »Na gut. Ich gebe es zu. Ich glaube nicht, dass es genügend Belege gibt, damit ich weiter an Gott glauben könnte. Die Welt verhält sich genau so, wie man es erwarten würde, wenn es kein höheres Wesen gäbe, kein höheres Bewusstsein und nichts Übernatürliches.
>
> Und nach bestem Wissen und Gewissen bin ich der Meinung: Es ist auch viel wahrscheinlicher, dass wir Gott erfunden haben, als dass Gott uns erfunden hat.« Ich schauderte. Ich hatte das Gefühl, mir würde der Boden unter den Füßen weggezogen ...
>
> Aber dann dachte ich: »Aber ich weiß nicht, wie ich *nicht* an Gott glauben soll. Ich weiß nicht, wie man das macht. Wie steht man auf, wie kommt man durch den Tag?« Ich fühlte mich nicht im Gleichgewicht. Ich dachte: »Na gut, beruhige dich. Probieren wir die Nicht-an-Gott-glauben-Brille einmal kurz aus, nur für einen Augenblick. Setzen wir die Kein-Gott-Brille auf und sehen wir uns kurz um, und dann nehmen wir sie sofort wieder ab.« Ich setzte sie auf und sah mich um.
>
> Es ist mir peinlich, aber ich muss sagen, dass mir anfangs etwas schwindlig war. Ich hatte wirklich den Gedanken: »Wie bleibt die Erde eigentlich am Himmel? Du

meinst, wir taumeln einfach durch den Weltraum? Das macht so verletzlich!« Ich wollte hinauslaufen und die Erde auffangen, wenn sie aus dem Weltraum in meine Hände fiel.

Und dann fiel mir ein: »Ach ja, Gravitation und Winkelimpuls sorgen dafür, dass wir wahrscheinlich noch für lange, lange Zeit um die Sonne kreisen werden.«

Julia ließ sich tapfer von Belegen und Vernunft leiten, obwohl es sie aus der Komfortzone ihrer Kindheit herausführte. Dieses Kapitel handelt davon, welche mutigen Schritte du auf dem Weg zum Atheismus gehen musst. Ein recht großer Schritt betrifft den Ursprung des ganzen Universums. Darauf werden wir noch zurückkommen. Aber wie ich in meiner Einleitung zu diesem Kapitel gesagt habe, war es ein noch größerer Schritt, die Evolution des Lebens zu verstehen. Und diesen Schritt hat die Menschheit bereits vollzogen. Daraus sollten wir Mut schöpfen.

Ich habe mich oft gefragt, warum es bis zur Mitte des 19. Jahrhunderts dauerte, bevor die Menschheit in Gestalt von Charles Darwin über die vollständige Wahrheit der Evolution stolperte. Die Evolution durch natürliche Selektion ist, das habe ich hoffentlich in den Kapiteln acht und neun gezeigt, eigentlich nicht schwer zu verstehen. Um das Prinzip zu begreifen, braucht man keine Mathematik. Darwin war ebenso wenig Mathematiker wie Alfred Wallace, der die gleiche Wahrheit unabhängig von ihm nur geringfügig später ebenfalls entdeckte. Warum stieß vor dem 19. Jahrhundert noch niemand darauf?

Warum begriff Aristoteles (383–322 v. Chr.) es nicht? Er gilt als einer der größten Denker aller Zeiten. Zu großen Teilen erfand er die Prinzipien des logischen Denkens. Er beobachtete und beschrieb Tiere und Pflanzen bis in die kleinsten Einzelheiten. Und doch hatte er keine Ahnung, wenn es um die naheliegende Frage ging, die sie aufwerfen: »Warum gibt es sie?« Archimedes (ca. 287–212 v. Chr.) hatte einige hervorragende, kluge Ideen sowohl in der Badewanne als auch außerhalb davon (du kannst im Netz danach suchen, aber leider ist die Geschichte von Archimedes, der aus einer Badewanne sprang, wahrscheinlich ebenfalls einer dieser erzählenswerten Mythen, die wir im dritten Kapitel kennengelernt haben). Aber auf die Idee der Evolution durch natürliche Selektion kam er nie. Eratosthenes (276–194 v. Chr.) berechnete den Umfang der Erde, indem er die Länge des Schattens zur Mittagszeit an zwei Orten verglich, deren Entfernung voneinander er kannte. Äußerst klug! Er schätzte auch die Schrägstellung der Erdachse richtig (der wir die Jahreszeiten zu verdanken haben). Solche Leistungen sind weitaus klüger als alles, wonach die meisten Menschen streben können. Aber obwohl die klugen alten Griechen von Tieren und Pflanzen (und natürlich von Menschen) umgeben waren und sich sicher gefragt haben, warum sie so zielgerichtet und wunderschön »gestaltet« sind, kamen sie nie auf die äußerst einfache Idee – Darwins Idee. Auch Galilei nicht. Auch Isaac Newton nicht, der vielleicht der klügste Mensch aller Zeiten war.[9] Und auch keiner der großen Philosophen aus

---

9 Newton war eine komplizierte Mischung von Widersprüchen. Als überragender, rationaler Wissenschaftler vergeudete er große Teile seines Lebens auf den vergeblichen Versuch, unedle Metalle in Gold zu verwandeln. Und den restlichen Teil seines Lebens unternahm er vergebliche Versuche wie den, die Bedeutung der in der Bibel genannten Zahlen zu analysieren. Nebenbei bemerkt – und ohne dass es die geringste Bedeutung für seine Klugheit hätte: Im Gegensatz zu Darwin war er kein sehr netter Mann. Seinen Rivalen Robert Hooke behandelte er schlecht, obwohl man meinen könnte, die Eifersucht hätte in die umgekehrte Richtung zielen müssen. Als aber andererseits sein Hund Diamond eine Lampe umstieß, sodass einige wich-

der gesamten Geschichte. Die Idee ist so einfach und kraftvoll, dass man glauben könnte, jeder Dummkopf müsse sie erkannt haben; jeder Dummkopf, der in einem Lehnstuhl sitzt, und das ganz ohne Gelehrsamkeit und ohne Mathematik. Man könnte glauben, die Frage müsse leichter zu lösen sein als ein durchschnittliches Kreuzworträtsel (ich spreche hier aus Erfahrung, denn bei schwierigen Kreuzworträtseln bin ich ein hoffnungsloser Fall). Und doch kam bis zur Mitte des 19. Jahrhunderts niemand darauf. Diese atemberaubend kraftvolle und doch so einfache Idee, die den klügsten Köpfen der Welt entgangen war, kam schließlich Charles Darwin und Alfred Wallace, zwei reisenden Naturforschern, die nichts von Mathematik verstanden, sondern nur Tiere und Pflanzen sammelten. Ungefähr zur gleichen Zeit kam sie unabhängig davon offensichtlich auch einem Dritten, dem schottischen Obstbauern Patrick Matthew.

Warum dauerte es so lange? Ich habe eine Vermutung. Ich denke, die Komplexität, Schönheit und Zielgerichtetheit der Lebewesen musste so *offensichtlich* von einem intelligenten Schöpfer gestaltet worden sein. Es erforderte also einen großen, mutigen Schritt, etwas anderes in Betracht zu ziehen. Damit meine ich nicht körperlichen Mut, wie ein Soldat ihn im Kampf aufbringt, sondern intellektuellen Mut: den Mut, das scheinbar Lächerliche in Erwägung zu ziehen und zu sagen: »*Das meinst du doch nicht ernst – aber gehen wir einmal das Risiko ein und überprüfen wir die Möglichkeit dennoch.*«

---

tige Papiere verbrannten, an denen Newton gerade arbeitete, verlor er nicht die Fassung, sondern rief nur: »Ach Diamond, Diamond, wie wenig weißt du von dem Unheil, das du angerichtet hast!« So zumindest lautet eine allgemein bekannte Geschichte. Manche Historiker behaupten allerdings, sie hätte sich nie abgespielt. Wenn das stimmt, ist sie neben den in Kapitel drei erwähnten Fällen ein weiteres gutes Beispiel dafür, wie Mythen entstehen.

Die Vermutung, eine Kanonenkugel und eine Feder könnten mit der gleichen Geschwindigkeit fallen, war »offensichtlich« lächerlich. Und doch hatte Galilei den intellektuellen Mut, die Möglichkeit zu überprüfen und zu beweisen. Ebenso erschien es vollkommen lächerlich, dass Afrika und Südamerika früher zusammenhingen und langsam auseinandergetrieben sind. Aber Wegener hatte den Mut, sich anzusehen, wohin die Idee führte. Und es muss vollkommen lächerlich gewirkt haben, dass etwas so offensichtlich »Gestaltetes« wie das Auge eines Menschen in Wirklichkeit nicht gestaltet wurde. Aber Darwin hatte den Mut, diese »lächerliche« Möglichkeit zu prüfen. Heute wissen wir, dass er recht hatte. Er hatte recht mit seiner Vermutung, und zwar bis ins letzte Detail jedes Lebewesens.

All diese klugen Griechen, all diese hochintelligenten Mathematiker und Philosophen vor Darwin hatten die einfache Wahrheit der Evolution durch natürliche Selektion unmittelbar vor der Nase. Aber keiner von ihnen hatte den intellektuellen Mut, dem scheinbar Offensichtlichen zu widersprechen. Sie übersahen die wunderschöne, von unten nach oben gerichtete Erklärung für das, was fälschlich so aussah, als sei es durch Schöpfung von oben nach unten entstanden. Da die wahre Erklärung so ungeheuer einfach ist, erforderte es noch mehr Mut, ihr nachzugehen und sie im Detail auszuarbeiten. Gerade weil die natürliche Selektion so einfach ist, entging sie all diesen klugen Köpfen. Zu einfach, so könnte man meinen, als dass sie die schwierige Aufgabe bewerkstelligen könnte, alles Lebendige in seiner Komplexität und Vielfalt zu erklären.

Heute wissen wir, dass Darwin recht hatte – die Belege lassen keine Alternative zu. Ein paar Einzelheiten bleiben noch zu klären. Zum Beispiel wissen wir bisher nicht genau, wie der Prozess der Evolution vor etwa vier Milliarden Jahren erstmals in Gang kam. Aber das wichtigste Rätsel allen Lebens – die Frage, wie es so komplex, so vielgestaltig und so wunderschön »gestaltet« werden konnte – ist gelöst. Damit bin ich bei meiner letzten Aussage in diesem Buch: Der intellektuelle Mut eines Darwin, Galilei oder Wegener sollte uns eine Anregung sein, in Zukunft weiter voranzuschreiten. Die vielen Beispiele für scheinbar lächerliche Vorstellungen, die sich als wahr erwiesen, sollten uns neuen Mut verleihen, wenn wir uns mit den verbliebenen großen Rätseln des Daseins auseinandersetzen. Wie nahm das Universum seinen Anfang? Und woher kommen die Gesetze, die es regieren?

Bevor wir weitermachen, ein paar Worte der Warnung: Galilei, Darwin und Wegener formulierten mutig erstaunliche Ideen und hatten recht. Aber viele Menschen formulieren ebenfalls mutig erstaunliche Ideen und haben auf aberwitzige Weise unrecht. Mut allein reicht nicht. Im weiteren Verlauf muss man auch beweisen, dass eine Idee stimmt.

Unser Bild vom Universum ist im Lauf der Jahrhunderte immer größer geworden. Und das Universum selbst wird buchstäblich von Sekunde zu Sekunde größer. Früher glaubten die Menschen, die Erde sei praktisch alles, was es gibt, Sonne und Mond würden über unseren Köpfen kreisen, und die Sterne seien kleine Gucklöcher, die durch eine hemisphärische Hülle in den Himmel führen. Heute wissen wir, dass sich die Größe des Universums jeder Vorstellungskraft entzieht. Wir wissen aber auch, dass das Universum früher einmal so klein war, dass es sich ebenfalls jeder Vorstellungskraft entzieht. Und wir wissen, wann das war: nach aktuellen Schätzungen vor etwa 13,8 Milliarden Jahren.

Dass das Universum sich ausdehnt, war eine Entdeckung des 20. Jahrhunderts. Noch heute gibt es Menschen – einer davon ist meine hundertzweijährige alte Mutter –, für die das

Universum bei ihrer Geburt nur aus einer einzigen Galaxis bestand. Heute lebt sie in einem Universum, in dem hundert Milliarden Galaxien sich voneinander entfernen, weil der Raum selbst sich ausdehnt. Das ist natürlich keine genaue Beschreibung. Sie und Shakespeare und Galilei und Archimedes und die Dinosaurier – alle wurden in demselben expandierenden Universum geboren. Aber 1916, als meine Mutter zur Welt kam, wusste niemand irgendetwas über mehr als die eine Galaxis, die wir Milchstraße nennen. Das war das Universum. Zu Galileis Zeit wusste man nicht einmal das. Wissenschaftliche Wahrheiten sind auch dann wahr, wenn es niemanden gibt, der etwas davon weiß; sie waren wahr, bevor es Menschen gab; und sie werden wahr sein, nachdem wir ausgestorben sind. Das ist eine wichtige Erkenntnis, die vielen ansonsten schlauen Denkern entgeht.

Wahrscheinlich ist unser expandierendes Universum mit seinen hundert Milliarden Galaxien noch nicht einmal das Einzige. Viele Wissenschaftler glauben mit gutem Grund, dass es Milliarden Universen wie das unsere gibt. Nach dieser Vorstellung ist unser Universum nur eines in einem *Multiversum* aus Milliarden Universen. Auf diesen Gedanken werden wir in Kürze zurückkommen.

Die Physiker haben heute eine recht gute Vorstellung davon, was in der allerfrühesten Geschichte unseres Universums geschah. Mit »allerfrüheste« meine ich den ersten winzigen Sekundenbruchteil nach der Geburt des Universums. Und nicht nur nach der Geburt des Universums, sondern nach der Geburt der Zeit selbst. Was kann das bedeuten: »die Geburt der Zeit«? Was geschah davor? Die Physiker sagen uns, dass wir diese Frage nicht stellen dürfen. Es ist (so sagen sie jedenfalls), als würde man fragen, was nördlich vom Nordpol ist. Aber dieses Verbot gilt vielleicht nur für unser Universum.

Jedenfalls dann, wenn es nur eines von Milliarden im Multiversum ist.

Heute haben gottesgläubige Menschen (jedenfalls die gebildeten unter ihnen) den Gedanken, die Welt des Lebendigen sei der Beleg für einen Schöpfer, aufgegeben. Mittlerweile verstehen sie, dass die darwinistische Evolution, was das Lebendige betrifft, eine vollständige Erklärung darstellt. Stattdessen bedienen sie sich anderer Argumente. Mit einer gewissen Verzweiflung – so scheint es mir wenigstens – haben sie ihre Aufmerksamkeit neuen »Lücken« zugewandt. Darunter sind insbesondere die Kosmologie und der Ursprung von allem, einschließlich der grundlegenden Gesetze und Konstanten der Physik.

Was mit den grundlegenden Konstanten der Physik gemeint ist, muss ich erklären. Manche Zahlen, beispielsweise die Zahl der Protonen in einem Silberatom, kann man messen. Andere Zahlen kann man schätzen, beispielsweise die Zahl der Wassermoleküle in einem Glas Wasser. Und die Größe wieder anderer Zahlen ist mathematisch notwendig. Dazu gehört π (Pi), das Verhältnis von Umfang und Durchmesser eines jeden Kreises – und π kommt in der Mathematik auch an vielen anderen faszinierenden Stellen vor. Es gibt aber auch einige Zahlen, die ein Physiker einfach hinnimmt, ohne zu wissen, warum sie gerade diesen und keinen anderen Wert haben. Hier spricht man von den grundlegenden Konstanten der Physik.

Ein Beispiel ist die Gravitationskonstante, ausgedrückt durch den Buchstaben G. Erinnern wir uns: Von Newton haben wir gelernt, dass alle Gegenstände im Universum, darunter Planeten, Kanonenkugeln und Federn, sich gegenseitig durch Gravitation anziehen. Je weiter die Objekte voneinander entfernt sind, desto schwächer ist die Anziehungskraft (sie ist umgekehrt proportional zur Entfernung, multipliziert mit sich selbst). Und je mehr Masse die beiden Objekte haben, desto stärker ist ihre Anziehungskraft (sie ist proportional zu den beiden Massen, die man miteinander multipliziert). Aber um die eigentliche Anziehungskraft zu ermitteln, muss man am Ende noch mit einer weiteren Zahl multiplizieren: mit der Gravitationskonstante *G*. Nach Ansicht der Physiker ist *G* im gesamten Universum gleich, aber warum es gerade diesen Wert hat, wissen sie nicht. Man kann sich durchaus ein anderes Universum mit einem anderen Wert von *G* vorstellen. Und wenn *G* nur geringfügig anders wäre, würde das Universum ganz, ganz anders aussehen.

Hätte *G* einen geringeren Wert, wäre die Gravitation so schwach, dass die Materie sich nicht in Klumpen zusammenfinden könnte. Es gäbe keine Galaxien, keine Sterne, keine Chemie, keine Planeten, keine Evolution und kein Leben. Wäre *G* ein klein wenig größer, als es ist, könnten Sterne, wie wir sie kennen, nicht existieren, und sie würden sich auch nicht so verhalten. Vielmehr würden sie unter ihrer eigenen Gravitation zusammenbrechen und vielleicht zu schwarzen Löchern werden. Keine Sterne, keine Planeten, keine Evolution, kein Leben.

G ist nur eine der physikalischen Konstanten. Andere sind die Lichtgeschwindigkeit *c* und die »starke Kernkraft«, die den Atomkern zusammenhält. Insgesamt gibt es mehr als ein Dutzend solche Konstanten. Jede davon hat einen Wert, den man kennt, aber (bisher) nicht erklären kann. Und in allen Fällen kann man sagen: Wäre der Wert anders, das Universum, wie wir es kennen, könnte nicht existieren.

Das alles verführte manche Theisten zu der Hoffnung, Gott müsse irgendwo hinter den Kulissen stehen. Es ist, als wäre der Wert jeder grundlegenden Konstante mit einem

Knopf eingestellt worden, den man drehen kann wie den Abstimmknopf an einem altmodischen Radio. Alle Knöpfe mussten richtig abgestimmt sein, damit das Universum, wie wir es kennen, existieren kann – und damit auch wir existieren können. Die Versuchung liegt in dem Gedanken, eine kreative Intelligenz – eine Art Gott, ein göttlicher Knopfdreher – habe die Feinabstimmung vorgenommen.

Dieser Versuchung sollte man strikt widerstehen. Die Gründe haben wir in den vorherigen Kapiteln kennengelernt. Die Feinabstimmung all dieser Knöpfe mag unwahrscheinlich wirken, weil jeder Knopf sich auch in so vielen anderen Positionen befinden könnte. Aber so unwahrscheinlich die fein abgestimmte Präzision auch erscheinen mag: Jeder Gott, der sie vorgenommen haben könnte, muss mindestens ebenso unwahrscheinlich sein. Wie hätte er sonst wissen können, wie er die Knöpfe einstellen muss? Wenn man einen Gott in die Überlegungen einbringt, löst man das Problem nicht. Man schiebt es nur einen Schritt weiter nach hinten. Es ist eine krachend offensichtliche Nichterklärung.

Das größte Problem – das Problem der ungeheuren Unwahrscheinlichkeit von Leben – wurde von Darwin gelöst. Bevor er auf der Bildfläche erschien, wäre der immer wiederkehrende Satz aus dem ersten Teil dieses Kapitels, »Das meinst du doch nicht ernst!«, mit ungeheurer Kraft auf jeden niedergeprasselt, der es gewagt hätte, die göttliche Schöpfung des Lebendigen infrage zu stellen. Vielleicht mit größerer Kraft als bei jeder anderen Aussage. Die ganze Komplexität, die Geschwindigkeit und Eleganz einer Schwalbe, die fein abgestimmten Tragflächen eines Albatros oder eines Geiers, die atemberaubende Kompliziertheit eines Gehirns oder einer Netzhaut, ganz zu schweigen von jeder der Trillionen Zellen eines Elefanten, die schimmernde Schönheit eines Pfaus oder eines Kolibris – all das soll ohne Hilfe, ohne Richtung und ohne Aufsicht, nur durch die Gesetze der Physik entstanden sein?

Etwas so vergleichsweise Einfaches wie die Entstehung der Gesetze und Konstanten der Physik zu erklären sollte im Vergleich dazu ein Kinderspiel sein. Zugegeben: Wir haben das Problem bis jetzt nicht gelöst. Aber die Erfolge Darwins und seiner Nachfolger, die das viel größere Problem des Lebendigen und seiner feinen Abstimmung auf die Notwendigkeiten des Überlebens lösten, sollten uns Mut machen. Insbesondere wenn wir zu Darwin noch all die anderen spektakulären Erfolge der Wissenschaft hinzunehmen. Die Liste dieser Erfolge ist uns vertraut. Ohne Antibiotika, Impfungen und wissenschaftlich begründete Chirurgie wären viele von uns schon tot. Ohne Ingenieurwissenschaft wären nur die wenigsten Menschen gereist und hätten sich weiter als ein paar Kilometer von ihrem Geburtsort entfernt. Ohne wissenschaftlich begründete Landwirtschaft würden die meisten Menschen hungern. Ich möchte hier aber nur eine besonders spektakuläre Leistung der Wissenschaft herausgreifen und mich darauf konzentrieren, eine Leistung, die im Zusammenhang mit der tief greifenden Frage steht, die uns hier beschäftigt: Wie ist das Universum so geworden, wie es ist?

Kosmologen aus der ganzen Welt haben jeweils konstruktiv die Befunde ihrer Kollegen aufgenommen und in gemeinsamer Arbeit eine detaillierte Theorie über die Vorgänge nach dem Urknall erarbeitet. Aber wie lässt sich eine solche Theorie überprüfen? Dazu muss man »Anfangsbedingungen« herstellen, das heißt, man muss sich überlegen, wie die Dinge unmittelbar nach dem Urknall aussahen. Dann muss man mithilfe dieser Theorie ableiten, welche Verhältnisse heute herrschen würden, wenn die Theorie stimmt. Mit anderen

Worten: Man sagt mithilfe der Theorie die Gegenwart auf Grundlage der entfernten Vergangenheit vorher. Anschließend sieht man sich an, wie die Dinge wirklich sind, und kann so feststellen, ob die Vorhersage richtig war.

Manch einer denkt nun vielleicht, man könne die Vorhersage mit mathematischen Beweisen ableiten. Leider sind die Details dafür aber viel zu kompliziert. Neben den Gravitationskräften gibt es Milliarden und Abermilliarden winzig kleine, lokale Wechselwirkungen, beispielsweise in den wirbelnden Gas- und Staubwolken. Eine solche Komplexität lässt sich nur handhaben, wenn man ein im Computer konstruiertes »Modell« ablaufen lässt und beobachtet, was sich abspielt. Das Ganze ähnelt dem »Boids«-Modell von Craig Reynolds, das wir in Kapitel zehn betrachtet haben. Nur ist es viel komplizierter. Und wenn ich »ein Computer« sage, ist das stark verkürzt: Ein einzelner Computer, so groß er auch sein mag, ist nicht annähernd groß genug, um das Wachstum des Universums zu simulieren; dazu sind die Berechnungen zu umfangreich. Die bisher am weitesten entwickelte Simulation heißt Illustris und brauchte nicht nur einen Computer, sondern 8192 parallel arbeitende Computerprozessoren. Und es waren auch nicht nur normale Computer, sondern Supercomputer. Die Illustris-Simulation beginnt nicht beim Urknall selbst, sondern 300.000 Jahre später (eine sehr kurze Zeit im Vergleich zu den seither verstrichenen 13,8 Milliarden Jahren). Aber selbst so viele Supercomputer konnten nicht alle kleinsten Details aller einzelnen Atome simulieren. Dennoch ist es faszinierend, die vorhergesagte Form des heutigen Universums mit der Realität zu vergleichen.

Sehen wir uns einmal Bild 13 an. Sie enthält eine Art Scherz. Das Bild ist von oben nach unten geteilt. Eine Hälfte zeigt das wirkliche Universum auf dem berühmten »Hubble

Deep Field«-Foto, das 1995 vom Hubble-Weltraumteleskop aufgenommen wurde. Die andere Hälfte ist das Universum, wie Illustris es vorhersagt. Kannst du feststellen, welches das eine und welches das andere ist? Ich kann es nicht.

Ist Wissenschaft nicht großartig? Wenn du glaubst, du hättest in unseren Erkenntnissen eine Lücke gefunden, von der du hoffst, man könne sie mit Gott füllen, lautet mein Ratschlag: »Blicke in der Geschichte zurück und wette nie gegen die Wissenschaft.«

Wie ich bereits erwähnt habe, beginnt die Illustris-Simulation 300.000 Jahre nach dem Urknall. Begeben wir uns nun noch ein wenig weiter zurück bis zum Ursprung des Kosmos selbst, zu den grundlegenden Konstanten und dem Argument der »Feinabstimmung« mit der Einstellung der Knöpfe in genau den richtigen Positionen. Sehen wir uns das Problem noch einmal an. Wir beginnen mit einer interessanten Idee, dem sogenannten anthropischen Prinzip.

Das griechische Wort *anthropos* bedeutet »Mensch«. Daher kommen Begriffe wie »Anthropologie«. Wir Menschen existieren. Dass wir existieren, wissen wir, weil wir da sind und über unser eigenes Dasein nachdenken. Das Universum, in dem wir wohnen, muss also ein Universum sein, in dem wir entstehen konnten. Und der Planet, auf dem wir leben, muss die richtigen Voraussetzungen aufweisen, damit es uns geben kann. Dass wir von grünen Pflanzen umgeben sind, ist kein Zufall. Jeder Planet, auf dem es keine grünen Pflanzen (oder eine Entsprechung) gibt, könnte keine Wesen hervorbringen, die über ihr eigenes Dasein nachdenken können. Wir brauchen letztlich grüne Pflanzen als Nahrungsquelle. Auch dass wir Sterne an unserem Himmel sehen, ist kein Zufall. Ein Universum ohne Sterne wäre ein Universum ohne chemische Elemente, die schwerer sind als Wasserstoff und Helium. Und ein

Universum, in dem es nur Wasserstoff und Helium gibt, wäre nicht so reich an chemischen Substanzen, dass die Evolution des Lebendigen in Gang kommen könnte. Das anthropische Prinzip ist eigentlich so offensichtlich, dass man es nicht formulieren muss. Aber es ist dennoch wichtig.

Leben, wie wir es kennen, setzt flüssiges Wasser voraus. Wasser existiert als Flüssigkeit nur in einem schmalen Temperaturbereich. Zu kalt, und es wird zu festem Eis; zu heiß, und es ist gasförmiger Wasserdampf. Unser Planet hat zufällig genau die richtige Entfernung von der Sonne, sodass Wasser flüssig sein kann. Die meisten Planeten im Universum sind entweder zu weit von ihrem Zentralgestirn entfernt (wie der Pluto – und ja, ich weiß, Pluto wird heute nicht mehr als Planet eingestuft, aber die Aussage bleibt gültig), oder sie sind ihm zu nahe (wie der Merkur). Um jeden Stern gibt es eine »habitable Zone«, in der es nicht zu heiß und nicht zu kalt, sondern »genau richtig« ist. Die Erde liegt in der habitablen Zone unserer Sonne. Bei Merkur und Pluto ist das in entgegengesetztem Sinn nicht der Fall. Das anthropische Prinzip besagt: Natürlich muss die Erde in der habitablen Zone liegen, denn wir existieren ja. Und wir könnten nicht existieren, wenn unser Planet sich nicht in der habitablen Zone befinden würde.

Was für Planeten gilt, gilt auch für Universen. Wie ich bereits erwähnt habe, haben die Physiker stichhaltige Gründe für die Vermutung, dass unser Universum eines von vielen in einem »Multiversum« ist. Das Multiversum ergibt sich – zumindest nach manchen Interpretationen – aus der Theorie der »Inflation«, die heute von den meisten Kosmologen anerkannt ist, obwohl für sie der Satz »Das meinst du doch nicht ernst!« mehr gilt als für alles andere in der Wissenschaft. Und es besteht kein Grund zu der Annahme, dass in all den Milliarden Universen im Multiversum die gleichen Gesetze und grundlegenden Konstanten gelten. Die Abstimmung der Gravitationskonstante *G* könnte in verschiedenen Universen über die ganze Skala verteilt sein. Möglicherweise ist *G* nur in einem kleinen Teil der Universen auf den »richtigen Wert« eingestellt. Nur eine Minderheit der Universen sind »habitable Universen«, deren Gesetze und Konstanten für die spätere Evolution von Leben »genau richtig« sind. Und natürlich (wieder das anthropische Prinzip) müssen wir uns in einem Universum aus dieser Minderheit befinden. Unsere Existenz als solche besagt, dass unser Universum habitabel sein muss. Ein freundliches, habitables Universum unter möglicherweise Milliarden unfreundlichen Paralleluniversen.

Das meinst du doch nicht ernst!

Hier zu sagen: »Aber es stimmt«, wäre zu früh. Die Physiker müssen noch weiter an der Frage arbeiten. Eines können wir allerdings sagen: Es sieht vielversprechend aus. Aber das ist noch nicht alles, und damit bin ich wieder bei der Hauptaussage meines letzten Kapitels: Der kühne Schritt in die beängstigende Leere des scheinbar Unwahrscheinlichen hat sich in der Geschichte der Wissenschaft nur allzu oft als richtig erwiesen. Ich glaube, wir sollten unseren Mut in beide Hände nehmen. Wir sollten erwachsen werden und alle Götter aufgeben. Meinst du nicht?

Bildnachweis

Abb. S. 216: Foto und Gestein von Carles Millan

Register

Sachregister

Personenregister

Ortsregister